한중 여성영웅소설의 비교 연구

김홍영 金红英

中国曲阜师范大学翻译学院韩国语系讲师
2004年毕业于延边大学朝文系
2005年至2011年就读于韩国江原大学国语国文系
2011年8月获文学博士学位
2011年9月至今担任曲阜师范大学翻译学院韩国语系讲师

研究和关心领域
韩国古典文学, 中韩文学比较, 古典女性文学

해외한국학연구총서 K063

한중 여성영웅소설의 비교 연구

초판 인쇄 2016년 2월 10일
초판 발행 2016년 2월 15일

지은이 김홍영 | **펴낸이** 박찬익 | **편집장** 권이준 | **책임편집** 조은혜
펴낸곳 도서출판 **박이정** | **주소** 서울시 동대문구 천호대로 16가길 4
전화 02) 922-1192~3 | **팩스** 02) 928-4683 | **홈페이지** www.pjbook.com
이메일 pijbook@naver.com | **등록** 1991년 3월 12일 제1-1182호

ISBN 978-89-6292-022-2 (93810)

해외한국학연구총서
K063

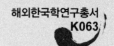

女性

한중 여성영웅소설의
비교 연구

金红英 著

英

雄

도서
출판 박이정

동서고금을 막론하고 '영웅'의 이야기는 문학 창작에서의 핵심 소재라 할
수 있다. 또한 남녀노소 모두 좋아하는 통속적인 소재이기도 하다. 영웅의
이야기는 늘 귀를 솔깃하게 하며 영웅이 등장한다는 것만으로도 흥미와 관심
의 대상이 되기에 충분하다. 게다가 영웅이 여성이라고 하니 더 강하게 호기
심을 자극하게 된다.

필자는 여성영웅소설의 흥미로운 이야기에 끌려 본서의 연구를 행하게 된
것이다. 본서는 여성영웅소설을 연구함에 있어서 총체적인 연구를 전제로 삼
았다. 구체적으로 장르의 형성, 구성, 인물의 형상화 특징, 주제, 소설사적 의
의 등 5가지 면에서 한국과 중국의 여성영웅소설에 대해 비교·고찰하였다.

한·중 여성영웅소설의 형성 시기는 대체로 같으며 모두 18세기 선후에
출현한 것이다. 이것은 우연이라기보다 사회의 필연적인 발전의 결과인 것이
다. 18세기 전후의 한국과 중국은 각기 조선 중기에서 조선 후기로 넘어오는
과도기와 명, 청 교체로 혼란과 변동, 발전의 단계에 처해 있었다. 이는 어느
정도 여성의식의 변화와 발전을 초래한 것으로 본다. 또 소설의 흥기와 더불
어 여성영웅소설이 양국의 무대에 등장할 수 있었던 것이다. 그러나 구체적
인 문화 환경, 근본적인 세계관과 가치관 등이 다름으로 인하여 형성, 발전의
경로 및 구성과 주제 등 면에서 변별성을 지닌다.

여성영웅소설이 재미있게 읽혀지는 이유가 작품이 지니는 '기이함'이다.
그러나 여성영웅소설의 '기이함'은 전기소설(傳奇小說)에서 말하는 '귀신,
요괴, 환생' 등의 의미와는 많은 차이를 지닌다. 이 장르가 내세우는 '기이함'
은 인물의 행적이 예상과 다름을 나타내거나 장면이 특이한 것인데, 주로
소재 면에서 새로움을 강조하는 의미를 지닌다. 여성영웅소설에서 여성인물
의 영웅적 행적은 바로 기이한 것으로 간주 되며 이 장르의 핵심 구성 원리
인 것이다.

이 글은 여성영웅소설을 한국의 것과 중국의 것을 비교 고찰함으로써 장르의 성격과 의미를 보다 명확하게 파악하는 데 도움을 준다. 특히 한국의 경우 비록 상당한 연구 성과를 축적하였지만 각 작품의 작가와 창작시기를 알 수 없는 관계로 장르의 형성경로, 주제의식의 파악에서 한계를 지닌다. 그러나 중국의 것과 비교함으로써 연구의 시야를 넓혀 장르에 대한 이해를 높일 수 있다. 한편 중국은 동계 장르에 대한 총체적인 인식과 연구가 미비한 상황이기에 이 글은 여성영웅소설이 중국 소설사에서 걸맞은 위치를 찾는 데 일조를 할 것으로 본다.

물론 이 글은 부족한 점도 많다. 총체적인 연구를 시도한 것이지만 능력의 한계로 그 많은 작품들을 모두 검토하지 못한 것이 아쉬움으로 남고 있다. 특히 이 글에서는 중국 남성문인의 작품만을 연구대상으로 삼았기에 남성 작가의 시각과 작품에 드러난 의식을 이해하는 데 도움이 되지만 보다 체계적인 이해를 돕기 위해 여성영웅류탄사 또는 이를 개작한 소설 작품도 대상으로 넣고 검토하는 것이 마땅하다. 이로 말미암아 하위 유형에 대한 분석이 결여되었는데, 이는 필자에게 주어진 과제이기도 하다.

개별 작품에 대한 재미로부터 시작한 본서의 연구는 막상 시작하고 보니까 많은 어려움을 겪었다. 작품은 많은 데 어떤 작품을 대상으로 할 것인지, 그 많은 작품을 어떻게 다 검토할 것인지 참으로 막막했던 것이다. 한국의 작품은 여러 편 읽었지만 중국 측 작품에 대해 딱히 안 바가 없었다. 영화, 드라마를 통해 잘 알려진 '목란'이나 '목계영' 등 여성영웅에 대해 단편적으로 알고 있는 것이 전부였다. 그리고 '여성의식'이 무엇인지, 명확한 설명이 떠오르지 않았다. 여성문학에 대해 너무 막연히 알고 있었다는 사실을 발견한 것이다. 급기야 얕은 지식 바구니를 채우느라 이책 저책을 뒤지면서 뒤늦게 공부를 시작했다.

공부하는 동안 게으름을 피우고 싶을 때가 참 많았다. 그럴 때마다 옆에서 따끔하게 혼내주시는 스승님이 참으로 고마웠다.

한국에서 공부를 마치고 중국에 온 지도 벌써 4년이 돼간다. 4년 만에 졸업논문이 표지가 떨어져 나가도록 펼쳐본 것도 처음이었다. 졸업논문을 수정 보완하여 책으로 낼 기회가 주어진 것이다. 무엇보다 이런 소중한 기회를 주신 박이정출판사 박찬익 사장님, 그리고 출판에 도움을 주시는 여러분들께 감사의 말씀을 올린다.

또 한국에서 공부하는 동안 아낌없는 지도와 편달을 주신 나의 은사 강동엽 선생님, 그리고 가르침을 주신 최웅 선생님, 김용구 선생님 등 여러 선생님께도 감사의 인사 올린다. 그리고 유학 생활에 따뜻하게 배려를 주신 남기탁 선생님, 최홍열 선생님, 함복희 선생님, 정성미 선생님께도 감사의 마음을 올린다. 또한 많은 도움을 주신 선배님, 동학들, 특히 저와 동고동락 논문을 쓰면서 많은 도움을 주신 김혜영 언니께 고마움을 전하고 싶다.

끝으로 내게 아낌없는 사랑을 주신 부모님, 언니, 그리고 시부모님께 고마운 마음을 전한다. 그리고 늘 힘이 되어 주는 사랑하는 남편, 아들한테 이 책을 바친다.

2015년 11월

중국 곡부사범대학교 일조캠퍼스에서 김홍영

제1장

서 론

1. 연구의 목적

알파걸이 사회 전역에서 중요한 역할을 하고 있는 현대 사회에서 고대의 서사적 현실에 존재하였던 '알파걸'에 대한 관심도 늘어나고 있다. '선덕여왕', '무측천(武則天)', '뮬란(또는 목란(木蘭))' 등에 대한 현대인들의 관심에서 알 수 있는 사실이다.

물론 우리가 관념적으로 알고 있는 여성의 현실은 알파걸과 거리가 먼 것도 사실이다. 하지만 한국이나 중국의 고대 문학 작품에서는 과거를 보거나, 출장입상하여 남성 못지않게 뛰어난 재능을 발휘하며, 심지어 남성보다 더 우위의 재능을 지닌 여성인물, 즉 그 시대의 알파걸들을 어렵지 않게 발견할 수 있다.

그녀들은 여성영웅, 여장군 등으로 불리며, 서사에서 주체적인 인물로서 대체로 그녀들의 영웅적인 일생을 중심으로 서사를 전개해 나가는 것으로 되어 있는데, 이러한 유형의 소설을 여성영웅소설이라 흔히 일컫고 있다.

여성영웅소설이 한국 소설사에서는 하나의 독자적인 유형으로 자리매김하고 있으며, 지금도 여전히 많은 연구자들의 주된 관심대상이다. 반면 중국 문학사에서 여성영웅담¹⁾은 오랜 전통을 지니면서 광범위하게 전승되는 통속적 소재이지만, 중국 소설사에서 그에 걸맞은 위치를 차지하지 못한 것이 사실이다.

한국과 중국의 서사문학에서 여성영웅을 중심인물로 등장시킨 고소설의 출현은 모두 18세기 전후이다. 이 시기 출현한 고소설 속의 여성영웅은 인내와 순종을 미덕으로 삼는 당대의 모범적인 여성상과 달리 주체적이고 탈규범적인 모습으로 그려지고 있다. 서사 속 여성의 현실과 당대 여성의 현실을 바로 연결하기에는 문제가 있을 수 있으나, 여성에 대한 당대의 인식변화 곧 여성에 대한 이해와 관심의 확대를 보여준 점에서 여성영웅소설의 출현은 중요한 의미를 갖는 것이다.

주지하는 바와 같이 봉건왕조체제가 해체되기 전까지 한국이나 중국은 모두 유교적 가부장제 이데올로기를 통치이념으로 하는 남성중심의 사회였다. 여성에게 억압적인 기제로 작용한 '삼강지도', '남녀유별', '남녀내외법', '일부종사' 등의 유교적 도덕규범으로 인해 여성은 사회적으로 타자의 운명을 면치 못했다. 우리가 흔히 알고 있는 전통적인 여성상은 바로 이러한 가부장적 억압의 기제에 길들여진 순종적이고 규범적이며, 유약하면서도 단아하며, 가족을 위해 헌신하는 현모양처의 모습이다.

그렇다면 이와 같은 전통적인 여성상과 달리 뛰어난 능력을 지닌 '알파걸', '여성영웅', '여장군' 등으로 일컬어지는 여성인물이 봉건왕조시대의 서사문학에 등장하여 흥미롭게 이야기를 꾸려나갔던 원인은 무엇일까? 구체적인 역사 환경, 세계관이 다른 한·중 양국에서 여성영웅

---

1) 본 논문에서는 여성영웅의 행위를 중심으로 다룬 이야기를 '여성영웅담'이라고 하고, 이를 중심 서사로 다루는 소설 텍스트를 여성영웅소설이라 한다.

은 소설 텍스트에서 어떻게 다루어져 있으며 어떤 의미를 지니고 있는 가? 이러한 의문을 구명해 보는 것이 이 논문의 중요한 임무이다.

따라서 본 논문은 한국과 중국의 여성영웅소설이 어떤 양상으로 구성 되어 있는지, 인물의 형상화에 어떤 특징이 있는지, 어떤 주제를 구현했 는지를 비교 고찰함으로써 공통점과 차이점을 찾고 같은 시기 여성영웅 소설의 보편성과 특수성을 밝히고자 한다. 특히 차이점이 있다면 그 원 인은 무엇인지를 깊이 있게 분석할 것이다. 또한 여성영웅소설의 출현 이 한·중 소설사에서 어떤 비중을 차지하고 있는지도 살펴볼 것이다.

본 논문은 고전문학연구의 하나이다. 문학연구는 성차(性差)의 측면 에서 볼 때 남성에 관한 문학연구와 여성에 관한 문학연구로 나누어 질 수 있을 것이다. 그렇다면 본고의 논의는 여성영웅소설에 관한 것이 기에 고전여성문학연구의 범주에 속한다고 할 수 있다.

그러나 고전문학 가운데서 진정하게 여성문제에 주목하여 창작된 작 품은 그리 많지 않다. 여성영웅을 중심인물로 내세운 여성영웅소설마 저 내재된 사회의식이 여성 자체의 영웅적 면모를 인정한 것이 아니고 오히려 영웅적 면모라는 것은 남자의 전유물이라는 통념을 보여준 것 이므로 여성영웅소설은 여성의식과는 무관한 통속적 작품[2]이라고 평 가되기도 하였다.

한편 고전여성문학 연구영역 내에서도 중심부와 주변부의 현상이 일 어나, 소위 중심 장르, 중심 작가, 중심 시기를 차별화하고 있다. 특히 중국에서 고전여성문학에 대한 연구는 소설보다도 시 또는 희곡에, 명·청대보다도 당·송에 주안점을 두고 있다. 여성과 관련된 소설문학 에 대한 연구는 상대적으로 소외되고 있는 것이다. 물론 근래에 페미니 즘 성차이론, 평등이론에 대한 관심이 늘어나면서 그동안 소외되었던

2) 사진실, "〈정수정전〉이본의 계통과 변모양상", 한국고전소설과 서사문학 上, 집문당, 1998, pp.573-574.

소설에 대한 연구도 활발해지고 있다. 그런데 주로 당대(唐代)의 전기소설(傳奇小說), 삼언이박(三言二拍) 등 화본소설의 작품에 관심이 집중되고 있다. 명·청시기에 출현한 통속장편소설의 여성 및 여성의 구실에 대한 연구는 상대적으로 소홀히 하고 있는 것이다.

사실 중국 고전여성문학사에서 명·청대의 여성문학은 다른 시대에 비해 가장 왕성하게 발달하였다고 할 수 있다. 특히 여성의 소설에서의 비중이 커지고, 형상도 다양해지는 등 전대에 비해 확연히 다른 모습을 발견할 수 있다. 그럼에도 불구하고 여성영웅을 중심으로 다룬 소설 텍스트로 연구의 각광을 받은 작품은 그리 많지 않다. 이미 알려진 작품 중에서도 예술성이 높지 않다는 평가를 받아,3) 사람들의 관심으로부터 더욱 멀어진 경우도 있다.

이는 일찍부터 여성영웅소설을 비중 있는 소설 갈래로 다루어 온 한국의 상황과 대조적이라 하겠다. 중국의 <삼국지연의>, <수호전> 등 유명한 소설들은 대부분 남성들의 이야기를 다루는 것이므로 그러한 작품들에 가려져 여성들의 이야기, 여성영웅들의 이야기가 상대적으로 빛을 발하지 못한 것도 사실이다.

현재 중국에서 여성영웅소설로 볼 수 있는 작품도 대개 남성 작가에 의해 창작된 것으로 알려지고 있는데, 형상화된 여성영웅은 여성의식을 드러내기 위한 것보다 근본적으로 남성의 목소리를 대변하는 존재로 이해하는 편이 옳을 것이다.

그렇다면 구체적인 작가가 알려지고 있지 않는 한국의 여성영웅소설의 경우도 남성의 입장을 대변하고 있다는 관점을 배제하지 않는 것이

---

3) 孫楷第는『中國通俗小說書目』에서 〈목란기녀전〉을 두고 "문장이 평평하고 기복이 심하며 장렬함을 드높이기에는 부족하다"고 평가하였다. 張俊, 淸代小說史, 浙江古籍出版社, 1997, p.239. (본 논문에서는 중국 학자의 성명, 논문제목, 작품명, 텍스트의 글씨체[간체]와 부호를 한국에서 상용하는 글씨체[번체]와 부호로 변환하였음을 밝혀둔다. 아래도 이와 같음.)

작품 속의 인물을 이해하는 데 도움이 될 것이다.

이처럼 고소설의 인물에는 작가를 비롯한 한 시대의 문화적 시각이 반영되어 있는 것으로 파악할 수 있다. 남성중심적 시각에서 인물이 형상화되었을 경우와 여성 중심적 시각에서 인물이 형상화되었을 경우가 같지 않다.4) 남성중심적 시각에 의하면 여성은 주변적 존재이며, 남성의 미감을 충족시켜 주어야 하는 도구적 존재이고, 가부장제에 순응해야 하는 피동적 존재인 동시에 자신의 본능이나 감정을 억제해야 하는 피지배자이다. 따라서 가부장제의 질서에 복종하며 자신의 감정적 욕구는 아예 부정한 채 한 남성의 삶에 순응하고 동화된 여성은 긍정적으로 그려지고 보상받은 존재로 미화되었으며, 그렇지 않은 여성은 악인으로 규정되어 있다. 결국 남성중심적 시각에서는 여성 인물의 개성을 드러내지 못하고 자의적 기호에 따른 유형화된 인물만을 만들어 냈다.

여성중심적 시각은 여성의 입장에 서서 여성의 내면적 욕구와 일상적 체험을 중시하는 태도이므로 남성중심적 시각에 의하여 차단되었던 여성의 다른 면모를 발견하고 따라서 여성은 인격과 개성을 지닌 존재로 형상화되게 된다. 그 결과 여성인물을 남성의 보조적 역할에서 벗어나 스스로 중심에 서도록 하였으며, 남성의 타자가 아니라 자율적이고 주체적 존재로서 자아실현에 대한 지향을 뚜렷이 드러내는 인물로 형상화하였다.

이와 같은 성차에 대한 시각적인 구분은 절대적이라고 단정하기 어렵지만, 작품 속 인물, 나아가 작품의 구성과 주제를 이해하는 데에는 분명 도움이 될 것이다.

---

4) 고소설의 인물시각에 대한 논의는 박명희의 "고소설의 여성중심적 시각 연구"(이화여대 박사학위논문, 1989)와 김정녀의 "고소설 '여성주의적 연구'의 동향과 전망"(여성문학연구, 한국여성문학학회, 2006, pp.37-38)을 참조하였음.

따라서 작가가 대개 남성으로 알려진 중국의 고소설과 작가 미상인 한국의 작품을 비교함으로써 작품 속에 나타난 시각의 공통점과 차이점이 더욱 분명해질 것으로 본다.

본 논문은 바로 한·중 비교의 방법으로 여성영웅소설을 고찰하는 것이다. 비교문학은 문화와 나라 사이를 초월하는 문학작품 및 이론 사이에서 공통된 문학법칙의 가능성을 찾는 것이며 이러한 문화적 교류는 어느 한 쪽이 확정된 형태로 다른 한 쪽 문화의 형태를 정복하는 것이 아니라 서로 존중하는 태도로 쌍방의 문화 형태에 대해 깊이 이해하는 것5)이라 하겠다. 이것이 바로 비교연구를 행함에 있어서의 올바른 출발점이라 할 수 있으며, 또한 본 논문의 출발점이기도 하다.

한국에서의 한·중 양국 고소설에 대한 비교 연구는 주로 두 가지 방향으로 진행되었다고 볼 수 있다. 한 방향은 양국의 영향관계를 밝히는 것이다. 일찍이 이상익6)은 "우리(한국) 민족문학의 전통 순수성을 모색하자면, 우선 중국문학과의 영향관계를 규명해야 한다"고 밝힌 바가 있다. 따라서 한국의 전통 문화나 문학을 연구할 때 고대 중국의 영향을 빼놓을 수 없으며, 이를 전제로 비교연구를 많이 해왔다. 또 한 방향은 '중국소설에 기대어 한국 소설의 발전을 설명하려는 방법을 지양하고, 중국소설의 영향보다는 자국의 내재적 발전과정과 독자적이고 자율적인 가치를 밝히는 데 주력하는 것'7)이다. 두 가지 연구 방향은 모두 긍정적인 면을 지니고 있는데, 이 중 어느 한 쪽만 치우쳐 있는 것 또한 논문 연구에서 지양해야 할 태도이다.

본 논문에서는 중국문학이 한국문학에 끼친 영향을 밝히는데 목적을

---

5) 葉維廉, "尋求跨越中西文化的共同文學規律", 黃維樑·曹順慶 編, 中國比較文學學科理論的墾拓-臺港學者論文集, 北京大學出版社, 1998. p.87.
6) 이상익, 한·중 소설의 비교문학적 연구, 삼영사, 1983.
7) 전성운, 한·중소설 대비의 지평, 보고사, 2005. p.10.

두는 것은 아니지만 영향의 관계를 염두에 두면서 양국 여성영웅소설의 독자적이고 자율적인 가치를 밝히는 데 의미를 둔다. 비교 연구를 통하여 그 동안 소외되었던 중국 여성영웅소설의 특징을 어느 정도 구명할 수 있을 것으로 보며, 또한 비교 속에서 한국 여성영웅소설의 특징도 새롭게 조명되거나 한층 돋보일 수 있을 것으로 생각하기 때문이다.

한·중 양국에서 여성중심의 고소설은 소설문학이 문학적으로 성숙한 시기에 출현한 것이다. 두 나라는 민족적 문화적인 배경의 다름으로 인하여 변별성을 갖고 있음은 물론이지만, 두 나라는 모두 한자문화권에 속하면서 문학적 전통을 공유하고도 있다. 특히 유가이념을 대표적 가치관으로 삼는 사상적 배경이 유사하다는 점이 여성영웅소설의 형성과 발전에도 영향을 미쳤을 것으로 짐작된다.

따라서 2장에서는 유가이념을 중심으로 양국 여성영웅소설이 형성된 문화·문학적 환경 즉 사회적 배경, 역사적 배경, 문학적 배경을 살펴볼 것이다. 이것으로 양국문학사에서의 여성영웅소설의 발전적 흐름을 파악할 수 있을 것으로 본다. 다음으로 3장, 4장, 5장에서는 텍스트를 중심으로 구성, 인물, 주제의 측면에서 면밀히 비교 검토하여 한·중 여성영웅소설의 특징을 밝히는데 주안점을 둘 것이다. 마지막으로 6장에서는 한·중 여성영웅소설의 소설사적 의의를 구명하고자 한다. 이로써 여성영웅소설의 한·중 양국 소설문학사상에서의 위치가 재조명될 것으로 생각된다.

2. 연구사

여성영웅소설에 대한 한국에서의 연구는 지금까지 상당한 성과를 축적하였다.8) 기존의 연구를 보면 크게 총체적인 연구와 개별적인 연구로 나눌 수 있다. 총체적인 연구로는 여성영웅소설의 형성, 갈래 구분과 구조,9) 주제,10) 작가시각,11) 구성원리12) 등을 위주로 진행되어 왔다.

이러한 기존의 연구는 여성영웅소설의 근원에 대한 파악에서부터 하위 갈래를 분류하고 그 갈래에 나타나는 주제나 창작의식을 논의하는 연구, 나아가 장르적 정체성이나 범주적 특성에 대한 포괄적인 논의를 시도한 것으로써 여성영웅소설이 소설사에서 독자적인 유형으로 자리매김하고, 이 유형에 대한 총체적인 인식을 갖는 데 기여를 했다.

개별적인 연구로는 여성의식의 분석,13) 이본계열에 대한 파악,14) 구

---

8) 한국교육학술정보원의 온라인 학술연구정보서비스(http://www.riss.kr)에서 '여성영웅소설'이라는 검색어를 대입하면 학위 논문과 국내 학술지 논문에 한해서 500건을 상회하는 연구결과를 확인할 수 있다.

9) 박상란의 "영성영웅소설의 갈래와 구조적 특징"(한국어문학연구 27집, 동악어문학회, 1992); 전용문의 "여성영웅소설의 계통적 연구"(충남대 박사학위논문, 1988); 강화수의 "여성영웅소설의 존재양상과 소설사적 의의"(경성대 박사학위논문, 2004); 김용기의 "여성영웅의 서사적 전통과 고소설에서의 수용과 변모"(우리문학연구 2집, 우리문학회, 2011); 민찬의 "여성영웅소설의 출현과 후대적 변모"(서울대 석사학위논문, 1986); 여세주의 "여장군등장의 고소설 연구"(영남대 석사학위논문, 1981); 임병희의 "여성영웅소설의 유형과 변모양상"(고려대 석사학위논문, 1989); 정명기의 "여호걸계 소설의 형성과정과 연구"(연세대 석사학위논문, 1980); 이유경의 "여성영웅 형상의 신화적 원형과 서사문학사적 의미"(숙명여대, 박사학위논문, 2006) 등의 연구가 대표적이라 할 수 있다.

10) 조은희, "고전 여성영웅소설의 여성주의적 연구", 대구대학교 박사학위논문, 2005.

11) 박명희, "고소설의 여성중심적 시각 연구", 이화여대 박사학위논문, 1989.

12) 전이정, "여성영웅소설연구-서사 단위와 구성원리를 중심으로", 서울시립대 박사학위논문, 2009.

13) 강진옥의 "<이현경전(이학사전)> 연구"(고소설연구 2집, 한국고소설학회, 1996); 차옥덕의 "백년 전의 경고-방한림전과 여성주의"(아세아문화사, 2000) 등을 꼽을 수 있다. 조은희, "『홍계월전』에 나타난 여성의식 연구", 우리말 글, 우리말글학회, 2001.

14) 사진실, "「정수정전」 이본의 계통과 변모 양상", 한국 고전소설과 서사문학 상, 집문당,

성원리에 대한 연구,[15] 소설사적 위상에 대한 구명[16] 등을 중심으로 이루어졌다. 여성의식에 대한 연구는 90년대에 한국 사회와 학계에 본격적으로 자리잡기 시작한 페미니즘적 시각에서 비롯된 것이다. 여기에 일부 여성의식이 강하게 표출된 작품-<홍계월전>, <이학사전>, <방한림전> 등이 많은 주목을 받게 된 것이다. 이러한 연구의 계기로 주제적인 측면에서 많은 연구성과를 이루어졌음에도 불구하고, 여전히 여성영웅소설의 장르적 실체를 정확히 포착할 수 없었다는 한계를 안고 있었다. 이런 이유로 개별적인 이본 계열에 대한 정리를 통해 여성영웅소설의 형성경로를 밝히고자 하는 노력이나, 또 이를 바탕으로 해당 작품의 구성원리를 구명하는 노력, 개별 작품의 소설사적 위상을 밝히고자 하는 노력이 계속 시도된 것이라 하겠다. 이는 여성영웅소설의 형성경로, 장르적 성격과 의미를 밝히는 일이 여전히 풀어나가야 할 과제라는 것임을 말해주기도 한다.

한편 중국에서는 여성영웅소설이란 갈래 개념이 정립되어 있지 않고 있으며, 주로 여성영웅 또는 여장군이라는 인물형상에 대한 계통적 연구,[17] 여성영웅소설로 볼 수 있는 텍스트에 대한 작가론, 개별 작품론 등이 연구의 주류를 이루고 있다. 이 중에서도 연구의 중심을 이룬 것이 개별 작품론인데, 주요 연구대상은 <아녀영웅전(兒女英雄傳)>,[18] <여

1998.; 정준식, "〈홍계월전〉 이본 재론", 어문학, 한국어문학회, 2008.

15) 정준식, "〈홍계월전〉의 구성원리와 미학적 기반: 단국대 103장본 계열을 중심으로", 한국문학논총, 한국문학회, 2009.

16) 전용문의 "〈홍계월전〉의 小說史的 位相"(목원대학교 논문집, 1997); 이병직의 "〈부장양문록〉의 작품 세계와 소설사적 위상"(한국민족문화, 부산대학교 한국민족문화연구소, 2009), 박양리의 "초기 여성영웅소설로 본 〈이현경전〉의 성격과 의미"(한국문학논집, 한국문학회, 2010) 등을 들 수 있다.

17) 鄒越, "明清英雄俠義小說中的女性英雄形象分析", 南昌大學碩士論文, 2005; 劉瑩瑩, "清代通俗小說女將形象研究", 遼寧師範大學碩士論文, 2007.

18) 常雪鷹, "英雄至性與'兒女真情'說─〈兒女英雄傳〉主題思想辨", 內蒙古師範大學學報(哲學社會科學版), 第34卷第4期, 2005; 王立·呂堃, 〈兒女英雄傳〉十三妹形象的性別

선외사(女仙外史)>,19) <난화몽기전(蘭花夢奇傳)>,20) <영남일사(嶺南逸
史)>21) 등이다. <아녀영웅전>에 대한 연구는 대체로 예술적인 측면에
더 많은 관심을 두고 있는데, <여선외사>의 경우는 여성을 중심인물로
내세운 가장 이른 시기의 통속장편소설이라는 의의를 지닌 작품이라는
이유로 인해 다른 작품에 비해 좀 더 많은 관심을 이끌긴 하였지만,
중국 소설사에서는 간단히 소개되거나 언급되어 있지 않는 경우가 대
부분이다. 현대적인 시각에서 바라볼 때 이들 작품은 여성해방의식22)
및 진보적인 여성관23)을 보여준 의미 있는 작품임이 분명하다. 따라서
근래에 와서 이들 작품을 소홀히 대했던 연구 자세를 반성하고 여성의
식, 여성관에 주목하여 현대적인 방법론으로 접근하는 주제연구가 늘
고 있는데, 이러한 사실은 이들 작품에 대한 관심의 확대를 의미한다.
　기존 연구에서 비교문학적 측면에서 한·중 여성영웅소설에 대한 접

文化意蘊", 民族文學研究, 2006, 羅尚榮, "一曲封建末世的挽歌—論 兒女英雄傳的喜居
結局", 語文學刊 第5期, 2008.
19) 楊梅, "呂熊與〈女仙外史〉研究", 南京師範大學碩士學位論文, 2006; 程國賦·楊劍兵,
"呂熊及其〈女仙外史〉新論", 陝西師範大學學報(哲學社會科學版)第40卷第1期, 2011;
劉鵬飛, "〈女仙外史〉的天命觀及其成因", 賀州學院學報, 第25卷 第3期, 2009.
20) 李雨, "〈蘭花夢奇傳〉研究", 山東大學碩士學位論文, 2007; 劉相雨, "走出大觀園的探春
—論〈蘭花夢奇傳〉中的松寶珠形象", 阜陽師範學院學報(社會科學版) 第3期, 2001; 王
穎, "對英雄兒女模式的翻案論〈蘭花夢奇傳〉的混類現象和文本對話〉, 海南師範學院
學報(社會科學版)第5期., 2006.
21) 蘇建新·陳水雲, "〈嶺南逸史〉:一部〈三國演義〉化的才子佳人小說", 嘉應學院學報(哲
學社會科學), 第22卷第4期 2004. 汪平秀, "〈嶺南逸史〉中女性群體芻議", 嘉應學院學報
(哲學社會科學), 第26卷第1期, 2008.
　湯克勤, "論嶺南逸史的小說類屬和文史意義", 嘉應學院學報(哲學社會科學), 第25卷第
5期, 2007.
22) 胡足鳳, "中國娜拉們的出路〈蘭花夢奇傳〉關於女性解放的思考", 廣西師範學院學報
(哲學社會科學版), 第27卷第4期, 2006.
　顧 春芳, "〈女仙外史〉和〈瑤華傳〉中所見女性解放思想", 大阪府立大學紀要(人文·社
會科學), 1999, p.33-44.
23) 劉鵬飛, "論〈女仙外史〉的女性觀", 陝西理工學院學報(社會科學版), 第29卷第1期, 2011.
　楊 梅, "淺論〈女仙外史〉變調的女性觀", 文教資料論文集, 2004.

근도 찾을 수 있었다. 대체로 개별적인 작품을 비교 대상으로 하여 여성 영웅의 형상에 주목24)하거나 작품의 구성과 의미에 대한 연구25) 등으로 되어 있었다. 또 비교적 체계적인 연구를 시도한 논의도 있었는바, 즉 한·중 양국의 대표적인 여성영웅소설인 <홍계월전>와 <난화몽기전>을 비교하여 작품의 구성적인 특징 및 의미에 대한 논의가 그것이다.26) 이처럼 여성영웅소설에 대한 한·중 비교문학적 접근은 몇몇 연구자의 관심을 받고 있긴 하나 아직 미비한 실정이며 이제 시작단계에 불과하다는 사실을 파악할 수 있다.

여성영웅소설에 대한 중국 측 연구는 한국 측에 비해 많이 미비한 실정이다. 특히 장르에 대한 총체적인 인식이 부족하며, 개념 정리에서부터 형성 원인, 구성적 특징, 주제의식에 대한 파악이 모두 해결해야 할 과제인 것이다.

한편 한국의 경우 비록 상당한 연구 성과를 축적했음에도 불구하고 절대 대부분의 작품들이 작가 미상으로 인해 작품의 형성경로, 주제의식을 파악하는 데 한계를 지니고 있으며, 또 갈래의 범주화에 있어서도 논란의 여지가 존재하는 등 문제점을 안고 있다. 이런 시점에서 유사한 갈래로 간주되는 중국의 작품들과 비교하는 것은 여성영웅소설의 유형성에 대한 이해를 돕는 데 효과적인 방법일 수 있다.

---

24) 韋旭昇, "〈玉樓夢〉和〈北宋志傳〉中的巾幗英雄形象比較", 모산학보 제6집, 동아인문학회 1994. 김명신, "〈호구전〉과 〈박씨전〉의 여성영웅 연구", 중국소설논총 제29집, 2009.

25) 이춘희, "한·중 여성영웅소설의 구조적 분석-홍계월전과 목란장군의 비교", 김명희 외 편저, 동아시아 여성문학의 지평, 보고사, 2008. 최길용, "한·중 고소설 〈방한림전〉과 〈요화전〉에 나타난 여성 혼인기피담의 비교 연구", 한국고전여성문학연구 17집, 한국고전여성문학회, 2008.

26) 金惠子, "韓中巾幗英雄小說比較研究──『洪桂月傳』與『蘭花夢奇傳』比較研究", 중국 중앙민족대학교 박사학위논문, 2010.

3. 연구대상

한국의 경우 여성영웅소설을 연구함에 있어서 대개 남장형(男裝型) 작품을 연구대상으로 삼고 있다. 반면 중국의 경우 이에 대한 개념의 정의와 작품의 범주화가 이루지고 있지 않고 있으며, 여성영웅에 대한 연구는 다양한 장르를 넘나들고 있는 실정이다.

따라서 본 장에서는 본 논문에서의 연구대상에 대해 우선 정리할 것이다. 보기에 앞서 영웅, 여성영웅 그리고 여성영웅소설의 정의에 대해서 짚고 넘어가고자 한다.

'영웅'이란 말이 제일 먼저 출현된 것은 중국 동한(東漢) 반표(班彪) 가 쓴 <왕명론(王命論)>에서였다.[27] 그가 말한 '영웅'은 제업(帝業), 즉 건국 대업을 이룩한 왕을 일컬은 것이다. 유소(劉劭)[28]는 <인물지(人物志)>에서 말하기를 "풀들 가운데서 뛰어나고 아름다운 것을 '영'이라 하고, 짐승들 가운데 특이힌 깃을 '웅'이라 한다. 따라서 사람들 중에서 문무가 뛰어난 사람을 '영웅'이라 한다. 그러므로 총명하고 뛰어난 자를 '영'이라 하고, 담이 크고 힘이 센 자를 '웅'이라 한다. 이것이 대체적으로 구별되는 이름이다."[29] 그러면서 둘 중 하나가 없거나 부족해도 훌륭한 장수(將帥)가 될 수 없으며, 비중의 차이가 있더라도 반드시 둘을 겸비해야 하며, 장량(張良)과 한신(韓信), 항우(項羽)와 유방(劉邦)이 이에 속한다고 했다.

유소가 말한 영웅은 다름아닌 재능과 지략을 지니면서 용기와 힘을 겸하여 새로운 역사를 개척한 사람을 가리킨다. 그가 예로 든 인물을

---

27) 〈왕명론〉: "英雄陳力, 群策畢擧, 此高祖之大略, 所以成帝業也."
28) 劉劭(426년?—453년)는 중국 남북조 시대 송나라의 제4대 황제임.
29) 〈人物志 · 英雄〉: "夫草之精秀者為英, 獸之特群者為雄; 故人之文武茂異, 取名於此. 是故, 聰明秀出, 謂之英; 膽力過人. 謂之雄. 此其大體之別名也."

보아서 알 수 있다. 유방은 한왕조(漢王朝)의 건국 시조이며 장량과 한신은 유방을 도와 한왕조를 세운 건국 공신들이다. 항우는 적극적으로 새 왕조, 새 역사를 개척하기 위해 싸우다 실패한 비극의 영웅이지만, 그의 무용담은 역사에 길이 남겨져 있다.

이런 의미에서 볼 때 창세기 신화에서의 인물 이야기, 고대 건국시조에 대한 신화와 전설은 모두 영웅의 이야기에 속한다고 할 수 있다. 한편 비록 역사를 개척한 사람은 아니지만 "뛰어난 능력을 가진 인물로서 집단의 삶을 위해서 위대한 일을 수행하고 그 때문에 집단의 존경을 받는 존재"30) 역시 우리에게 잘 알려진 고전적 영웅의 모습이다.

따라서 아울러 볼 때 인물의 영웅성은 대표적인 집단(공동체)31)의 이익과 이상을 실현할 때 나타난다고 할 수 있다.

일반적으로 공동체의 이상을 실현하는 인물은 대개 남성인 데다, '영웅'은 그 어원에서 볼 때도 본디 남성적 성격을 지닌 말이다. 그래서 '영웅'이라 할 때 대개 남성으로 보는 경우가 많다. 그렇다면 '뛰어난 능력을 가진 인물로서 공동체의 이념을 실현하기 위해 싸우는 여성'의 경우 '영웅성'을 지녔으니 어떻게 불러야 하는 것이 문제가 된다. 따라서 중국 고대 문인들은 뛰어난 여성을 나타내는 말로 '영자(英雌)'를 사용32)하기도 했는데, 보편적으로 사용되지 못했고, 현재 다만 소수 문

---

30) '영웅'의 개념은 서대석(군담소설의 구조와 배경, p.12)을 참조하였음.
31) 소위 '대표적인 집단'은 흔히 당대의 통치집단을 상기할 수 있지만, '여성 전체 집단'(윤분희)과 '당대 독자층'(전이정)으로 보다 구체화 시키는 것도 의미 있는 해석이라 하겠다. 윤분희("여성영웅소설 연구", 한국문학논총 32집, 한국문학회, 2002); 전이정("여성영웅소설연구-서사 단위와 구성 원리를 중심으로-", 서울시립대 박사학위논문, 2009. p.7).
32) 중국 일부 연구자들이 여권관념에서 '英雄' 대신 '英雌'라는 말을 사용하고 있다. 이 용어의 생성 및 의의, 그리고 관련 용어에 대해 李奇志("清末民初英雌及其相關概念族群的生成及其意義", 海南師學院學報, 第28卷 第1期, 2008)의 논의를 참조하기 바란다. 현재 중국의 인터넷이나 일부 신문기사에서 '뛰어난 여성'을 지칭하는 말로 '英雌'를 사용하고 있는 것을 찾을 수 있다. 신선하긴 하지만 오히려 생소함이 없지 않다고 하겠다.

학 연구자에게 여성주의를 내세우는 말로 사용되고 있다.

근원적으로 볼 때 '영웅성'은 '인간심성의 필연적인 욕구를 따르는 것이지 성적 조건에 지배되는 것은 아닌 것'33)으로 남성이든 여성이든 모두 영웅이 될 수 있다.

따라서 '영웅'은 어원의 의미와 달리 '여성영웅'과 '남성영웅'을 포괄하는 개념으로 이해하는 것이 마땅하다. '여성영웅'과 비슷한 말로 '여장군(女將軍, 女將), 여수(女帥), 여걸(女傑), 여협(女俠), 건괵영웅(巾幗英雄)', 여장부(女丈夫) 등이 있으나 개념상 약간의 차이점이 있다.

여장군은 전쟁을 전제로 하는 개념이다. 즉 전쟁에서 장군으로 출전하여 활약을 펼친 여성인물을 말한다. 여수(女帥) 역시 전쟁을 전제로 하는 개념이며, 여자 '원수(元帥)' 또는 '장수(將帥)'를 가리키는 말이다. 여걸(女傑)은 여호걸(女豪傑)이라고도 하는데, '걸'은 "재능이 출중한 사람"을 이르는 말로 '준걸(俊傑)' '영웅호걸(英雄豪傑)'을 지칭한다. 여자영웅호걸을 줄여서 '여영호(女英豪)'라고 표현하기도 한다. 여협(女俠) 또는 협녀(俠女)에서 '협(俠)'34)은 '유협(遊俠)'35)이라는 말에서 왔는

---

33) 정금철, "영웅의 자아실현과 여성 영웅주의에 대하여-영웅담의 분석심리학적 접근", 서강어문 2집, 1982년, p.142.

34) 최봉원(中國古典短篇俠義小說研究, 臺北: 聯經出版事業公司, 1986, p.19)은 사마천과 반고의 문장과 역사문헌에서 보이는 '협'의 공통적인 특징을 고찰하여 8가지로 정리하여 제시했다. Ⓐ노상에서 억울함을 당하는 사람을 보면 서슴없이 칼을 뽑아 도와준다. =路見不平, 拔刀相助,; Ⓑ은혜를 입으면 잊지 않고 보답하고, 베푼 은혜는 보답을 바라지 않는다. =受恩勿忘, 施不忘報; Ⓒ남의 부족함을 돕고, 남의 위급함을 구제한다. =振人不贍, 求人之急; Ⓓ이미 허락한 일을 중히 여기며 생사를 가벼이 여긴다. =重然諾, 輕生死; Ⓔ옳고 그름과 좋고 나쁨을 가리지 않는다. =不分是非善惡; Ⓕ덕과 재능을 뽐내지 않는다. =不矜德能; Ⓗ법령에 구속되지 않는다. =不顧法令; Ⓖ의를 중히 여기고 재물을 가볍게 본다. =仗義輕財.

35) 사마천은『史記』에서 俠를 위해 傳을 처음으로 써주었다. 그는 〈遊俠列傳〉에서 '협'에 대해 말하기를, "현재 遊俠의 그 행동이 비록 정의라는 궤도를 벗어났지만 그들의 말에는 반드시 믿음이 있고 행동에는 반드시 결과가 있다. 이미 허락한 것은 반드시 성의를 다해 이행하며, 그 몸을 돌보지 않고 남의 위급한 데에 나아간다. 이미 생사존망의 위태로움을 겪었어도 능력이 있음을 뽐내지 않고 그 공덕을 자랑하는 것을 부끄럽게

데, 고착된 삶을 살지 않고 세상에 떠돌면서 억울한 사람을 보면 구해주고, 신의를 지키고 자신이 옳다고 여기는 일에 목숨을 바칠 수 있는 사람을 이르는 말이다. 건괵(巾幗)은 고대 여성들이 머리에 쓰는 두건이나 머리장식을 가리키는데, 주로 '부녀자'를 지칭하는 말로,36) '영웅'과 합해서 여성영웅을 지칭하는 말로 쓰이고 있다. 여장부(女丈夫)는 "남자처럼 굳세고 기개 있는 여자"를 가리킨다.

여장군·여원수가 전쟁이라는 특정한 배경을 전제로 하는 개념이라면, 영자(英雌)는 특정한 가치관을 내세우는 개념이며, 여걸과 여협은 강호(江湖)의 자유분방한 이미지를 지니는 개념이라 할 수 있다. 중국의 문학 텍스트에서는 여성영웅, 여장군, 영자, 여걸, 여협, 건괵영웅, 여장부라는 말을 모두 사용하고 있으며, 문학 연구에서는 여성영웅과 건괵영웅이라는 말이 가장 널리 사용되고 있다.

한국의 경우도 중국과 크게 다르지 않다. 문학 텍스트에서는 여성영웅, 여걸 또는 여호걸, 여장군, 여장부라는 말을 두루 사용하고, 문학 연구에서는 여걸, 여장군이란 용어를 사용하는 것을 볼 수 있으나, 보다 포괄적인 특징을 지닌 여성영웅이란 용어를 더 많이 사용하고 있다.

따라서 본 논문에서는 기존의 관습대로 '영웅성'을 지닌 여성을 '여성영웅'이라 지칭할 것이며, 한·중 고전문학사에서 여성영웅의 이야기를 중심으로 다룬 소설을 '여성영웅소설'이라 지칭한다.

한국에서는 여성영웅을 중심으로 다룬 고소설이 하나의 독립적인 작품 갈래로 유형화하여 여성영웅소설이라 명명하고 있으나, 연구자의 주안점에 따라 여걸소설,37) 여장군소설38)이라 부르기도 한다. 한편 남

여기니, 대개 또한 칭찬하기에 족한 것이 있다 하겠다." 今遊俠, 其行雖不軌於正義, 然其言必信, 其行必果, 已諾必誠, 不愛其軀, 赴士之 戹困, 既已存亡死生矣, 而不矜其能, 羞伐其德, 蓋亦有足多者焉.

36) 신화사전 참조.

37) 성현경, "女傑小說과 <薛仁貴傳)", 국어국문학62-63, 1973.

녀를 따로 나누지 않고 영웅소설,[39] 군담소설[40])에 통합시켜 논의하기도 한다.

여성영웅소설이란 갈래의 성격을 규명할 때 역시 다소 의견의 차이가 있다. 여성영웅소설은 좁은 범주에서 보는 관점과 넓은 범주에서 보는 관점에 따라 포괄되는 작품 수도 이에 상응하게 달라진다. 좁은 범주에서의 여성영웅소설은 여성이 중심인물로 등장, 남자의 모습으로 출전하여 영웅적 역량을 보여주는 여성영웅의 일생을 서사의 중심축으로 삼는 소설 텍스트를 말한다. 넓은 범주에서의 여성영웅소설은 "여성주인공이 등장하여 외부 활동을 통해 자신의 역량을 보여주는 것"이므로, 지나치게 포괄적이라는 단점을 지닌다. 한국에서 여성영웅소설을 연구할 때는 주로 넓은 범주의 여성영웅소설로 논의되는 경우가 대부분이다.[41]

중국의 경우 여성영웅이 등장한 고소설에서 여성영웅이 일반적으로 여성의 모습으로 출전하는 경우가 보편적으로 존재한다는 점을 고려하여, 본 논문에서 좁은 범주의 여성영웅소설이라는 개념을 수용하되, '남

---

38) 여세주, "여장군등장의 고소설 연구", 영남대 석사학위논문, 1981; 손연자, "여장군형 소설 연구", 이화여대 석사학위논문, 1982.

39) 임성래, 영웅소설의 유형연구, 태학사, 1990.

40) 서대석, 같은 책.

41) 정병설("여성영웅소설의 전개와 〈부장양문록〉", 고전문학연구제19집, p.211)은 한국 여성영웅소설을 "좁은 범주"와 "넓은 범주"로 나눌 수 있다고 하면서, "좁은 범주의 여성영웅소설은 ㉠여성주인공의 '영웅의 일생'을 보여줌, ㉡여성주인공이 남장 출전하여 자신의 영웅적 역량을 보여줌,㉢앞의 것들이 서사의 유일한 중심축일 것이라는 세 요건을 충족하는 경우이고; 넓은 범주의 여성영웅소설은 ㉠여성주인공의 등장, ㉡여성주인공이 자신의 역량을 외부 활동을 통해 보여줄 것이라는 두 요건만 충족하면 될 것"이라고 하였다. 넓은 범주로 보는 텍스트 중에 대표적인 것이 〈설저전〉, 〈박씨전〉, 〈금령전〉이다. 〈설저전〉에는 여주인공이 장군으로 출전하는 군담이 빠져 있다. 〈박씨전〉과 〈금방울전〉 역시 남장 출전의 문제가 걸리게 되는데, 박씨는 醜美라는 외모적 차이가 있을 뿐 남장은 행하지 않는다. 금방울은 태어날 때부터 16년 동안 방울 모양으로 살았고 그 상태에서 능력을 발휘한 것이다.

장 출전'이라는 화소를 제외하고 '여성이 중심인물로 등장하고 영웅적 역량을 보여주며, 여성영웅의 일생을 서사의 중심축으로 삼는 소설 텍스트'를 가리켜 여성영웅소설이라 정할 것이다.

지금까지 한국에서 넓은 범주로 논의되어 왔던 여성영웅소설의 대상은 40여 편을 상회한다.42) 이 중에 <이대봉전>, <옥주호연>, <홍계월전>은 시종일관 대표적인 여성영웅소설로 논의되어 왔던 텍스트들이다. <설저전(설제전)>과 <이학사전(이현경전 또는 이형경전)>은 초기의 작품이고, <김희경전>은 애정과 영웅, 가정 이야기가 혼재한 텍스트이며, <박씨부인전(박씨전)>, <금방울전(금령전)>, <방한림전>은 다른 여성영웅소설과 변별되는 특징을 지닌 전형적인 작품들이다. 이들은 또한 줄곧 학계에서 집중 관심의 대상이 된 작품들로서, 여성영웅소설의 특수성과 보편성을 두루 보여주는 텍스트들이라 할 수 있다. 이들 텍스트 중에 <홍계월전>, <설저전>, <이학사전>, <박씨부인전>, <방한림전>은 좁은 범주의 여성영웅소설로 볼 수 있으며, <이대봉전>, <옥주호연>, <김희경전>, <금방울전> 등은 남녀 영웅의 일생을 병치시키는 구성적 특징을 지니고 있어 넓은 범주의 여성영웅소설로 볼 수 있다.

중국의 고소설에서 여성영웅의 형상을 이야기의 대상으로 삼은 텍스트는 한국의 경우와 비슷하여 역시 40여 편을 웃돈다. 대상 작품의 갈래는 연의소설, 영웅전기, 협의애정소설, 협의공안소설, 신마소설, 재자가인소설 등 매우 다양하다.

---

42) 박상란은 "여성영웅소설의 갈래와 구조적 특징"(동국대학교 석사학위논문, 1992, p.184)
을 고찰하면서 40편의 텍스트를 대상으로 삼았다. 학계에서 대상 텍스트로 삼은 여성영
웅소설은 대체로 이 40편에서 찾을 수 있다. 이 40편 외에도 연구자의 주안점에 따라
여성영웅소설로 논의되는 작품이 더 있다. 여기서 제외한 〈금방울전〉이 바로 대표적인
예이다.

〈중국에서 여성영웅을 다룬 주요 소설들〉

작품	여주인공	작가	출판시간	갈래[43]
1. 楊家府演義	令婆, 八姐, 九妹, 穆桂英, 楊宣娘, 杜月英 等	紀振倫 (秦准墨客)	1606년	歷史演義
2. 北宋志傳	令婆, 穆桂英, 八姐, 九妹, 重陽女, 周夫人, 杜娘子	熊大木	1618년	歷史演義
3. 混唐後傳	陳金定, 薛金蓮	鐘惺	미상	歷史演義
4. 好逑傳	水氷心	名敎中人	康熙年間	兒女英雄
5. 生花夢	馮玉如	古吳娥川主人	1673	兒女英雄
6. 歸蓮夢	白蓮岸	蘇庵主人	1684	兒女英雄
7. 說岳全傳	梁紅玉	錢彩	1684	歷史演義
8. 隋唐演義	竇線娘, 花木蘭, 平陽公主	褚人獲 (沒世農夫)	1695	歷史演義
9. 女仙外史	唐賽儿, 満释奴, 范飞娘 剎魔公主, 女金剛, 回雪	呂熊	1704	歷史演義, 神魔小說
10. 說唐前傳	黑·白二夫人, 马赛飞	駕湖渔叟	雍正年間	英雄傳奇
11. 說唐後傳	屠爐公主	鴛湖漁叟	1735	英雄傳奇
12. 羅通掃北	屠爐公主	미상	미상	英雄傳奇
13. 說唐小英雄傳	屠爐公主	如蓮居士	미상	英雄傳奇
14. 反唐演義傳	紀鸞英, 樊梨花	如蓮居士	1753	英雄傳奇
15. 異說征西演義全傳	陳金定, 薛金蓮, 樊梨花	吳門㪩庄主人	1754	英雄傳奇
16. 幻中游	秋英	步云斋主人	1767	世情小說
17. 飛龍全傳	陶三春	東隅逸士	1768	英雄傳奇
18. 雪月梅	华秋英	镜湖逸叟	1775	兒女英雄
19. 說呼全傳	王金蓮, 鳳姑, 齊月娥	半閑居士	1779	英雄傳奇
20. 繡戈袍全傳	鸾娜	江南随园主人	1787	英雄傳奇
21. 粉妝樓全傳	祁巧雲, 馬金錠, 程玉梅, 謝靈花	竹溪山人	1797	英雄傳奇
22. 五虎平西演義	八寶公主	-	1801	英雄傳奇
23. 瑤華傳	瑤華	丁秉仁	1803	神魔小說

작품	여주인공	작가	출판시간	갈래[43]
24. 征西說唐三傳	竇仙童, 陳金定, 薛金蓮, 樊梨花, 刁月娥	中都逸叟	1807	英雄傳奇
25. 五虎平南演義	段紅玉, 王蘭英, 它龍女, 王懷女, 楊金花	-	1807	英雄傳奇
26. 萬花樓演義	百花女	李雨堂	1808	英雄傳奇
27. 嶺南逸史	張貴兒, 李小環, 梅映雪	花溪居士	1809	兒女英雄
28. 雙鳳奇緣	賽昭君	雪樵主人	1809	英雄傳奇
29. 平閔全傳	金莲, 方飞云, 十八洞洞主, 穆桂英, 杨宣娘	-	1821	英雄傳奇
30. 木蘭奇女傳	朱木蘭	-	1827	英雄傳奇
31. 綠牧丹	花碧蓮, 鮑金花, 胡賽花	-	1831	英雄傳奇
32. 蕩寇志	陳麗卿	俞萬春	1851	英雄傳奇
33. 宋太祖三下南唐	刘金锭, 艾银屏, 萧引凤花解语, 郁生香, 赵美容, 李翠华	好古主人	1858	英雄傳奇
34. 三門街前后傳	楚云	-	-	兒女英雄
35. 天門陣演義十二寡婦征西	穆桂英, 紫太郡, 杜金娥	-	1890	英雄傳奇
36. 蘭花夢奇傳	松宝珠	吟梅山人	1905	才子佳人
37. 兒女英雄傳	十三妹(何玉鳳)	文康	1853-1874	兒女英雄
38. 三俠五義	沙鳳仙, 沙秋葵	石玉昆	1879	公案俠義
39. 小五義	沙鳳仙, 沙秋葵, 甘蘭娘	-	1890	公案俠義
40. 續小五義	閆雲英, 鄭素花, 沙鳳仙, 沙秋葵, 甘蘭娘	-	1890	公案俠義
41. 續俠義傳	元翠綃	-	1891	公案俠義

---

43) 여기서 정리한 텍스트의 갈래는 상대적이라는 점과 대표적으로 논의되는 것으로 선택
하였음을 밝혀둔다.

위의 도표를 보면 여성영웅은 영웅전기, 역사연의, 재자가인소설, 아녀영웅, 공안협의 등의 소설 갈래에 두루 등장하고 있으며, 영웅전기에 가장 많이 형상화되고 있다.

중국소설사에서 영웅전기소설은 영웅소설과 거의 똑같은 개념으로 사용되며, 주로 <수호전>을 대표로 하는 작품군을 지칭하는 갈래적 개념이다. 영웅전기소설은 역사연의소설과 함께 '역사소설'이란 큰 갈래에 귀속된다. 영웅전기(英雄傳奇)는 외사(外史)나 야사(野史), 그리고 민간 고사에서 소재를 취하면서, 대개 허구적인 인물이나 그 인물의 가족에 관한 이야기를 중심으로 전개된다. 주로 세 가지 유형의 이야기로 구성되는데, 즉 부패한 정치에 반기를 든 민중영웅의 이야기, 변방을 침입하는 외적을 막는 민족영웅의 이야기, 새로운 질서를 건립하는 창업주의 이야기가 이에 해당하다.[44]

영웅전기는 한 가지 유형을 줄곧 유지하면서 전해지지 않고, 여러 갈래로 분화되면서 변화 빌전하였다. 또한 기타 장르와의 교섭이 일어나기도 했는데, '아녀영웅소설'은 영웅전기소설과 재자가인소설이 융합되면서 '아녀영웅류'와 같은 새로운 유형을 낳기도 했다.[45]

위의 도표에서 정리한 작품을 보면, 장수 가문시리즈(將門系列)[46] 또는 군상(群像)[47]의 영웅소설이 절대 대부분이다. 그 외의 작품들은 남성영웅의 행위양상을 서사전개의 중심으로 삼은 텍스트(7, 16-18, 20, 33, 35, 38), 여성영웅의 행위양상을 서사전개의 중심으로 삼은 텍스트

---

44) 李騰淵 譯, "제4장 영웅전기소설/제5장 신마소설·개요"(齊裕焜 主編著, 中國古代小說演變史, 敦皇文藝出版社, 1990), "중국소설연구회보"제44호, 2000, pp.23-25 참조.

45) 魯迅, 中國小說史略; 齊裕焜 主編, 中國古代小說演變史, 敦皇文藝出版社, 1990.

46) 장수 가문(將門)은 세대가 장수로 있는 가문을 이르는 말이다. 장수 가문 시리즈 소설에서 부친이 대장군, 대원수로 있으면서 뛰어난 재능을 지닌 인물로 나타나는 것은 물론, 그 자손 및 가족들도 모두 뛰어난 무예를 지니고 있는 것으로 형상화되어 있다.

47) 군상(群像)은 복수 인물 즉 인물이 여러 명이라는 것을 가리키는 말이다.

(9, 23, 28, 30, 36), 공안과 영웅 이야기가 혼재한 텍스트(39-41), 아녀영
웅류 텍스트(4-6, 18, 27, 37) 등으로 나눌 수 있다.

본 논문에서는 세 번째 유형(<여선외사(女仙外史)>, <쌍봉기연(雙鳳
奇緣)>, <요화전(瑤華傳)>, <목란기녀전(木蘭奇女傳)>, <난화몽기전(蘭
花夢奇傳)>을 여성영웅소설로 보면서 기본 텍스트로 삼았다. 그리고 다
섯 번째 유형 중에서 여성영웅의 행위양상이 돋보인 작품-<영남일사
(嶺南逸史)>, <아녀영웅전(兒女英雄傳)>도 넓은 범주의 여성영웅소설
로 보면서 연구 대상에 포함시켰다.

제2장

여성영웅소설의 형성

영웅은 늘 남성과 밀접한 관계를 지닌 말로 인식되어 왔다. 이는 '영웅'이란 말이 '제업을 이룩한 왕'이란 말에서 연원된 것과 무관하지 않다. 한국과 중국의 역사를 돌아볼 때 제업을 이룩한 왕은 대체로 남성이었다. 그런데도 신라시대 선덕여왕을 비롯한 3명의 여왕들, 한고조 왕후 여치(呂雉), 당나라 때의 무측천(武則天)이 능력 있는 여성도 최고의 지위에 오를 수 있다는 것을 증명한 예이다. 하지만 소수에 불과하다. 특히 가부장제 사회에서 '여성'과 '영웅'은 더욱 양립할 수 없는 존재였음에도 18세기를 전후 하에 여성영웅담이 한·중 소설사에서 빛을 발할 수 있었던 이유는 당시의 사회상황과 문학적 환경 탓이다. 따라서 이 장에서는 한·중 양국에서 여성영웅소설이 각각 어떻게 형성되었는가를 살펴보고자 한다.

1. 한국 여성영웅소설의 형성

1.1 사회적 배경

한국에서 여성영웅소설의 출현 시기를 17세기말 또는 18세기 초로 보고 있다.[48] 17세기 말 18세기 초의 한국은 조선중기에서 조선후기로 넘어오는 과도기에 처해 있으면서 발전과 모순이 공존하는 시기라 하겠다. 이 시기 조선사회는 임·병 양란의 상처를 치유하는 과정에서 사상, 경제면을 포함하여 많은 변화와 발전을 가진 시기였다.

우선 가치관의 변화라 할 수 있는데, 전란으로 인해 지배계층의 무능력이 노출되고 기존 지배질서에 대한 불신이 확산되면서 자의식이 싹트기 시작하고 점차 성장하기에 이르렀다. 이와 함께 '현실을 직시하고 개혁의 의지'를 담는 실학사상이 대두되면서 유교사상의 내부에 분화가 일어나게 되었고 낡은 가치관을 혁신하고자 하는 근대의식이 복고의식과 팽팽한 대립을 이루게 되었다. 고정된 가치관의 흔들림은 18세기 말에 퍼지기 시작한 서학사상, 19세기 중엽에 나타난 동학으로 더욱 확산되었다. 이러한 가치관의 변화는 여성에 대한 사회의 인식의 변화를 가져왔으며, 여성의식의 각성, 성장에 영향을 미쳤을 것으로 본다.

양란 후 또 하나의 변화는 상품경제의 발전으로 강고한 신분체제의 장벽도 흔들리게 된 것이다. 전쟁이 끝나고 국가에서는 적극적인 농업

---

48) 출현 시기에 대한 기존 연구를 보면, 소설의 본격적인 발전단계에 들어설 때 출현한 것으로 그 시기를 늦어도 17세기 말로 보는 것(조동일, "여성영웅소설 작품구조의 시대적 성격", 한국소설의 이론, 지식산업사, 1977, pp.444-447)과 비교적 후대에 출현한 것으로 19세기 말에서 20세기 초로 보는 것(전용문, 앞의 논문, p.212) 등이 있었다. 그런데 최근에 와서는 18세기 전후로 보는 견해(최호석, "〈설제전〉 연구", 고소설연구 6, pp.281-303)도 나타났다. 〈설저전〉을 초기의 작품으로 추정하는 과정에서 이 작품의 한문본인 〈번설경전(飜薛卿傳)〉(1724)의 발견으로 하여 여성영웅소설의 출현 시기는 결국 17세기말 아니면 18세기 초일 가능성이 제기된 것이다.

정책을 실시하여 경제의 복구와 발전을 강구하였다. 이로 농업생산력, 화폐경제가 발달하고 일부 실질적인 경제력이 뒷받침되는 신흥부호가 생겨났으며 그들에 의해 양반의 신분이 매매되면서 신분제가 붕괴될 위기에 빠진다. 또 벌열들의 권력독점과 당쟁으로 인해 많은 양반들이 특권계층에서 밀려 향반으로 전락하게 되었다. 이로 말미암아 몰락양반층이 크게 늘어났는바, 이들 중 일부는 생계유지의 수단으로 소설을 창작하기도 했다. 하지만 경제능력이 크게 없는 이들은 무능력이 날로 노출되고 여성의 경제능력이 부상되는 가운데 가정에서의 남성적 권위도 조금씩 흔들렸을 것으로 본다.

한편 벌열정치의 실시로 당쟁이 날로 심해지면서, 벌열들은 가문의 유지책으로 가부장적 이데올로기를 보급시키고 종법을 국가적인 제도로 확립시켰다. 이로써 조선사회는 온전히 유교적 가부장제 사회로 들어서게 되었다. 가부장제 사회에서는 가족을 기본 단위로 하고, 유교이념을 도덕규범으로 삼으면서 관혼상제 등 유교식 의례를 철저히 준수하며 종법을 극히 중시하였다. 종법제 아래 가문의 유지는 부계 적장자 위주로 혼인, 혈연의 유대로 지속된다. 아들이 없을 경우 양자를 들여서라도 가문의 대를 잇게 하였다. 가부장제 사회에서 여성은 태어날 때부터 '결핍된 존재'이기에 '완전한 존재'인 남성과 결합을 해야만 존재의 가치를 인정받는다고 할 수 있다.

종법제의 확립으로 조선사회는 여성에 대한 일방적인 불평등한 사회체제로 전변하게 되었다. 이러한 사회체제 속에서의 여성은 점차 정치, 경제, 문화, 교육 등의 공적인 참여에서 배제되어 단지 남성의 보조적 수단으로 전락하고 말았다. 주로 가정에서 생활해야 하는 여성에게 여도는 기본으로 익히게끔 요구된다. 또한 각종 여자 수신서, 교훈서의 발행, 열녀 장려 정책을 적극적으로 실시하고, 일부종사, 과부재가 금지를 제도적으로 실시하면서 여성에 대한 억압을 강화하였다. 이 시기 행동이 바르고, 부덕을 지키며 위로는 시부모님을 잘 모시고 남편을 잘 보필하고 자식을 잘 가르치는 등 가정·가족을 위해 묵묵히 헌신하는 희생적이고 순종적인 전통 여성상이 비로소 정착되었다고 하겠다.

문벌사회의 도래에 따라 여성들의 가문 내 역할이 대폭 늘어났다. 그래서 이 시기 여성들은 여권 말살과 더불어 역할 증대라는 이중고를 겪게 된다. 하지만 여성들은 이를 계기로 놀랄만한 정신적 성장을 거듭한다. 예컨대 안살림을 주관하면서 조직능력을 배웠고, 경제적 책임까지 떠맡으면서 현실적, 합리적 사고능력을 키웠다. 게다가 각종 교양을 쌓음에 따라 여성들의 지식수준은 그 어느 때보다 양적, 질적으로 크게 향상되었다. 특히 국문 공부는 그녀들의 문예능력을 월등히 끌어올렸다. 그녀들에게 기본적인 교양을 쌓기 위한 독서는 용인했으나 창작을 통한 사회참여는 금지하였기에 드러내놓고 예술활동을 펼치지 못하고 오직 가문내의 지식인으로서 일생을 보내거나 아니면 거의 비공식적으로만 활동했다.

1.2 역사적 배경

18세기 전후는 여성들에게 이념적 규제가 더욱 강화된 시기였다. 이 시기 체제적으로 여성을 가정이라는 울타리 속에 가두면서 사회 참여를 완전히 배제시킨 때였다. 여성의 능력은 가정에서 가사 관리와 자식 교육을 통해 발현할 수밖에 없었다. 이 시기 모범적인 여성상은 가정 및 가족을 위해 헌신하는 희생적이고 순종적인 모습이었다.

그러나 여성영웅소설에서 여성 인물은 대개 허구적 인물인데다가, 하나같이 주체성이 강하고 탈규범적인 인물로 형상화되어 있어 당대의 모범적인 여성상에서 거리가 멀다. 이 때문에 소설 속 여성인물을 당대

여성의 '꿈의 형상화'로 보거나 '무능한 남성들의 대타로 영웅화한 것'
으로 이해하기 십상이다.

그렇다면 이 시기에 과연 순종적이고 규범적인 여성만 존재했을까?
당대의 억압적인 현실에서도 분명히 적극적이고 능동적인 여성이 존재
했을 것이다. 특히 뭇사람들의 입에 오르내린 여성들이 여성영웅소설
의 한 출현동인으로 볼 수 있다.

따라서 역사적 실존 인물이 여성영웅의 형상화에 일조했을 것이라는
주장이 제기되었고, 그중 조선 전, 중기에 살았던 유명한 여성예술가들
의 삶이 거론되었다. 대표적인 인물로 설씨부인, 신사임당, 송덕봉, 허
난설헌 등이 있다. 이들은 조선 전, 중기에 주로 살면서 '가정과 가문
나아가 사회적 공간에서 문학, 예술, 자식 교육 같은 다양한 지적 활동
을 통해 자기 나름의 방식대로 사회 발전에 기여하였다.'[49]

이에 강봉근은 '무남독녀의 대상작용'으로 김만중의 어머니 해평윤
씨, '탁월한 여성의 내조'로 이이의 어머니 신사임당, '탁월한 여성과
열등한 남성의 갈등'으로 허난설헌의 삶과 여성영웅소설의 여주인공들
의 서사를 대비하여 양자의 유사한 면모들을 살펴보았다.[50] 이 같이
실존한 사대부 여성들의 삶과 소설 속 여성인물들의 삶이 닮은 면모를
지니고 있음을 확인할 수 있었다.

또한 이들 상층 지식인 여성들은 여성의 능력과 그 가능성을 남성에
게 허락한 영역까지 확대하여 사고하고 있었다는 사실이 현존한 일부
일기나 규방가사를 통해 확인할 수 있었다.[51] 일부 여성영웅소설에서
여성 주인공이 자아 능력을 발현코자하는 욕망을 강하게 드러내고 있
는데, 이는 여성 자신이 현실에서 불가능한 것을 서사적으로나마 실현

---

49) 김명희 외, 조선시대 여성문학과 사상, 이회, 2003, p.23.
50) 강봉근, 여성영웅소설의 출현동인 일고찰, 국어문학, 전북대학교 국어국문학회, 1986.
51) 최지녀, "여성영웅소설의 서사와 이념 연구", 서울대학교 박사학위논문, 2015, pp.28-33.

시킨 것이 아닌가 한다.

이처럼 상층 지식인 여성들의 삶의 모습이 여성영웅소설의 여성인물이 귀한 양반댁의 여식으로 설정하거나, 대부분 무남독녀이며, 남성보다 월등한 능력을 지니는 것으로 형상화된 데에 기여한 것으로 볼 수 있다. 그런가 하면 소설 속 인물의 탈규범적이며 주체적인 형상은 하층 여성의 역동적인 모습과 많이 닮아 있는 것으로 확인된다.

임금이 희정당(熙政堂)에서 초복(初覆)을 행하였다. 황주(黃州)의 양가녀(良家女) 김자근련(金者斥連)은 나이 20세가 되도록 출가(出嫁)하지 않았는데, 그 이웃 사람이 아내로 맞이하고자 하여 그 부모에게 청하였으나 허락하지 않았다. 그 이웃 사람은 원래 완패(頑悖)한 자로서 처녀의 집에 몰래 들어가 겁간(劫奸)하고자 하였으나 처녀가 큰 소리로 외쳐 모면하였는데, 그 이웃 사람이 공공연하게 말하기를, '내가 이미 그 처녀와 간통(姦通)했으니 다른 데로 시집갈 수 없다.'고 하였디. 처녀가 그 소문을 듣고 억울하여 분통하여 스스로 월파루(月波樓)의 절벽 아래에 투신(投身)하였으나, 남의 구원을 얻어 회생(回生)하였다. 그러나 스스로 생각하기를, '저들은 친족이 번성하지만 나는 몹시 잔약하여 마침내 그 수욕(羞辱)을 받을 것이니, 차라리 한 칼로 같이 죽어 흔쾌히 억울함을 씻는 것만 못하다.' 하고, 드디어 남장(男裝)하여 칼을 품고 새벽에 이웃 사람의 집을 찾아가 그를 찔러 죽이고, 스스로 잡혀서 관가(官家)에 나아갔다.52)

임금이 선비들을 시험 보이는 시소(試所)에 친림(親臨)하였는데, 갑자기 격고(擊鼓)하여 억울함을 울부짖어 하소연하는 자가 있었다. 임금이 곧 추조(秋曹)로 하여금 공초(供招)를 받아들이게 하였는데, 대체로 여인이 거짓으로 남복(男服)을 꾸미고 호위한 가운데에 난입(攔入)하여 아버지의 억울함을 호소하고자 한 것이었다. 형조 판서 심수(沈鏽)가 공초를

---

52) 조선왕조실록 영조 58권, 19년(1743 계해) 5번째 기사.

받아 아뢰자, 하교하기를, "듣건대 한(漢)나라에서는 제영(緹縈)이 상서(上書)한 바가 있고, 당(唐)나라에서는 목란(木蘭)이 종군(從軍)한 일이 있었다고 하는데, 형제가 남복(男服)을 바꾸어 입고 전정(殿庭)에서 상언(上言)하였다는 것은 지금 처음 듣는다. …… 아! 김 소사가 비록 아비를 위해 분한 마음을 억제하기 어려웠다 하나 그 성주(城主)를 배척하려 하지는 않았으며, 이는 남자도 쉽사리 할 수 있는 것이 아닌데 여인으로서 능히 하였으니, 이것은 가상하게 여길 만하다. ……"하였다.53)

위의 두 인용문은『조선왕조실록』에 실려 있는 기사이다. 첫 번째 기사는 김자근련이라는 여자가 남장 복수하여 열행을 행한 이야기이고, 두 번째 기사는 김씨라는 과부가 자기의 부친을 구하기 위해 남장하여 임금께 상언함으로써 부친의 원한을 풀고, 효를 행한 이야기이다.

두 사람은 사회 참여의 방편으로 모두 남장을 행한 점은 여성영웅소설에서 여주인공들이 행하는 남장과 같은 맥락에서 볼 수 있을 것이다. 즉 남장은 당대 여성들이 사회 참여의 필수적인 수단이라는 점을 알 수 있는 것이다.

한편 두 여인의 행위 양상도 소설 속 여성영웅의 모습과 유사한 면모를 지니고 있었다. 김자근련은 훼절했다는 소문만으로 목숨을 버렸다가 남의 구원으로 다시 살아난 후 주체적인 인물로 탈바꿈하게 된다. 이는 <이대봉전>의 장애황과 닮아 있는데, 여성이라는 존재로 있을 경우 억울함을 당할 때 우선 자살을 생각하는 약한 존재로 나타난다. 그러나 죽음을 겪은 후 약한 모습은 사라지고 담대한 모습으로 탈바꿈하게 된다. 한편 김소사는 아비를 구하기 위해 감히 임금께 상언하는 담대함을 지녔고, 그의 능동성과 주체성은 소설 속 여성영웅들과 많이 닮아 있었다.

---

53) 조선왕조실록 영조 117권, 47년(1771 신묘) 3번째 기사.

이 외에 실록에는 '숙종조 미륵신앙사건'이라는 기록이 있는데, 이는 여성이 사회변혁의 주체로 참가한 구체적 사건으로 당대 하층여성들이 자기주장을 내세우고 능력을 발휘할 수 있는 가능성이 충분히 내재되어 있었다는 것[54]을 단적으로 보여준 예라 하겠다.

이상 살펴본 것처럼 전대 또는 당대 유명한 여성들의 면모와 소설 속 여성영웅의 모습이 부분적으로 닮아 있는 점을 감안하여 이들의 삶이 소설에 비춰졌을 것으로 볼 수 있다. 또한 당대에 순종적이고 규범적인 여성만이 살았던 것이 아니며 실제로 능동적이고 주체적인 여성들이 살았다는 사실이 여성영웅소설의 취재가 현실에서 이루어졌을 가능성을 보았다. 특히 효와 열이란 이념을 앞세우면서 능동적이고 적극적인 행위를 펼치는 여성들의 행위 양상이 실상 탈규범적이라 해도 반감을 사기보다 오히려 기이하고 재미있게 여겨져 사람들의 입에 오르내리기 쉬웠을 것이며, 이것이 소설의 창작에 영향을 미쳤을 것으로 본다.

1.3 문학적 배경

위에서 살펴본 것처럼 여성영웅소설의 출현은 우연이 아니다. 여성영웅소설이 출현하기 이전에 여성영웅담은 이미 오랜 서사전통을 가지고 있었다. 여성영웅과 관련된 이야기는 멀리 신화에서 근원을 찾을 수 있으며, 사전문학에 전하는 여성중심의 설화, 가까운 시기의 민담, 전설에서도 소재원을 둔 것으로 볼 수 있다.

우선, 신화에 나타나는 여성인물을 볼 때, 건국신화에 등장한 생산과 창조의 여신인 웅녀, 모성과 원조의 여신 유화, 무속신화(또는 서사무

---

54) 강화수, "여성영웅소설의 존재양상과 소설사적 의의", 경성대학교 박사학위논문, 2004, pp.11-12.

가)에 나타난 개척과 성취의 여신 자청비, 희생과 구원의 여신 바리공주 등은 흔히 여성영웅의 원형적 상징으로 간주되고 있다.[55] 건국신화, 무속신화는 인류역사의 창조와 발전 및 인간의 삶과 밀접한 관련을 지니고 있어 하나의 오랜 문학적 전통이 되었다. 여성영웅의 형상은 바로 이러한 전통을 이어 출현하였을 것으로 볼 수 있다. 신화 속 인물은 여성영웅의 창조에 직접적인 영향을 주기보다 근원적 역할을 행한 데서 그 의미를 찾을 수 있을 것이다.

다음, 여성영웅의 형상화 전통을 평강공주(삼국사기 온달설화), 선화공주(삼국유사 서동설화), 소서노(삼국사기 백제본기) 등 사전(史傳)문학에 전하는 여성중심의 설화에서 찾기도 한다.[56] 설화에서 돋보인 역량을 지닌 여성인물 중 평강공주, 선화공주와 같이 "영웅성이 잠재되어 있으나 적극적으로 표면화되지 않은 경우, 특정 인물이나 사건에 의해 영웅성이 발휘되었으나 대리자(남편/남성)를 통하거나 그들에게 영향을 준 인물"을 '잠재적 여성영웅'으로 보았을 때 유명한 여성여웅 박씨 부인을 상기시킬 수 있을 것이다. 또 소서노처럼 "여성 스스로의 노력과 행위에 의해 입공하는 특징을 지닌 여성인물"을 '실현적 여성영웅'으로 본다면, 대사회적으로 자아를 성취하고, 공적인 영역에서 주체적인 능력을 실현하는 설소저나 홍계월 등을 떠올릴 수 있을 것이다.[57] 그러나 이들의 직접적인 수용관계는 증명될 수 없다. 이러한 설화는 '여성의 내조' 또는 '우부현녀'의 성격으로 유명하며, 여성영웅소설의

---

55) 이유경("여성영웅 형상의 신화적 원형과 서사문학사적 의미", 숙명여대 박사학위논문, 2006, pp.23-26)은 페미니즘의 이론을 바탕으로 '영웅'의 개념을 "자신의 운명에 도전하는 인간"으로 정의하고 신화 속 여신들의 형상을 여성영웅의 원형으로 간주하면서 분류, 고찰하였다.

56) 설화와의 관련성에 대해 민찬, 여세주, 정명기 등 선행 연구자들에 의해 제기된 이래 여전히 주요 연구범주로 있다.

57) 김용기, 2010, 앞의 논문 참조.

형성에 직접적인 영향을 준 것이라기보다 문학적 전통으로서 근원적인 역할을 행한 것으로 볼 수 있다.

이상과 같은 문학적 전통을 이으면서 여성영웅소설은 무엇보다도 가까운 시기의 전승되는 전쟁설화를 비롯한 민간 이야기에서 연원되었을 것으로 볼 수 있다. 전쟁은 많은 영웅을 창조한다. 그리고 영웅과 관련된 이야기도 전쟁을 통하여 가장 많이 탄생된다. 이 중 직접 전쟁에 참여할 수 있는 남성 영웅의 이야기가 대부분이다. 그러나 전쟁은 "전통적인 사회의 규범이나 관습의 범주가 해체되고 사회구조와 가치관에 급격한 변동이 일어나게 되는 시기로서, 그동안 남성에게 가려져 있던 여성의 잠재적 능력이 발현될 수 있는 시기이기도 한다."[58] 한국은 임진왜란, 병자호란과 같은 큰 대외적인 전쟁과 함께 보호의 대상이고 힘 없고 수동적인 존재로 인식되는 여성이 잠재적인 영웅성을 발휘한 이야기가 상당수 전해지기도 한다. 현재 잘 알려진 이야기로는 '이인며느리', '사명당과 세 여자', '부랑' 등이 있다.

이인며느리에 관한 설화가 다수 존재하는데, 그중 <김천일처(金千鎰妻)>[59] 설화를 보겠다.

> 의병장 김천일 처는 시집 와서 일도 안하고 낮잠만 잤다. 그래서 시아버지가 나무랐더니 밑천이 없어서 아무것도 할 수 없다고 대답했다. 곧 시아버지가 곡식 30포와 노비 4,5명, 그리고 소 몇 마리를 주었더니 자부는 소와 곡식을 노비들에게 주면서 "이것을 가지고 무주 산골짜기에 들어가 나무를 베어내고 농토를 만들어 농사를 짓되, 수확한 곡식은 쌓아두고 그 결과만 매년 보고하라"고 시켜 보냈다. 또 부인은 남편에게 바

---

58) 이유경, "고소설의 전쟁 소재와 여성영웅 형상", 여성문학연구 10, 한국여성문학회, 2003.

59) 『溪西野談』 252. 이 설화 외에도 〈이인며느리〉에 관한 이야기는 『한국구비문학대계』에서 쉽게 찾을 수 있다. 김수연, 앞의 논문, p.27면을 참조하기 바람.

둑 두는 신술을 가르쳐 인근 부잣집에 보내 내기바둑을 두게 했다. 이 부자는 항상 내기 바둑 두기를 좋아해 누구에게도 진 적이 없었다. 김천일이 가서 부자와 바둑을 두어 두 판을 이기고 1천석의 곡식을 받아왔다. 부인은 김천일에게 이것을 가지고 가난한 사람에게 귀천을 막론하고 나누어주라 했다. 하루는 시아버지께 말씀드려 집 근처의 밭에 박을 심어 가을에 바가지를 만들도록 했다. 몇 년을 계속하니 바가지가 큰 창고에 가득 찼다. 그러고는 모든 바가지에 검정칠을 하게 하고 그 바가지와 모양이 같은 쇠바가지를 두 개 만들어 준비했다. 임진왜란이 일어나니 부인은 남편 김천일에게 의병을 모집하라 했다. 김천일이 의병을 모집하니 옛날 곡식을 받은 사람들이 모두 모여 4,5천명이나 되었다. 부인은 모든 군사들에게 바가지를 차고 나가 싸우도록 하고 달아나면서 쇠로 만든 바가지를 떨어뜨려 놓으니 적들이 보고서 "이렇게 무거운 것을 차고 저렇게 잘 달리니, 힘이 엄청나게 센 사람들이다" 하고는 겁을 내어, 왜적이 김천일 군사만 보면 싸우지 않고 도망갔다.

김천일이 의병 활동에서 큰 공을 세운 것은 이렇게 부인이 옆에서 도왔기 때문이었다. 이 이야기의 주인공 김천일의 부인은 신이한 치가의 능력을 지닌 점, 앞일을 내다보는 능력, 신술을 지닌 점, 남편을 내세워 영웅성을 발휘한 점은 <박씨부인전>의 박씨의 형상과 일부 유사한 면모를 지니고 있음을 발견할 수 있다. 여기서는 왜란에 관한 이야기이고 <박씨부인전>은 호란에 관한 이야기지만 모두 외적을 대적하는 며느리의 관한 이야기라는 점에서 공통된다. 작가가 <박씨부인전>을 창작하면서 이와 같은 설화 이야기에서 소재를 취하였을 가능성이 큰 것으로 본다.

이 외에 여성영웅소설의 주류를 이룬 남장형 이야기와 닮아 있는 여성영웅담도 전한다. 대표적인 이야기로 <사명당과 세 여자> 설화와 <부랑> 설화를 들 수 있는데, 앞 이야기의 여주인공들은 '해상사호(海上四皓)라는 도인에게 갖가지 도술과 병법, 무예 등을 15년간 수학하고 일약 여장군이 된 후, 남복으로 개착하고 각각 이순신, 권율, 곽재우 장군을 도와 전쟁을 음조하는데, 남성들은 병법이나 무예에 전혀 능력이 없는 인물로서, 여성들은 이들을 가르치며, 실제적인 싸움에 있어서도 지휘는 여장군이 하고, 모든 전공도 여장군에 의한 것이나, 결국 남주인공에게 정체가 탄로 난다'는 내용이다. <부랑> 설화의 여주인공 부랑은 '어려서부터 여장군의 모습을 지녔으며, 성장한 후 아버지를 대신하여 종군하고, 국난이 일어나자 정충신을 도와 큰 공을 세우게 된다. 난을 평정한 후에 정충신이 부랑의 뛰어난 능력과 공을 생각하여 나라에 추천하려 하니 부랑은 남장한 사실을 밝히게 된다.'

이 두 설화의 구성은 여성영웅소설의 양상과 극히 유사한 면모를 지닌다. 수학을 통한 능력획득, 남복을 착용하여 장군으로서의 활약을 펼친다는 점, 신분의 탄로 등이 그것이다. 그리고 이들 설화에서 남성은 전적으로 여성영웅에게 의존하는 무능력한 존재로 나타난다는 점이 특징적이다. 임병양란으로 지배층 남성에 대한 불신이 이들 이야기에 강하게 작용한 것으로 생각된다. 여성영웅소설에서도 여주인공의 능력은 남주인공의 능력보다 우위에 있는 것으로 묘사된 것이 대부분이다. 이처럼 여성영웅소설의 구성은 설화에서 이미 기본적인 형태를 갖추고 있었음을 말해준다.

앞에서 살펴본 이인며느리나 이 두 설화가 모두 전쟁과 관련된 이야기이다. 여성영웅소설에서 군담은 특히 중요한 모티프로 등장한다. 여성의 영웅성은 주로 외적을 평정하는 군담에서 나타나기 때문이다. 이로써 전쟁과 관련된 설화는 여성영웅소설의 창작에 가장 많은 영향을 미쳤을 것으로 생각된다. 다만 설화에서 여성들이 전면에 나서 싸우지 않고 장군들의 옆에서 음조하는 역할을 행함으로써 남성의 영웅성을 돋보이게 하는 점에서 당시의 사회적 제약을 말해주기도 한다.

이 외에 주체적인 능동적인 여성의 모습을 또 <검녀(劍女)>라는 이야기에서 찾을 수 있다. 이 이야기는 안석경(安錫儆, 1718-1774)의 <삽교만록(霅橋漫錄)> 권5에 한문으로 전해진 짤막한 이야기인데, 이름이 알려지지 않는 두 협녀의 남장 복수담과 검녀의 배우자 탐색담으로 구성된다. 구체적인 내용은 이러하다.

검녀는 원래 어느 댁의 종이었는데 주인댁 딸과 나이가 같아 시중을 들며 자라다가, 아홉 살이 되던 해 그 댁이 권세가에게 멸문을 당하게 되어 겨우 주인댁 딸과 그녀만이 목숨을 부지하고 피신을 하게 되었다. 그 뒤 두 사람은 남장을 하고서 검객을 찾아 칼 쓰는 법을 익혀 상당한 경지에 이르게 된다. 드디어 권세가의 집에 가서 칼을 휘둘러 원수를 갚는다. 그러나 주인댁 딸은 선산에 복수한 것을 고하고는 자결을 하였다. 그녀는 남장을 하고 다니면서 천하의 고명한 선비에게 몸을 맡기기로 작정하여 소응천이란 사람을 찾아갔는데, 몇 년을 같이 지내다 보니 그는 단지 잡술에만 능할 뿐 자신이 기대했던 모습과는 너무 다른 인물이었다. 그녀는 칼춤을 보이고 따끔한 충고를 남긴 채 떠나갔다고 한다.

이야기에서 검녀는 자못 유협(遊俠)의 특징을 지닌 인물로 나타난다. 협객은 은혜를 입으면 반드시 갚고, 행동이 자유로우며 법의 구속을 받지 않는다. 검녀의 주체적이고 진솔한 모습은 주인집 딸의 소극적인 모습이나, 소응천의 허위적인 모습과 각각 대조를 이룬다. 이 대조적인 모습에서 검녀의 협녀적 특징이 잘 드러난다. 그리고 소응천의 허위적인 모습을 보고 실망한 그는 의연히 떠난다. 가기 전에 따끔한 충고까지 남긴다. 가부장제 사회에 대한 비판을 거침없이 하고 있는 검녀의 모습은 남성보다 우위에 서서 남성에게 조롱과 야유를 보내는 여성영웅과 흡사한 면을 지니고 있다. 검녀의 조롱과 야유는 억압을 가하는 가부장적 권력에 대한 비판으로 조선 후기 가부장제의 모순과 여성의식의 성장을 보여준다. <검녀> 설화에서 비록 여장군의 활약과 같은 것은 없지만 '남장 복수하는 이야기'와 '배우자 탐색담'을 통해서 여성의 주체성이 발현된 이야기로서 여성영웅의 형상화에 관련성을 지닌 것으로 볼 수 있다.

이와 함께 중국의 소설을 비롯한 여성영웅담, 여협 및 남장여성의 이야기기가 18세기 전후 조선의 또 다른 중요한 문학적 배경을 이룬 것으로 볼 수 있다. 17세기에 중국소설은 이미 상당수 유입되어 있었는 바, 그중 많은 소설들이 한글로 번역, 번안되어 규방여성들 사이에서 읽혀지면서 중국소설 독서열이 일기도 했다. 당시 규방여성들은 연의소설, 재자가인소설과 같은 중국소설을 통해 고금 역사에 대한 관심, 곧 역사의식을 충족하거나 막힌 사회에서의 자유로운 사고의 출구로 삼기도 했다. 그리하여 소설독서가 조선후기 대표적인 여성문화로 자리잡는 데 선구적인 역할을 담당하였다.

이런 관계로 여성영웅소설의 형성에 중국문학적인 배경도 간과할 수 없다. 특히 한국 여성영웅소설이 대개 재자가인이 등장한 가인의 남장형 영웅소설이라는 점을 볼 때 그 형성에 무엇보다도 중국 재자가인소설의 영향을 들 수 있을 것이다. 여성영웅소설의 여성인물은 대개 남장변신을 통해 영웅성을 표출하는데, 남장을 하는 동기며, 신분노출의 구성 면에서 중국의 재자가인소설의 일부 작품들과 매우 유사한 면을 지닌 것으로 확인할 수 있다.[60]

이 외에 한국 여성영웅소설의 형성에 영향을 미친 것으로『열녀전(烈女傳)』,[61]『태평광기(太平廣記)』,[62] <설인귀전(薛仁貴傳)>,[63] <아녀

---

60) 구체적인 내용은 본고 Ⅳ장 참조.

61) 여성영웅의 행위모델에 대한 논의는 전이정(2009)의 논문에서 구체적으로 논의된 바 있다.

62) 전인초("한당전기소설 연구", 연세대 석사학위논문, 1969.)는 <홍선>과 <섭은낭전>을 <박씨전>, <홍계월전>, <정수정전> 등과의 영향관계를 유추한 바 있다. 정명기(1980)는 <세씨>, <곽소옥전> 등이 한국의 여성영웅소설에 변용 및 부분적인 원천으로 작용했을

영웅전(兒女英雄傳)>,[64] <북송지전(北宋志傳)>[65] 등이 제기되기도 한다. 그러나 『열녀전』을 제외한 다른 문학작품들은 여성영웅소설의 형성에 직접적인 영향을 미쳤다기보다 간접적인 소재원으로 작용했을 것으로 더 의견을 모으고 있다.[66]

그러나 『열녀전』의 경우는 조금 다르다. 여성영웅소설에서 직접 거론되는 목란, 제영, 황숭하, 평양공주 등의 이야기는 『열녀전』에 전해지고 있으며, 이 책이 일찍 조선에 유입된 점과 목란, 제영의 이야기가 조선 영조 때에 간행한 『여범』에 수록되어 있다는 점을 감안했을 때 직접적인 영향관계를 가늠할 수 있다. 또한 황숭하의 이야기는 20세기 초 장지연의 『여자독본(女子讀本)』에 전해져 있으며, 빙허각 이씨의 『규합총서』(1809)에 수록되어 있었던 것으로 알려지고 있다.[67] 평양공주의 이야기를 전한 조선시대 문서는 알려지고 있지 않다. 그러나 이 이야기는 <수당연의>(청대 초기의 작품)에 전해져 있으며, <수당연의>는

가능성을 제기하기도 했다.

63) 성현경("여걸소설과 〈설인귀전〉", pp231-232)은 〈설인귀전〉을 논하면서 조선 후기 사회 상황으로 볼 때 여성상의 소설이 자생적으로 산출되기 힘들다는 점을 들어 외래 자극에 의해 출현할 가능성을 제기하였다.

64) 전용문(앞의 논문, pp.46-47)은 일반 영웅소설 및 일반 여성소설이 인기를 잃어 갈 즈에 새롭고 획기적인 소설의 창작에 〈아녀영웅전〉의 영향을 받았을 가능성이 있다고 하였다.

65) 韋旭昇("〈玉樓夢〉和〈北宋志傳〉中的巾幗英雄形象比較", 모산학보 제6집, 동아인문학회, 1994)은 〈옥루몽〉의 "양문여장(楊門女將)"은 〈북송지전〉의 "양문여장"의 변형이며, "조선화(朝鮮化)"한 것으로 보았다.

66) 물론 낙선재문고에 〈여선외사〉, 〈요화전〉, 〈재생연〉 등의 번역본이 발견되면서, 중국 여성영웅소설의 한국 전래를 확인할 수 있었다. 이들 번역본은 대체로 1884년 고종황제의 명으로 번역하여 필사된 것이다. 이들 작품이 한국 여성영웅소설과 어떤 연계성이 있는지는 현재로는 확인된 바가 없다. 한국의 여성영웅소설이 18세기에 이미 기본적인 형태를 갖췄다는 점을 감안했을 때, 중국 여성영웅소설이 한국 여성영웅소설의 형성에 직접적인 영향을 미쳤을 것으로는 보기 힘들다. 그러나 소재적인 측면에서 볼 때 중국의 여성영웅과 관련된 이야기들이 경서, 전집과 함께 한국에 유입되면서 한국의 여성영웅소설의 형성에 소재원이 되어주었던 것은 사실이다.

67) 전이정, 앞의 논문, p.96.

허균의『성소부부고』(1611)에, 완산이씨의『중국소설회모본』(1762)에 모두 언급되어 있는 것으로 보아 조선후기에 이미 상당히 읽혀진 작품임을 알 수 있다. 목란, 순우제영, 평양공주, 황숭하 등의 이야기는 여성영웅소설 텍스트 내에서 직접적으로 인용되면서 여주인공의 행위 모델로서 제시되고 있을 뿐만 아니라 이들 이야기에서 텍스트를 지배하는 서술 초점과 욕망은 여성영웅소설 텍스트의 형성에 상당한 영향을 미친 것으로 보인다.[68]

한편 여성영웅소설의 일부 작품 구성을 보면 남녀영웅의 일대기가 교차적으로 구성되어 있는가 하면, 혼사장애구조가 다분히 설정되어 있으며, 또 혼후 처첩갈등 구조도 발견할 수 있는데, 이는 동시대에 유행한 영웅소설, 애정소설, 가정소설들 사이에서 장르교섭이 일어나면서 일부 요소가 융합되면서 변모한 결과라 할 수 있다. 또한 이들 유형이 흥기와 함께 새로운 흥미요소를 더해가면서 장르 자체의 변모와 발전을 가졌을 것이다. 이런 관계로 여성영웅소설의 출현이 영웅소설과의 관련성이 많이 제기되기도 했다.[69] 즉 여성영웅소설은 영웅소설이 여성의 극대화라는 시대적 요청에 의하여 변모된 결과라고 보는 것이다.

한편 여성영웅소설의 형성에 기존의 소설유형의 변모, 발전의 가능성도 존재한 것으로 보고 있다. 기존 소설유형이 흥기와 함께 새로운 흥미요소를 더해가면서 장르 자체의 변모와 발전을 가진 것으로 보는 것이다. 이런 이유로 여성영웅소설의 출현이 영웅소설과의 관련성이 많이 제기되기도 했다. 즉 여성영웅소설은 영웅소설이 여성의 극대화라는 시대적 요청에 의하여 변모된 결과라고 보는 것이다.

이상 살펴본 바와 같이 한국의 여성영웅담은 신화, 전설에서 근원을

---

68) 전이정, 앞의 논문, p.84.
69) 민찬(1986), 전용문(1988), 임병희(1989) 등.

두면서 이미 오랜 서사전통을 이루었고, 또 가까운 시기에 전승되는 전쟁설화, 주체적인 여성의 이야기가 전하는 중국의 사전류 및 소설에 대한 애독 등 문학적 배경으로 말미암아 본격적인 소설시대를 맞으면서 여성영웅소설이라는 장르를 형성한 것으로 볼 수 있다. 그리고 당대의 유행한 소설 장르와 교섭을 행하는 가운데 확대, 발전했을 것으로 여겨진다. 고소설의 창작 연대가 확실히 알려지지 않는 관계로 장르 사이 어느 한 쪽이 어느 한 쪽에 어떻게 영향을 미쳤는지는 확실히 알 수 없다. 다만 여기서 분명히 말할 수 있는 것은 남녀 영웅소설이 복합하여 발전하였다는 것이다.[70] <이대봉전>, <옥주호연> 등 남녀영웅의 구조가 교차적으로 전개된 작품은 바로 남녀 영웅소설이 교섭을 통하여 탄생시킨 작품으로 볼 수 있기 때문이다.

2. 중국 여성영웅소설의 형성

2.1 사회적 배경

중국 여성영웅소설이 본격적으로 형성, 발전한 시기는 청대이다. 청대는 유가의 도덕관념의 규제를 받는 남성중심의 사회이며 여성의 현실은 조선시대의 그것과 대체로 같다고 할 수 있다.

명대의 이학사상을 수용한 청대는 여성의 정절관을 극력 제창하고 보급시키면서 치국강병의 국가적 정책으로 삼기도 했다. 이러한 정절관은 여러 계층에 침투되면서 혼인도덕을 가늠하는 기본적인 척도가 되었다.

---

70) 조동일, 앞의 책, p.482; 류준경, 앞의 논문, p.16.

그 결과 청대는 봉건사회에서 가부장체제가 가장 정비되고 절정에 달하게 되었다. 가부장적 이데올로기의 강화와 보급은 명대에 이미 상당하게 이루어져 있었다. 따라서 명, 청대는 여성에게 있어서 가장 억압받는 암흑기라 할 수 있다. 하지만 군권에 대한 도전, 여성에 대한 항변이 전혀 없었던 것은 아니다.

명말청초에 상품경제의 발전과 더불어 자본주의가 싹트면서 낡은 가치관과 그것을 극복하려는 새로운 가치관이 심각한 충돌을 겪게 된다. 이 시기에 일부 진보적인 사상을 지닌 문인들이 기존의 문화전통 및 가치관에 대해 심각한 반성과 함께 비판을 행하였다. 이지(李贄)와 당견(唐甄)을 대표로 하는 이들은 여성이 사회에서의 능력을 긍정하고 여성에 대한 기존의 이념적 압제를 반대하며, 인간의 개성해방을 제창하고 남녀의 평등을 주장하였다. 이러한 평등사상은 청대 중기, 후기 유정섭(兪正燮), 원매(袁枚) 등 진보적 문인들에게 계승되면서 '정절관'을 비롯한 기존의 이념체계에 끊임없이 의문을 제기하였다.71) 이러한 사조는 청대 초기에 점차 확산되기 시작한 서방 인도주의 사상과 더불어 고정적 남녀 가치관에 충격을 가하면서 여성의식의 각성과 성장을 추동했을 것으로 본다.

한편 명청시기에 상품경제의 발달과 더불어 강남 지역에서는 재(才), 기(技), 지(智)를 겸한 능력 있는 여성에 대한 요구가 높아졌으며, 여성의 적극적인 사회성 발현에도 비교적 관용하였다. 일부 귀족, 관료, 사대부지식인 가정에서 여자는 어릴 때부터 기초 교육을 받는 것으로 되어 있었고, 성인이 되거나 혼인한 후에도 독학을 통해 지식수준을 부단히 높여갔다.72) 이들은 가정 내에서 친족, 친지를 구성원으로 시사(詩

---

71) 胡麗心, "論淸代女性彈詞小說之興衰", 內蒙古民族大學碩士學位論文, 2007, pp.9-10.
72) 郭英德, "學而不厭: 明淸成年女子的家庭文學敎育", 社會科學硏究, 2009.

社)라는 공동체를 결성하여 자유롭게 문학활동을 행하였다. 이 같은 문화적 토양으로 많은 여성 문인이 산출되었고, 그들에 의해 <옥천연(玉釧緣)>, <재생연(再生緣)> 등과 같은 '여성영웅류탄사'가 형성될 수 있었던 것이다.

이 때 재녀의 '문인화'와 함께 문인의 '여성화'도 하나의 흥미로운 현상으로 떠올랐다. 명말청초에 많은 문인들이 봉건체제의 모순, 사회의 혼란, 역사적 변혁을 경험하면서 실의와 좌절에 빠진다. 특히 청초에 일부 문인들은 명조의 유민으로 자처하고 고국을 그리워하며 새 정권을 적대시하면서 평생 산림에 묻히며 청에 굴복하지 않았다. 그들은 사회적 변두리에 처해 있는 여성과 동일시하면서 청에 굴복하지 않는 심리를 수절하는 여성에 비기면서 뜻을 제대로 펴지 못한 상황을 기박한 여성의 운명과 동일시하였다. 이로 말미암아 문인의 문화와 여성의 취미가 자연스레 어우러져 하나가 되면서 마침내 여성의 특징을 이상적인 것으로 간주하기에 이른다.[73] <여선외사(女仙外史)>의 작가 여웅(呂雄)이 바로 그러한 문인이다. 청대 중, 후기에 출현한 <요화전(瑤華傳)>, <영남일사(嶺南逸史)>, <쌍미기연(雙美奇緣)>, <목란기녀전(木蘭奇女傳)>, <난화몽기전(蘭花夢奇傳)> 등의 작가들도 대개 과거시험의 폐단, 특권계층의 부정부패 등 봉건체제의 모순과 사회적 부조리를 경험한 실의문인들이다. 이들은 여성영웅의 서사를 통해 그들의 감정과 정치적 포부를 담아낸 것으로 볼 수 있을 것이다.

---

73) 鮑震培, 淸代閨閣文學與彈詞體小說, 中國古代文學與文化的性別審視, 南開大學出版社, 2009, p.278.

2.2 역사적 배경

한국 여성영웅소설에서 여성인물이 대개 허구적인 인물인데 반해 일부 중국 여성영웅소설에서는 실존적인 여성을 주인공으로 내세운 것이 특징적이다.

<여선외사>에 여장군, 여제의 자질을 갖춘 당새아(唐賽兒)라는 인물이 농민봉기를 일으켜 패업을 이룩하는 과정을 중심 서사로 다루었는데, 여기서 주인공으로 등장한 당새아는 실제로 명대 초기에 농민봉기를 이끌었던 리더로 알려진 인물이다. 그의 사적은『명사(明史)』,『명사기사본말(明史紀事本末)』,『명기강목(明紀綱目)』에 전한다.74)

이 외에 <쌍봉기연>의 왕소군(王昭君)은 한대 실존한 중국 고대 사대미녀의 한사람으로 널리 알려진 인물이다. 그의 행적은 흉노족과 화친한 이야기로 유명하다. 그와 관련 기록은『한서(漢書)』,『후한서(後漢書)』에서 찾을 수 있다.

그리고 서사에서 여성영웅의 행위 모델로 작용하는 무측천(武則天), 세씨(洗氏)와 진량옥(秦良玉), 반소(班昭 또는 曹大家), 사도온(謝道韞) 등은 중국의 역사상 유명한 여황제, 여장군, 여사관, 여재자이다. 이들

---

74) '당새아는 명나라 초기에 농민봉기를 일으킨 유명한 백련교(白蓮敎)의 여성 지도자이다. 당새아는 산동 포태현(蒲臺縣) 사람이며 임산의 아내이다. 임산이 죽은 뒤에 당은 우연히 석함 하나를 얻었는바, 안에 보검과 병서가 들어 있었다. 연마한 후 도술과 병법을 통달하였고, 백련교를 전한다는 명목으로 민중 수천 명을 모아 영락 18년(1420년)에 익도사석붕채(益都卸石棚寨)에서 봉기를 일으켰다. 봉기를 일으킨 후 관군을 모두 섬멸하고 지휘하는 관리를 죽였으며, 각지 민중들이 모두 들고일어났다. 조정에서 경사의 정예 병사를 파견하여 토벌한 탓으로 봉기군이 대적하지 못하자 당새아는 가짜 항복하면서 관군을 야습하였다. 관군이 난리난 틈을 타서 당새아는 포위를 뚫고 무리를 거느려 거주(莒州), 즉묵(卽墨) 등 지역을 함락시키고 안구(安邱)를 포위하였다. 그러나 당새아 무리는 결국 산동 도지휘사 첨사 위청(衛靑)에 의해 격멸되었다. 당새아의 행방에 대해서는 도사 또는 비구니로 민간에 몸을 숨기면서 자취가 묘연했다거나, 관군에 의해 잡혀 갖은 곤욕을 치른 뒤 둔갑하여 사라졌다는 설 등이 있다.'『明史紀事本末』卷二十三 <平山東盜>에 전하는 당새아의 관한 이야기를 요약한 것이다.

의 사적은 각종 역사서 또는 전기 등을 통해 전해진다.[75]

중국 고소설에 소수민족의 여성영웅이 다수 등장한다. <북송지전>의 목계영, <설인귀정서>의 번리화, <영남일사>의 이소환, 매영설 등이 바로 그러한 대표적 인물인 것이다. 멸말청초는 여성들에게 이념적 규제가 강화된 시기라 하지만 청왕조 자체가 소수민족에 의해 건립되었고, 본 민족 여성은 물론 지배체제에서 떨어져있는 변방 소수민족 여성들에게 이러한 규범규제는 크게 미치지 못했을 것으로 생각된다. 그들은 대개 변방민족의 자유분방한 특성을 지니고 있으며 상층 이데올로기의 규범규제에서 상대적으로 자유로웠던 것으로 생각된다. 따라서 소설 속 여성영웅의 형상화에 이들 소수민족 여성들의 특성이 반영된 것으로 볼 수 있다.

2.3 문학적 배경

중국 여성영웅소설의 형성 원인으로 역시 여성영웅담의 오랜 서사적 전통에서 찾을 수 있을 것이다. 중국 고대 문인은 소설을 쓰면서 전고, 또는 유명한 역사적인 사건이나 설화를 가공하여 창작하는 수법을 즐겨 사용했다. 따라서 여성영웅소설 역시 같은 서사 원리에서 구성된 것으로서, 핵심 내용으로 삼는 여성영웅담은 신화·전설, 사전문학(史傳文學)에 근원을 두고 있다.

중국 여성영웅의 신화적 원형은 여와(女媧)를 들 수 있다. 여와는 생산과 창조의 여신이며 중화민족의 어머니이다. 하늘의 구멍을 기워 인류를 재난에서 구원한 그의 영웅업적은 여성능력에 대한 긍정과 찬미이며, 사회 책임감에 대한 원형적 구현이다. 따라서 여와는 여성이 사회

---

75) 사전에 전한 실존한 여성영웅들의 이야기는 다음 장에서 구체적으로 살펴볼 것이다.

에 참여하고 개인의 가치관을 수립할 수 있는 원형적 모델이다.76) <아녀영웅전·연기수회>에서 작가는 천군의 입을 빌려 여와를 석가모니와 함께 대영웅으로 찬양한 바 있다.

그러나 이런 신화 이야기를 제외하면 여성은 상당한 시기동안 주체가 아닌 타자로 살았다. 청대에 이르기까지 중국 사회는 줄곧 남성중심의 사회였으며 여성의 사회참여는 남성처럼 자유롭지 못한 것이 사실이었다. 따라서 주변부에 있는 여성이 역사서에 이름이 전해진다는 것은 흔치 않는 일이었다.

그러므로 역사전기에 전해진 여성 관련의 서사는 우리가 고대 여성들의 삶을 알아내는 데 매우 의미 있는 자료라 할 수 있다. 또 중국의 사전(史傳)은 역사서의 일반적인 특성을 지니면서도 인물에 대한 묘사와 기록은 후대 문학의 발전에 지대한 영향을 미친 점을 감안할 때 사전에 기록된 여성인물의 이야기가 여성영웅소설의 형성과 발전에 지대한 영향을 미쳤다고 볼 수 있다. 그 대표적인 내용을 몇 개 정리해보고자 한다.

『사기(史記)』의 <전단열전(田單列傳)>, <평원군우경열전(平原君虞卿列傳)>, <항우본기(項羽本紀)> 등에서 모두 부녀가 군대에 편입하는 기록이 전해진다. 여성이 군대에 편입하는 일은 흔한 일이 아니므로, 이러한 역사적 사실이 분명 소설가들의 흥미를 불러일으키고 창작을 자극하는 좋은 소재가 되었을 것이다.

『사기·편작창공열전(扁鵲倉公列傳)』에 '제영구부(緹縈救父)'의 고사가 전한다. 창공(倉公)은 제영의 부친으로, 서한(西漢) 초기 유명한 의술가이다. 한문제 4년에 어떤 자가 창공이 사람의 병을 잘못 고쳤다는 상소를 올리자 지방관리는 그에게 사지를 자르는 "육형"의 판결을

---

76) 龔浩群, "從中原女媧神話與信仰看女神精神的失落與復", 中南民族學院學報(人文社會科學版), 第20卷 第4期, 2010, pp.61-64.

내리고 장안으로 압송당하게 된다. 그는 5명의 딸이 있는데 부친의 일로 슬피 울자 창공은 "아들을 못 낳아 위급한 상황에 쓸모가 없다"고 하면서 역정을 낸다. 그의 막내딸은 부친의 말로 속상하여 부친을 따라 장안에 간다. 장안에 이른 후 그는 부친의 억울함을 글로 적고 부친을 대신하여 형벌을 받겠다는 등의 내용과 함께 상소를 올린다. 임금은 제영의 글을 보고 그 뜻에 감동하여 그 해에 육형법을 없앴다 한다.[77] 이 이야기는 효로 유명한 이야기이다. 비록 딸이지만 제영은 자신의 용감함과 능력으로 부친을 구함으로써 아들 못지않다는 것을 증명한 것이다. 이 이야기는 특히 한국의 여성영웅담에서 중요한 서사단위로 활용하는 점이 발견된다.

『위서 · 이안세전(魏書 · 李安世傳)』<이파소매가(李波小妹歌)>에 여성이 무예가 뛰어나다는 것을 칭송하는 노래가 전한다. 이는 당시 여성들이 보편적으로 무예를 숭상하는 풍속이 있었음을 객관적으로 전하는 내용이다.

『위서 · 열녀전(魏書 · 烈女傳)』에 유씨(劉氏)에 관한 이야기 전해지는데, '적군의 포위를 당하는 위급 상황에 남편은 마침 득병하여 어찌하지 못하는 상황에 유씨는 남편 대신 군대를 거느리면서 지략으로 적군을 물리쳤다. 그의 지용에 황제도 칭찬을 마지않았다.' 유씨의 뛰어난 지략과 문무겸비의 모습은 후대 고소설의 여장군의 형상화에 영향을 미쳤을 것으로 본다.

그런가 하면 『수서(隋書)』 권80 <열전>에는 세씨에 관한 사적이 전한다. '세씨는 남북조 때 고량리족(高粱俚族) 추장의 딸로 어릴 때부터

---

77) 사마천의 史記 · 扁鵲倉公列傳: "文帝四年中, 人上書言意. 以刑罪當傳, 西之長安. 意有五女, 隨而泣. 意怒, 罵曰 : "生子不生男, 緩急無可使者." 於是少女緹縈傷父之言, 乃隨父西, 上書曰: "妾父為吏, 齊中稱其廉平, 今坐法當刑, 妾切痛死者不可復生, 而邢者不可復續, 雖欲改過自新, 其路莫由, 終不可得. 妾願入身為官婢, 以贖父刑罪, 使得改過自新也." 書聞, 上悲其意. 此歲亦除肉刑法."

뛰어난 지도력·군사적 재능으로 명성이 자자했다. 출가 후 남편을 도 와 군사를 엄격히 다스리고 실질적인 지도자의 역할을 행했다. 또한 영 웅호걸을 사귀기 좋아하고, 지인지감의 능력을 지녔고, 진패선을 도와 패업을 이룩하고, 보호후부인(保護侯夫人)에 책봉된다. 남편이 세상을 떠난 뒤 영남(嶺南)의 난을 평정하고 여러 군(郡)이 세부인을 주군(主 君)으로 추대하며 성모(聖母)라고 불려진다. 그 후 세부인은 부하와 함 께 수나라에 귀순하고, 수조(隋朝)로부터 초국부인(譙国夫人)에 책봉되 며 죽은 뒤에 다시 성경부인의 시호를 받는다.' <여선외사>의 주인공 당새아는 세씨의 인물특징을 수용한 것이다. 이 외의 <영남일사>에서 여 성인물들도 세씨의 군사적 지도력과 능력을 지닌 인물로 형상화되고 있다.

『신당서(新唐書)』권83 <열전>,『구당서(舊唐書)』권58 <열전>에 전 하는 평양공주(平陽公主)의 이야기는 소설가들이 가장 즐겨 다루는 소 재 중의 하나이다. 이 이야기는『자치통감(資治通鑑)』(북송·시마광)에, 『지낭(智囊)』(명·풍몽룡)에 전해지면서 더욱 유명해졌다.『신당서』의 기록에 따르면, 평양공주는 당태종의 누이로 '무(武)'로 이름을 날린 사 람이다. 그는 당고조의 딸이며, 봉기가 일어날 쯤, 남편은 봉기를 도우 러 떠나고, 평양공주는 가산을 팔아 인재를 모집하여 봉기를 일으켜 고 조의 봉기군을 호응했다. 그는 여자였지만 군대를 엄격하게 다스렸으 며, 나중에 7만 여명의 군사를 모아 경성을 포위했을 때 낭자군이란 이름으로 군용을 떨친다. 당나라 개국공신의 한 사람으로 '평양공주'라 는 봉함을 받게 된다. 평양공주는 '무'의 재능으로 유명한 여장군의 전 형적 인물이다.

오대십국(五代十國)의 역사를 기록하는『십국춘추(十國春秋)』가운 데 <전촉(前蜀)> 편에 중국의 첫 번째 여자 장원으로 알려진 황숭하(黃 崇嘏)에 관한 이야기가 전한다. 황숭하의 이야기는 여성이 남장 등과한 이야기로 유명하다. 여기에 적혀 있는 이야기를 정리하면 다음과 같다.

황숭하는 중국 5대 시절의 촉의 사람으로, 부친은 사군(使君)이란 관리를 하였으며, 어릴 때부터 양호한 교육을 받아 문장시부를 비롯하여 그림, 가야금 등 문예특기를 포함하여 못하는 것이 없었다. 12살 때 부모가 구몰하고 집안 형편이 가난하여 유모와 서로 의지하며 살아갔다. 장성후 남장(男裝)을 자주 하고 여기 저기 여행을 즐겨 다녔다. 888년에 방화범으로 무고되었지만, 시를 써서 지방 관리 주상(周庠)한테 억울함을 토로하고 재능을 높이 산다. 석방 후 주상은 숭하로 하여금 자신의 아들, 조카들과 같이 학문을 공부하게 했다. 또 주상의 추천으로 대리사호 참군의 직책을 맡게 되었으며, 주상이 자기의 딸과 혼인시켜 사위로 삼고자 했다. 숭하는 어쩔 수 없이 글을 써서 사직하여 은거할 뜻을 밝히면서시 한 수를 덧붙여 '여자'라는 사실을 밝힌다. 주상은 그의 뜻을 따르고생활비를 주면서 숭하를 고향에 보낸다. 고향에 돌아온 숭하는 유모와함께 가난하게 살다가 죽는다.

황숭하는 여성으로서 남장하여 '문(文)'의 재능을 보여준 여학사, 여재자, 여장원의 전형적 인물이다.

황숭하와 함께 남장 모델로 유명한 목란의 이야기는 송대 곽무천(郭茂倩)『악부시집(樂府詩集)』<목란사(木蘭辭)>에서 유래된 것이다. 목란은 여자의 몸으로 병약한 부친을 대신하여 국가의 징병에 응해 남장종군하여 혁혁한 전공을 세우고 12년 만에 환향하는데, 그가 귀가 후여복을 개착한 다음에야 주변에서 그가 여자임을 알았다고 한다. 목란은 여성으로서 '무(武)'의 재능을 훌륭하게 보여준 것으로 유명할 뿐만아니라 효녀의 전형적 인물이다.

『명사(明史)』 권217 <열전> 158에 <진량옥전>이 전한다. 진량옥은중국 역사상 유일하게 정사·장상열전(正史·將相列傳)에 든 여성영웅이다.『명사』에 그에 관한 기록을 보면, 진량옥은 '담략이 뛰어나고, 말타기와 활쏘기에 능하며, 운문과 산문적 재능도 겸하고 태도가 단아하다. 부하를 엄격하게 다스리고, 행군할 때마다 명령을 내리는데 모두 공손하게 따랐다. 거느린 군대의 호는 백간병(白杆兵)이라 하며, 원근에 모두 기탄했다'고 한다. 전기 내용을 보면 진량옥은 명말의 민족영웅이고, 여장군이며, 군사가이고, 항청명장이다.

이들의 이야기는 희곡과 소설에 변용되면서 더 널리 알려지기도 했다. 특히 희곡의 경우 시, 소설과 함께 하나의 독립된 계통을 지니는 중요한 문학형태이다. 희곡은 상하계층이 모두 향유할 수 있는 특징을 지니고 있으면서도 특히 서민들을 위주로 하며, 소설과 밀접한 관계를 지닌다. 위에서 언급한 목란의 이야기와 황숭하의 이야기는 명대의 희곡가 서위(徐渭, 1521-1593)에 의해 <자목란(雌木蘭)>, <여장원(女狀元)>으로 재창작되면서 더욱 유명해졌다고 할 수 있다. 중국의 문학사에서 여성영웅담에 관한 언급을 찾아보기 힘들지만 이 두 편의 희곡만은 예외이다. 명말청초에 출현한 희곡 작품 속에는 많은 여성영웅(女傑, 俠女, 女將 등)들이 등장한다.[78]

이것이 명말청초에 흥기한 '탄사(彈詞)'[79]에 의해 더 빛을 발하게 된다. 탄사는 여주인공이 남장을 하여 혼사시련의 극복, 등과입상, 혼인이라는 내용 위주로 구성되어 있다. <옥천연(玉釧緣)>, <재생연(再生緣)>, <필생화(筆生花)> 등을 대표로 하는 이들의 내용을 보면 모두 여성인물을 중심으로 서사를 전개하는 특징을 지닌다. 주인공의 형상화도 여장군, 여장원, 여어의(女御醫), 태자사(太子師) 등 다양하게 나타나 있다. 서사구성은 여성주인공이 남장을 하여 혼사시련을 극복, 등과입상, 혼인이라는 내용 위주로 이루어져 있다. 이 중에 여주인공의 군담을 결부시킨 작품은 한국의 여성영웅소설과 매우 유사한 특징을 지니고 있다.

---

78) 王永恩, "試論明末淸初戲曲中的女傑形象", 中國戲曲學院學報 第27卷 第4期, 2006.
79) '탄사'는 중국의 민간 설창(說唱) 문예 형식의 하나이다. 칠언배율(七言排律)의 문체적 특징을 지니며, 대체로 여성들에 의해 창작된 것이다. 譚正璧, 中國女性文學史, 白花文藝出版社, 1984 참조.

이들 작품들이 후대에 소설로 개작되기도 하였는데, <재생연>이 그 대표적인 예이다. 이러한 여성영웅류탄사는 산문으로서의 여성영웅소설과 비슷한 시기에 출현하여 양자가 수평적으로 발전해 나간 것이다. 다만 창작주체와 향유층이 한쪽이 규방에 있는 여성이고, 한쪽이 실의문인을 비롯한 문인남성들이라는 점이 다르다.

여성영웅소설은 명말청초 소설양식의 흥기와 함께 본격적으로 모습으로 드러낸 것으로 본다. 여성영웅소설이라는 독자적인 유형으로 형성되기까지 여성영웅담은 사전문학을 비롯하여 지괴소설, 당나라 때의 전기, 원말명초에 유행한 화본소설, 명말청초의 통속소설에 이르기까지 면면히 맥을 이어왔다.

중국의 유명한 지괴소설『수신기(搜神記)』에 <이기(李寄)>라는 작품이 전한다. 사람을 잡아먹는 왕뱀의 출현으로 관리들은 어찌하지 못하고 우양과 처녀를 제사물로 바쳤다. 참혹함을 보다 못해 이기라는 소녀는 부모의 반대를 무릅쓰고 스스로 제물이 되기를 자원하며 결국 지략으로 왕뱀을 처치하고 그 공으로 월왕(越王)의 왕비가 되어 가족이 모두 행복하게 된 이야기이다. 소녀 이기는 지혜와 용감함을 모두 가진 여성영웅이며 후대에 출현한 여성영웅소설에 중요한 소재원이 되었을 것으로 본다.

당전기에는 많은 여걸, 협녀의 이야기가 전한다. <무쌍전(無雙傳)>, <유씨전(柳氏傳)>, <섭은낭전(聶隱娘傳)>, <사소아전(謝小娥傳)>, <홍선(紅線)>, <세씨(洗氏)>, <곽소옥전(霍小玉傳)> 등이 그것이다. 이 이야기들은『태평광기』에 집대성되면서 지금까지 전해지게 되었고, 한국에 유입되어 많이 읽혀지면서 소설의 창작에도 영향을 미친 것으로 보고 있다. 당대에 특히 많은 여걸의 전기가 전하는데, 그 이유는 중국 역사상 첫 번째 여황제의 출현과 개방된 사회상황과 밀접한 연관성이 있을 것이다. 이 때 등장한 여걸형 전기소설은 후대의 여성영웅소설의 창작 구성에 중요한 영향을 미쳤을 뿐만 아니라 후대의 고소설에 등장인물로 나타나는 경우가 많다. 당전기에 나타나는 여성의 형상은 대체로 검술이 뛰어난 여호걸, 협녀 등으로 형상화되어 있다. <여선외사>에서는 섭은낭이 검선으로 등장하면서 주인공 당새아를 일조하여 왜적을 물리치기도 하고 뛰어난 검술로 권선징악의 역할을 행한다.

장편 고소설에서 여성영웅담의 출현은 <수호전>에서 비롯되었다고 할 수 있다. <수호전>에서는 세 명의 추, 미가 상이한 여성영웅이 등장한다. 이 중 모야차 손이낭(母夜叉 孫二娘)과 모대충 고대수(母大蟲 顧大嫂)는 추녀영웅으로, 일장청 호삼낭(一丈靑 扈三娘)은 미녀영웅으로 형상화되어 있다. 특히 기이한 추모의 여성영웅 형상은 후대의 여성영웅의 형상화에 전형성을 제시했다. <여선외사>에 등장한 만석노가 바로 추모의 여성영웅이다. 세 명의 여성은 전체 서사에서 큰 비중을 차지하지 않지만, 처음으로 남성영웅소설에서 영웅성을 보인 데서 의미가 있다.

이 작품을 이어 그 뒤 출현한 가문시리즈소설에서 남성영웅들의 이야기를 다루면서 다양한 여성영웅이 등장하는데, 여성영웅에 대한 묘사 비중이 전대에 비해 확대된 점, 여성인물의 성격과 영웅적 활약에 대한 묘사가 흥미롭게 잘 되어 있었다는 점이 여성영웅소설의 출현에 기반을 마련했다고 본다. 그 중 대표적인 인물은 목계영(楊家將시리즈: 1, 2, 29, 39), 번리화(薛家將시리즈: 3, 11, 14, 15, 24)[80]이다.

중국 고소설 중 비교적 영향력이 있었던 작품의 하나가 <수당연의>이다. 이 작품 역시 남성 위주의 군상영웅소설이지만 다른 작품에 비해 여성영웅이 서사에서 차지하는 비중이 늘어난 것이 특징이다. 이 소설에 전하는 화목란의 이야기는 삽화로 되어 있으며, 대체로 <목란사>의

---

80) 괄호 안에 수는 작품의 번호이다. 서론에서 제시한 도표를 참조하시기 바람.

내용을 기저로 구성되어 있으나, 성격적 측면에서 자아의식이 비교적 강하고 뚜렷한 개성을 지닌 인물로 형상화한 점이 특징적이다. 이러한 성격적 특징은 <목란기녀전>에서 전승되었다.

명말청초에 본격적인 소설시대에 들어서면서 재자가인소설을 비롯한 다양한 소설유형이 흥기하고 발전하였으며, 기존에 유행한 소설 장르와 서로 영향을 주며 장르 사이에 교섭과 융합이 일어나 서사를 부단히 확장해 가면서 다양한 양상을 띠며 발전하였다. 재자가인소설의 잡류전쟁류,[81] 아녀영웅소설, 협의애정소설, 영웅협의소설이 모두 두 개 또는 그 이상의 서사적 특징이 융합되어 발전된 소설양식이다. 이 시기 출현한 여성영웅소설도 마찬가지이다. 영웅전기의 서사를 위주로 하면서 재자가인소설의 혼사갈등요소가 들어있는가 하면, 역사적인 요소, 신마적인 요소, 협의적인요소도 다분히 들어 있는 것으로 되어 있다.

이상 살펴본바와 같이 중국의 여성영웅담은 여와의 신화 이야기, 사전문학에 전하는 여성영웅들의 사적에 연원을 두고 있으며, 지괴소설, 당전기, 명말청초에 흥성한 영웅전기, 재자가인소설 등에서 면면히 맥을 이어가며 서사를 확장해 나가다가 명청시기 소설의 성숙과 함께 독립된 구성형식인 여성영웅소설로 나타나게 된 것으로 볼 수 있다. 한편으로 여성영웅담은 희곡, 탄사 등 운문문학으로 전해지기도 했는데, 명청시기 흥기한 탄사와 함께 여성영웅류탄사라는 유형을 이루었고 이는 산문문학으로서의 여성영웅소설과 수평적으로 발전하다가 산문화하여 여성영웅소설에 통합된 것으로 본다.

---

81) 張俊은 才子佳人小說 가운데 재자 · 가인의 애정 · 갈등 · 혼인을 중심으로 다루면서 외란, 전쟁과 같은 사건들을 혼합한 일부 작품들을 雜糅戰爭類(14편)로 세분하였다. 淸代小說史, 浙江古籍出版社, 1997.

3. 한·중 여성영웅소설의 형성 면에서의 비교

이상 한·중 여성영웅소설의 형성에 대해 살펴보았다. 동계의 소설 유형이 비슷한 시기에 한국과 중국의 문학사에 등장하게 된 것은 우연이 아니다. 다음 형성 면에서 공통적으로 작용한 배경에 대해 몇 가지로 정리해 보았다.

첫째, 사회적 변동이라는 역사적 상황이 같았다. 18세기 전후에 조선 사회는 임병양란의 상처를 치유하고, 중기에서 후기로 넘어오는 과도기에 처해 있었고, 청대는 명, 청 교체의 혼란을 수습하고 새 정권의 확립 단계에 처해 있었다. 이로 말미암아 신분질서의 동요, 이념체계의 내적 분화로 인한 신구 가치관의 충돌, 자의식의 성장, 서양 평등사상의 자극은 부위부강의 고정적 가치관에 충격을 가하고 여성의식의 각성을 추동했을 것이다. 여성영웅소설에서 여성인물을 통해 표출된 여성우위의 능력, 자아의지 실현 욕망은 바로 이러한 여성관의 변화에 대한 발현으로 이해할 수 있을 것이다.

둘째, 가부장적 남성중심 사회에서의 여성의 현실이 대체로 같았다. 18세기 전후의 조선사회는 종법제를 확립하고 온전히 가부장적 사회에 들어서게 된다. 청대 역시 새 정권 확립의 초기라 가부장적 이데올로기를 대대적으로 강화하고 보급하여 군권을 공고히 하는 데 힘썼다. 양국에서 모두 여성의 정절관을 극력 제창하고 보급시키면서 치국강병의 국가적 정책으로 삼기도 했다. 이 시기는 제도적으로 여성의 사회참여를 완전히 배제시킨 여성들에게 있어서 가장 억압받은 암흑기라 할 수 있다. 이 시기 희생적이고 순종적인 전통 여성상이 비로소 정착되었다고 할 수 있다.

셋째, 조선 몰락 양반의 현실과 청대 실의문인의 현실이 대체로 같았다. 사회경제의 발전, 당쟁 등 원인으로 조선사회에서 일부 양반 계층이 사회의 중심부에서 밀려 향반으로 전락하게 되면서 몰락양반의 수가 크게 늘어났다. 한편 중국 청대 초기 일부 문인은 명대유민으로 자처하면서 새 정권에 굴복하지 않고 떠돌이 생활을 하면서 살았다. 그들은 모두 사회의 주변부에 머물러 있으면서 뜻을 이루지 못한 처지는 여성의 운명과 크게 다르지 않았다. 이들 중에 일부가 여성영웅소설을 창작하여 영웅적인 면모를 지닌 여성이 사회적으로 성공하고 인정받는 서사를 통해 자신들의 이상과 포부를 간접적으로 실현한 것으로 볼 수 있다. 물론 당시 소설 창작은 양반으로는 부끄러운 작업이었지만 당대의 관례로 익명으로 처리할 수 있어 크게 문제되지는 않았다. 따라서 한국에서 현존하는 여성영웅소설은 대개 작가가 미상이며, 중국의 경우에도 필명으로 출판하는 경우가 대부분이었다.

넷째, 여성작가 및 여성공동체의 형성이 여성영웅소설의 출현을 추동했다는 점에서 유사한 면모를 지니고 있다. 소설독서는 조선후기 여성들의 대표적인 여성문화로 꼽을 정도로 당대 여성들이 외부 세계를 알아보는 창구의 역할을 했다. 17세기부터 궁중과 규방의 지식인여성들은 남성들과 다른 그 나름의 소설문화를 형성하기 시작했다. 소설의 수요가 늘어남에 따라 이들 중 일부는 직접 소설을 창작하기도 했다. 그녀들은 국문장편소설을 창작하여 애독하였으며, 여성영웅소설의 창작과 유행 또한 이들에 의해 주도되었을 것으로 볼 수 있다. 현존 작품 다수가 주로 한글로 필사되어 전승한 사실로 보아 이러한 소설의 창작과 향유는 주로 여성 중심의 가족단위로 이루어졌을 것으로 본다. 중국 청대의 경우 재녀들에 의해 형성된 여성영웅류탄사도 이와 크게 다르지 않다. 이러한 규방탄사는 재녀들이 시름을 덜기 위해 주로 창작된 것이며, 가족 여성들 사이에서 필사되며 향유된 것으로 보고 있다. 이는 대개 남성들에 의해 창작된 통속소설과 궤를 달리하며 여성들 사이에서 형성된 소설문화의 산물이라 하겠다.

다섯째, 여성영웅의 오랜 서사전통의 계승과 발전이다. 한·중 양국 막론하고 여성영웅소설은 신화, 전설, 사전문학에 근원을 두고 있다. 또 가까운 시기에 전하는 여성의 전쟁참여 설화, 사회 변혁에 참여한 고사, 뛰어난 여성의 이야기에서 소재를 취한 것으로 본다. 그리고 영웅소설, 재자가인소설 등에서 이야기를 확장해 나가다가 마침내 독립된 구성양식으로 출현한 것으로 볼 수 있다.

한·중 여성영웅소설은 형성 면에서 위와 같은 공통적인 양상을 지니는가 하면 구체적인 사회, 문학적 환경의 다름으로 인해 서로 다른 점도 포착할 수 있다.

첫째, 소설 속 여성인물의 실존 상황이 다르다. 한국의 여성영웅소설 속의 여성인물은 대개 허구적으로 창조한 것에 반해 중국의 경우 실존한 여성영웅을 원형으로 삼아 허구를 더하며 창작한 작품들이 더러 존재한다. 이들 작품에서는 역사적인 사실이 작용한 탓으로 서사에 여성은 남장이라는 수단을 빌리지 않아도 사회에 참여한 것으로 나타난다. 그러나 한국의 경우 대개 남장을 거쳐야만 사회에 나갈 수 있는 것으로 묘사되어 있거나 여성영웅의 활동 공간을 가정으로 한정하는 등 중국의 경우와 다른 양상을 지닌다 하겠다.

둘째, 형성, 발전의 경로가 다르다. 현재 한국 여성영웅소설의 형성 경로를 밝히는 데 많은 어려움이 있다. 그것은 이들 작품이 대개 창작연대, 작가가 전해지고 있지 않기 때문이다. 이는 소설을 경시하는 당시의 문학관념의 영향으로 당대 지식인들은 소설을 쓰는 것을 대개 부끄러운 일로 생각한 데서 이유를 찾을 수 있다. 또 당시 사회적으로 창작을 통한 여성들의 사회참여를 금하는 터라 지식인여성들이 몰래 익명으로 창작했을 가능성이 개재되어 있다. 또 후기에 갈수록 여성중심으로 보급, 향유했다는 사실로 보아 형성, 발전에 있어서 여성과 밀접한 관련성이 있는 것은 분명하다. 중국의 경우 여성영웅소설은 산문체와 운문체 두 가지 경로로 형성, 발전한 것으로 포착된다. 우선 산문체양식을 통해 형성된 여성영웅소설은 주로 실의문인에 의해 창작된 것이며, 운문체양식을 통해 형성된 여성영웅소설은 규방여성들에 의해 창작된 소위 여성영웅류탄사[82)를 바탕으로 이루어 진 것이다. 그러나 한국의 경우 중국과 조금 다르다고 할 수 있다. 비록 여성들 사이에서 국문장편소설을 중심으로 하는 나름의 소설문화를 형성하고 있었지만, 특별히 문체양식을 달리하여 발전시키지는 않았다. 다만 한문을 선호하는 남성문인과 달리 여성들은 주로 한글로 되어 있는 소설을 향유했던 것으로 본다. 또 중국의 경우처럼 형성 단계에 남녀 작가에 의해 색이 다른 작품이 창작되었을 것으로 가정할 수 있으나 주로 한글 산문체양식으로 창작하면서 보급하는 과정에 남녀가 같은 유형의 소설을 쉬이 공유했을 것으로 본다.

82) 이들 여성영웅류탄사는 비록 운문의 문체적 특징을 지닌다 하지만 가창을 염두에 두고 창작한 것이 아니며 여성이 시름을 덜기 위해 창작된 것으로 서사적인 면에서 볼 때 소설의 기본 구성요소를 구비하였다. 따라서 일군을 탄사소설 또는 탄사계소설이라 지칭하기도 한다. 이들을 모두 여성영웅소설로 통합할 수 있다고 볼 때, 중국의 여성영웅소설은 두 가지 발전 경로를 가진 것으로 볼 수 있다.

제3장

여성영웅소설의 구성

소설은 이야기를 문자로 전달하는 서사 장르이다. 이야기성은 독자
들의 흥미를 유발하는 중요한 특성이다. 이렇게 볼 때 여성영웅소설은
이야기성을 충분히 지녔다고 할 수 있다. '영웅들의 이야기'는 늘 귀를
솔깃하게 하며, 영웅이 등장한다는 것만으로도 흥미와 관심의 대상이
되기 때문이다. 게다가 '영웅'이 여성이라고 하니 더 강하게 호기심을
자극하게 된다. 남성영웅들의 이야기도 흔한 것은 아니지만, 상대적으
로 자유롭지 못한 중세 사회에서는 여성들이 실제로 영웅적 행위를 펼
칠 수 있는 기회는 극히 드물었다. 하지만 여성영웅소설에서는 여성들
이 '과거'도 보고, '출장 · 입상'도 하면서 많은 활약을 펼친다. 이러한
여성영웅담이 고소설에서 의외로 많이 전해지고 있는데, 그 이유가 바
로 이런 이야기성에 있는 것이 아닐까 생각된다.

이야기성을 어떻게 구현할 것인가 하는 문제는 순전히 작가의 몫이
다. 즉 '구성'은 작가가 수행하는 창작의 중요한 요소이며 소설의 기본
골격이다. 소설 텍스트는 사건을 이야기해 주지만, 독자는 구성의 선을
따라 텍스트를 읽어 나간다. 고소설의 작가들은 이런 구성의 중요성을

인식하고 글을 썼음은 많은 텍스트를 통해 알 수 있다. 다음 한·중 고소설에서 여성영웅소설이 어떻게 구성되어 있는지를 살펴보겠다.

1. 서술자 중심의 서사구성과 전개[83]

1.1 회두의 활용

소설은 이야기를 문자로 표현한 문학형식이며, 누구에게 보여주는 것을 목적으로 한다. 그러면서도 작품의 대부분은 마치 누구에게 이야기를 들려주는 식으로 서사를 전개해 나간다. 이는 구술서사 장르의 전통을 계승한 고소설의 특성에서 비롯된 것이다. 고소설은 전해 내려 온 신화·전설·민담 등에 중요한 소재 원(源)을 두고 있기에, 그것을 문자언어 이야기로 재구성히면시, 자언스럽게 구술 화법의 습관을 계승한 것이다. 설화나 소설은 모두 누구에게 이야기를 들려주거나 보여주거나 하면서 이야기를 전해주는 것인데, 그 과정에서 서술자가 중요한 역할을 행하는 서사 장르이다.

고소설에서의 서술자는 일반적으로 전지적(全知的) 작가인 경우가 대부분이다. 일반적으로 고소설에서 서술자는 모든 사건과 인물의 행위양상을 장악하고 있는 것으로 나타나기 때문이다. 이와 같은 고소설

---

83) 김창현(2005, pp.110-159)은 한국 고소설의 서사성의 구현 양상을 분석하면서, 고소설은 서술자 중심의 제시형식과 일원 구조적 특징을 지닌다고 논점을 정리하였다. 김현룡("구성론", 한국고소설학회, 한국고소설론, 아세아문화사, 1991, p.249)은 고소설의 구성형태를 두 가지 계열로 나누면서, 그 중 '하나는 작가가 사건내용을 설명하면서 이끌어가는 서술구조 구성형태'로 보고 다른 하나는 갈등구조 구성형태라 하고 그 기준을 갈등의 존재 여부로 정했다. 필자의 논의는 갈등구조 구성형태에서의 서술자 중심의 서술 특징에 대한 것으로 보면 될 것이다.

의 특징은 한국이나 중국에서 모두 일치하고 있다.

여성영웅소설을 포함한 한국의 고소설의 시작 부분(회두, 回頭)은 대체로 상투적인 구성법으로 이루어졌다. 돋보인 활용은 잘 보이지 않지만 서사 전개의 앞부분에서 서사 내용을 미리 암시하거나 제시해주는 구성법은 어렵지 않게 찾을 수 있다. 이런 경우 서술자는 흔히 꿈의 형식을 빌리거나 특정한 인물화자, 주로는 도사의 입을 빌려 서술을 대행한다.

㉠ "자식이 급한 것을 구하시니 은혜 난망이라. 갚을 바를 알지 못하더니 오늘 옥제 조회를 받으시고 천상천하의 원굴한 것을 살피실새 남해 용왕의 필녀는 나의 며느리라. 저의 신혼하여 오다가 요괴에게 죽고 원혼이 옥제께 발원하니 온제 금광으로 하여금 '쾌히 보응케 하라' 하실새, '용자도 인세에 내어보내어 미진한 인연을 다하라' 하시니 내 금광에게 청하여 그대 집에 정하였노라."

㉡ "그대 大節과 至孝를 옥제 알으시고 극진히 표창하라 하는지라. 할 일 없어 옥제께 이 사연을 주한즉 옥제, '좋은 도리로 점지하라' 하시더니 남해용녀와 동해용자가 早年冤死 하였기로 옥제하에 보수함을 발원한즉 옥제 우리로 하여금, '선처하여 보응케 하라' 하신 고로 명을 받들어 동해 용자는 마침 좋은 곳이 있어 求處하였으되 용녀의 거처를 정치 못하여 이제 데려와 그대를 주나니 십육 년 후에 얼굴을 볼 것이니 이제 보았다가 후일 차등이 없게 하라" <금방울전>

㉢ 시랑이 생각하여 계월이 행여 단수(短壽)할까 염려하여 강호 땅에 곽도사라 하는 산림(山林)을 청하여 계월의 상을 보이니 도사 이윽히 보다가 왈, "이 아이의 상을 보오니 오 세에 부모를 이별하고 십팔 세에 부모를 다시 만나 공후작록을 누릴 것이요, 명망이 천하에 으뜸이 될 것이니 가장 길하도소이다." <홍계월전>

인용문 ㉡, ㉢는 <금방울전>에서, ㉣은 <홍계월전>에서 각기 인용한 글이다. ㉢은 동해 용자가 장원 부부의 꿈에 나타나 용녀와 신혼하여 오다가 요괴를 만나 용녀가 억울하게 죽고 옥제께 발원하여 못다 한 인연을 다하기 위해 각각 환생하게 되었음을 전하는 내용이다. 이 부분을 통하여 이야기 내용이 환생한 용자와 용녀의 결연이야기로 전개된다는 것을 알 수 있다. ㉢는 막씨의 꿈에 선관이 내려와 옥제의 명으로 용녀를 점지한다고 하고, 대면시킨 후 16년 후에 얼굴을 볼 수 있을 것이라고 전하는 내용이다. 옥제가 막씨에게 점지한 용녀가 다름 아닌 금방울이다. 금방울은 용녀의 환생이지만 방울 모양으로 태어나서 16년 후에야 비로소 인간으로 변신한다. 이와 같이 '꿈의 사전적 제시'형식은 '인연이 하늘에서 정한 것'이라는 사실을 알릴 때 거의 예외 없이 사용되는 구성법이다. ㉣은 도사가 등장하여 계월의 상을 보고 앞날을 예언하는 내용이다. 서술자는 계월이 5살 때 부모와 헤어진다는 것과 먼 훗날에 공후작록을 누린다는 것, 그리고 입신양명할 깃이라는 서사적 흐름을 축약해서 도사의 입을 통해 전해주고 있다.

중국의 고소설을 보면, 문인들이 회두를 이용하여 그들의 전지적 능력을 과시하는 것을 어렵지 않게 발견할 수 있다. 명·청대 통속소설은 대개 장편의 문체적 특징을 지닌다. 여성영웅소설을 포함한 대부분 고소설 텍스트에서 거의 공통적으로 나타나는 특징이 회두의 활용이다. 즉 서술자는 텍스트의 회두에 글을 쓰게 된 계기, 이야기의 개괄적 제시, 등장인물의 전생신분 및 특징 등을 간략한 설명으로 보여주는 것이 보통이다.

    Ⓐ 고대 악부에 수록된 <목란사>는 당대 초기의 국사 이약사(李藥師)가
       지은 것이다. 약사의 이름은 정이요 호는 청련 또는 삼원도인이다.
       …… 선생은 성대의 기인인지라 기인 중의 기인을 알아볼 수 있고,

기인 중의 기인을 보전할 수 있는 것이다. 기인 중의 기인이 누구냐면 즉 주씨 목란이라. 목란녀는 나이 14세에, 효심이 돈독하고, 부친은 쇠병이 들어, 이 때 군입령이 도달하여, 여화위남하면서 부친을 대신하여 종군을 행하다, 13년만에 돌아왔는데 아무도 몰랐다. 또한 거상하면서도 예의에 어긋남이 없으며, 전명전진인 것이 기인 중의 기인이라 하지 않을 수 없다. 비록 나무는 뿌리가 있는 법, 물은 원천이 있으니, 그의 조상이 누구인지 고향이 어딘지, 충효가 무엇인지, 용렬이 무엇인지를 서술하지 않으면 근거없는 목란녀일 뿐인지라. <목란기녀전> 제1회84)

Ⓑ 여선, 당새아라 한다. 듣는 말에는 월궁항아가 적강한 인물이라 한다. 연왕이 거병하여 남쪽으로 내려갈 때, 당새아도 의거를 일으켜, 건문황제를 20여 년 동안 존봉하였다. 지금은 그의 이야기를 서술하고자 한다. 正史와 연관되기 때문에 "女仙外史"라 한다. 묻기를, 당새아는 상아가 적강했는지 안했는지 어떻게 알아요? 첫 마디가 너무 허황하다 하여 책을 읽는 이가 믿지 않는 다면, 이 늙은이가 근거 있는 引子(장회 소설 앞머리에 쓰여 본문을 이끌어 내는 부분)를 하나 들려드릴게요.<여선외사> 제1회85)

위의 Ⓐ, Ⓑ인용문은 모두 중국 고소설의 1회 시작 부분을 발췌한 것이다. Ⓐ는 <목란기녀전>에서 인용한 내용이다. Ⓐ를 보면, '목란'의 고사를 담은 <목란사>의 작가가 이약사라는 사람임을 밝히고, 이약사의 전기에 대해서도 간략하게 소개한다. 그리고 나서 <목란사>에 전한

---

84) 〈木蘭奇女傳〉第1回: 古樂府所載〈木蘭辭〉, 乃唐初國師李藥師所作也. 藥師名靖, 號青蓮, 又號三元道人. …… 蓋先生盛代奇人, 故能識奇中奇人, 保全奇中奇人. 奇中奇人為誰? 即朱氏木蘭也. 木蘭女年十四, 孝心純篤. 親喪而病, 適軍令至, 女扮男妝, 代父從征, 十三年而回, 無人知曉, 又能居喪如禮, 全命全真, 豈非奇中奇人. 雖然木有根本, 水有源流, 若不敍其祖宗何人, 桑梓何處, 何為忠孝, 何為勇烈, 則徒一木蘭女也.

85) 〈女仙外史〉第1回: 女仙, 唐賽兒也, 說是月殿嫦娥降世. 當燕王兵下南都之日, 賽兒起義勤工, 尊奉建文皇帝位號二十余年. 而今敍他的事, 有關於正史, 故曰"女仙外史". 請問, 安見得賽兒是嫦娥降世? 劈頭這句話, 似乎太懸虛了. 看書者不信, 待老夫先說個極有考據的引子起來.

'목란'에 관한 이야기를 요약하여 보여주면서, 작가가 작품제목을 '기이한 여자(奇女)'로 명명한 이유를 밝힌 내용이다. ⑧는 <여선외사>에서 인용한 부분인데, 이야기의 주인공이 누구이며, 주요 내용을 요약하여 알려주고 있다. 이 부분을 통하여 우리는 이 텍스트의 주인공이 당새아이며, 상아라는 월궁 선녀가 적강한 것임을 알 수 있다. 그리고 이 텍스트는 당새아의 영웅적 활약, 의거를 일으키는 내용과 건문황제를 옹립하여 20여년이나 정사를 행하였다는 것도 알 수 있다. 또한 밑줄친 부분을 보면 "묻기를(請問), 당새아는 상아가 적강했는지 어떻게 알아요?"하면서 먼저 증명된 사실 하나를 들려드릴게요"라는 식으로 독자(청자)와의 대화를 나누는 듯이 서술을 진행한다. 이렇게 함으로써 독자의 호기심을 유발할 수 있고, 계속 읽어나갈 것을 꾀하는 역할을 한다. 실제로 청자가 질의를 할 수 있는 것은 아니므로 오직 화자의 논리성에 따라 이야기를 진행하는 것이다.

이처럼 중국의 고소설에서는 첫 머리에 일반적으로 주인공이 누구이며 어떤 비범한 특성을 지니고 있는지를 간단하게 알려줄 뿐만 아니라, 서사 내용도 요약과 암시를 곁들여 독자들에게 미리 제시해준다. 본격적인 서사 진행은 그 다음이다.

중국의 고소설은 대개 첫 회를 잘 활용하는 특징을 지닌다. 저 유명한 <삼국연의>나 <홍루몽> 등 텍스트에서 모두 회두(回頭)를 전체 서사의 중요한 부분으로 활용하는 점을 볼 수 있다. 이는 중국의 고소설 작가들이 회두의 적극적인 활용을 하나의 서사적 전통으로 삼은 것이라 볼 수 있다.

텍스트의 시작부분(회두)에서 활용되는 '꿈의 사전적 제시' 방법은 한국 고소설에서 가장 많이 활용되는 방법 중의 하나이며, 서술자는 이 '꿈의 제시' 형식을 통해 서사의 전개과정에서도 적극적인 참여를 꾀한다. 참여의 상황은 주로 작중 인물이 위기에 처하였을 때나 위기 대처방법을 알릴 때 나타난다.

이상 살펴 본 바에 의하면, 한국에 비해 중국의 고소설에서 회두의 활용이 보다 적극적이지만, 양국의 고소설에서 모두 회두를 활용하는 것을 서사적 특징으로 삼고 있다는 점에서 공통적이다. 서술자는 회두 또는 시작부분을 이용하여 뒤에서 서술할 이야기를 친절히 설명해 주고 있어 독자들은 회두를 통해 전체 서사의 흐름을 미리 장악할 수 있어 보다 쉽게 읽어 내려갈 수 있는 것이다.

1.2 제시형식을 통한 장면전환

고소설의 서사 진행은 화자중심으로 이루어진다. 이야기는 전적으로 화자의 논리적 구성에 따라 진행된다. 서사 진행의 과정에 필연적으로 장면의 전환이 따르는데, 고소설에서는 서술자가 설화자(구술자)인양 적극적으로 참여를 행한다. 다음의 예로 이 점을 살펴보겠다.

① **話說**[86) 李朝 인조 대왕 시절에 한양성에 내북촌 안국방에 일위 재상
   이 있으되 성은 **朴**요, 명은 **貴**니 어려서부터 학업을 힘써 십세 전에
   총명이 과인하여 문무 재덕이 일국에 으뜸이라. <박씨부인전>제1회
② **且說**. 세월이 여류하여 최장군 부부 나이 칠십이요, ······ <옥주호연>
③ **再說**. 영소저 혜빙이 부명으로 방한림을 보니 총명 신기는 본디 범인
   이 아니라. 본디 소리를 들어 선악을 분변하니 어찌 그 얼굴을 대하
   여 이르리오. <방한림전>

---

86) 인용문의 밑줄과 진한 글씨체는 필자가 행한 것임을 밝혀 둔다. 아래도 이와 같음.
그리고 제시된 인용은 번역문 붙이기로 하였으나 여기서는 밑줄 친 중국 작품들의 장면
전환 요소 그 원형의 특징을 보이기 위해 원문을 제시하였음 밝혀둔다. 아래에서 같은
방법을 채택함.

ⓐ 話說神宗萬歷年間, 廣東省潮川府程鄕縣, 東行百五十裏有一桃花村.
<嶺南逸史>第1回

ⓑ 卻說 …… 天祿年三十, 尙未生子, 日以爲憂. 天祿遂禱於木蘭山之陰,
二年無驗. 又禱於木蘭山之陽, 卽今祈嗣頂是也. 不上二年, 楊氏生一
女, 天祿名之曰木蘭. <木蘭奇女傳>第8回

ⓒ 話分兩頭. 再說朱若虛在路上行了月余, 將及長安地界, 路上行人紛紛
傳說京中之事: …… <木蘭奇女傳>第6回

ⓓ 而今話歸正傳. 按道書雲, 天上有一位萬劫不壞的金仙, 聖號稱做王母,
居於瑤池.池在東天之西偏, 亦名曰西池, 王母亦名曰西母. <女仙外史>
第1回

위에서 인용한 ①②③은 한국의 여성영웅소설에서 발췌한 부분이고,
ⓐⓑⓒⓓ는 중국 여성영웅소설에서 발췌한 부분이다. 인용문의 밑줄친
부분에서 볼 수 있듯이 서사의 시작을 개시할 때 통상적으로 '화설'이
란 말을 사용한다는 점을 알 수 있다. 이런 특징은 한·중 고소설에서
모두 예외 없이 나타나는데, 특히 한국의 고소설에서 이러한 화법을 유
난히 즐겨 사용한다는 것을 발견할 수 있다. 그리고 장면의 전환 또는
새로운 이야기의 도입을 나타날 때 '차설', '재설', '각설'이라는 말을
자주 사용하는 특징을 보인다. 이는 한·중 양국 고소설의 공통적인 특
징이다. 일례로 <목란기녀전>을 보면(즉 인용ⓑ), 이 텍스트는 목란의
이야기부터 시작하지 않고, 목란의 조부 즉 할아버지의 이야기를 먼저
서술한다. 앞의 1회에서 7회까지는 목란의 조부 및 이정에 대한 서사
위주로 이루어져 있고, 목란에 대한 본격적인 서사는 8회부터이다. 인
용문 ⓒ와 ⓓ에서 밑줄 친 부분 즉 '話分兩頭' '話歸正傳' 란 말이 있는
데, 역시 장면의 전환을 꾀하는 말로 주로 사용된다. '話分兩頭'는 하나
의 장면에서 다른 장면으로 껑충 넘어왔을 때, 그리고 앞뒤의 장면이
같은 시간에 일어난 것임을 독자에게 설명을 겸하는 말로 사용되는 것

이라 볼 수 있다. '話歸正傳'은 설화에서 가장 흔히 사용되는 말로, 화자가 중심 사건에서 벗어난 에피소드를 서술하고 난 다음, 다시 중심 이야기로 도입하는 말로 사용될 때 쓰이는 말이다. 이런 말은 화설, 차설, 각설 등에 비해 자주 쓰이지는 않지만, 중국의 고소설에서는 더러 볼 수 있는 표현들이다.

이처럼 한·중 여성영웅소설에서 화자는 '화설, 차설, 각설'[87]등 제시어를 통하여 사건전개의 과정에서 장면전환을 행하여 독자들로 하여금 무리 없이 화자의 서술에 따라 이야기를 읽어내려 가게끔 도와준다. 그런가 하면 장편의 고소설의 경우 회(回)를 나누어 장면을 전환하기도 한다. 고소설의 중장편적 특징으로 인해 하나의 사건만으로 이야기를 구성한다는 것은 거의 불가능하다. 게다가 많은 인물이 등장하면서 서로 다른 행위양상을 펼치므로, 나무줄기에 가지가 여러 뻗쳐 있는 것처럼 한 텍스트는 많은 사건들을 곁가지로 이루어진다. 따라서 장편의 고소설에서는 이야기를 효과적으로 전달하기 위하여 분절 곧 여러 토막으로 나눠서 서술하는 방법을 사용한다. 즉, 하나의 긴 텍스트는 일반적으로 여러 회로 나누어져 서술된다. 그래서 출현한 문학양식이 회장체소설이다.

회장체소설은 화자의 적극적인 참여가 더 잘 나타나는 문학양식이다. 텍스트에서 화자의 적극적인 참여를 보여주는 부분은 매회(每回)의 시작과 끝에 나타나는 제시 단락 또는 제시어이다.

---

87) 김창현(한국적 장르론과 장르보편성, 지식산업사, 2005, p.113)은 화자의 이 같은 상투적인 서두사의 사용을 서사적 사유방식에서 본 것이 흥미롭다. 즉 화설, 각설 등 서두사의 사용은 '하나의 이야기를 거대 역사 속에서 사고한다는 서술자의 논리가 이야기의 시작부터 작용하고 있음을 드러내는 것'이라 했다.

①-1 이 아래를 차차 분석하라/차하를 분석하라/차청하회라/차간하회라.
<박씨부인전>

①-2 차설. 공이 분수 작별한 후에 ……. <박씨부인전>제이회[88]

② 화설(話說). 방한림이 입조(入朝) 수 년이라. <방한림전> 제이회

Ⓐ-1 (…a…)를 알고 싶다면, 다음 회에서 알려드리겠네. 要知(…a…),
下回書交代.

Ⓐ-2 이번 회는 지난 회를 바로 잇는다. 這回書緊接前回/這回書緊接上
回/上回書交代的是/上回書表的是/這回書說書的先有個交代(…b…)
<兒女英雄傳>

Ⓑ-1 다음 회의 해설을 들으시라. 다음 회를 보시라. 且聽下回分解. 且看
下回分解. 등

Ⓑ-2 일단 세 분의 금선(金仙)이 메뚜기(蝗)를 어떻게 제거하는지를 모
르니, 이 늙은이가 들려주는 것을 들어보시라. 且不知(三位金仙是
怎樣驅蝗的法), 試聽老夫道來. <女仙外史>제13回

①과 ②는 한국 작품의 인용이고, Ⓐ와 Ⓑ는 중국 작품의 인용이다.
인용①과 Ⓐ-1, Ⓑ-1을 보면 모두 한 장(章) 또는 한 회(回)가 끝나고
사용되는 관용구인데, 회와 회 사이에 서스펜스(suspense)를 제공하면
서 독자들이 읽어내려 가게끔 이끌어주는 역할을 행한다. (…a…)부분
의 내용은 매회 마다 다르며, 주로 전회에서 못다 한 이야기, 앞으로
곧 펼칠 이야기를 한 구절로 요약해서 관용구와 함께 사용된다. 한편
다음 회를 시작할 때 일반적으로 "이번 회에서는 바로 지난 회를 이어
서 (…b…)" 등과 같이, Ⓐ-2에서 예시한 것처럼 표현을 조금씩 다르게
쓰긴 하지만, 대체적으로 앞 회를 조응해 주는 말도 함께 사용한다. (…
b…)는 본 회에서 펼칠 이야기를 요약해서 미리 보여주는 부분이다. 이

---

88) 인용문에서의 괄호, 줄임표는 필자가 행한 것임을 밝혀 둔다. 아래도 이와 같음.

처럼 <아녀영웅전>은 사건 진행하는 가운데 화자의 참여가 가장 활발하게 이루어진 텍스트라 할 수 있다. 독자는 매회의 첫 부분을 통해 앞부분의 내용을 확인할 수 있을 뿐만 아니라 앞으로 전개될 내용도 간략하게나마 장악할 수 있어서 긴 텍스트를 읽는데 훨씬 도움이 된다고 할 수 있다. <아녀영웅전>에 비해 <여선외사>는 더 긴 텍스트이며, 무려 100회나 된다. 한 마디로 설명될 수 있는 내용도 장편 텍스트에서는 길게 부연한다. 요컨대, 황해(蝗害)를 구제하는 내용을 다룸에 있어서 군이 "황충(蝗蟲)"의 유래, 황(蝗)이란 글자의 의미 등에 대해 설명을 부연한 것(제13회)은 장편 텍스트에서만 가질 수 있는 서술자의 특권이라 할 수 있다. 서술자는 마음껏 여유와 재주를 부리고 나서 비로소 이야기를 들려줄 준비를 한다. ⒝-2에서 인용된 내용, 즉 "일단 세 분의 금선(金仙)이 메뚜기(蝗)를 어떻게 제거하는지를 모르니, 이 늙은이가 들려주는 것을 들어보시라"는 독자들을 메뚜기의 에피소드에서 다시 사건 전개에 계속 몰입할 수 있도록 인도해주는 역할을 한다. 이러한 제시어는 설화인의 특징이 강하게 지닌다.

한국의 텍스트 중 위의 두 작품 외에 <설저전>, <이현경전>도 회장체로 되어 있는데, <박씨부인전>에서만 ⒝-1과 유사한 관용구를 볼 수 있다. 그리고 매회의 제시형식은 대체로 인용②에서 예시한 바와 같이 각 회의 내용이 바로 연결되어 있거나 "차설" 등과 같은 문장 앞에 쓰이는 상투 제시어로만 연결될 뿐 위에서 예시한 중국의 텍스트처럼 장황한 해석과 부연 설명을 찾아보기 힘들다.

회장체를 포함한 한국의 여성영웅소설 텍스트는 중국의 장편 회장체 텍스트에 비해 길이가 상대적으로 짧은 특징을 지니며, 대부분 작품이 회장체로 되어 있지 않다. 개별적 작품에서 회미(回尾)에 중국과 유사한 제시형식을 활용하기도 하였지만, 중국의 텍스트에서 훨씬 다양하게 나타난다는 것을 알 수 있다. 그 이유는 아마도 한국의 고소설 텍스트들이 주로 필사본으로 전해지면서 회장체의 형식이 점차 모호해지지 않았나 짐작된다.

2. '영웅의 일생' 구조

2.1 텍스트의 구조 분석

앞에서 살펴본 바와 같이 고소설은 서술자 중심으로 이야기를 전개하는 서사 특징을 지닌다. 이러한 고소설의 서사적 특징은 주로 서술의 요약과 반복, 장면의 자유로운 전환 등으로 나타난다. 이와 함께 서술자는 이야기를 서술함에 있어서 대체로 하나의 시간적인 계기에 따라 이야기를 전개한다. 이 시간적인 계기는 영웅소설에서는 인물의 일대기 형식으로 나타난다. 유명한 '영웅의 일생' 구조를 통해 이를 확인할 수 있다.

'영웅의 일생' 유형 구조[89])는 영웅의 일생을 일대기 식으로 전개되는 서사 구성 형태의 하나이다. 조동일에 의해 정리된 이 유형구조는 건국신화, 서사무가, 영웅소설에서 유추된 것이며 한국 영웅소설의 보편적인 구조 양식으로 인정되면서 많은 연구자들에 의해 변용되고 발전시켰다.[90]) 물론 여기서 말하는 영웅소설은 남녀 영웅소설을 모두 포함한

---

89) 조동일, "영웅의 일생: 그 문학사적 전개", 동아문화10, 서울대 동아문화연구소, 1971.

90) 서대석(군담소설의 구조와 배경, 이화여자대학교 출판부, 1985. pp.26-32)은 군담소설의 구조를 〈주인공의 가문 →기자치성 →주인공의 전생신분 →주인공의 시련 →주인공의 양육자 →주인공의 박해 →주인공의 구출자 →주인공의 결연 →국가의 전란 →주인공의 진출 →주인공의 공로 →주인공의 복수 →가족과의 재회 →주인공의 죽음〉 등 14가지로 정리하였다. 전용문(1989, 앞의 논문, p.157)은 여성영웅소설의 전형적 구조를 남장출장 · 수학등과 · 입상출장 · 군담적위용 등 특징에 바탕을 두고 여성영웅의 일생을 〈出生主旨 →天稟主旨 →受難主旨 →家出主旨 →修鍊主旨 →出世主旨 →國難主旨

다. 다음 영웅의 일생 구조와 이를 변용한 여성영웅의 일생 구조를 살펴
보겠다.

<영웅의 일생 구조>

① 고귀한 혈통을 지닌 인물이다 ················· 출생
② 비정상적으로 잉태되거나 출생하다 ·············· 기이한 출생
③ 범인과 다른 탁월한 능력을 타고 나다 ··········· 비범성
④ 어려서 기아가 되어 죽을 고비에 이르다 ·········· 1차시련
⑤ 구출·양육자를 만나 죽을 고비에서 벗어나다
   ··················· 1차시련극복, 능력획득
⑥ 자라서 다시 위기에 부딪치다 ················ 2차시련
⑦ 위기를 투쟁으로 극복해서 승리자가 되다 ·········· 2차시련극복

<여성 영웅의 일생 구조>

① 고귀한 혈통의 무남독녀로 출생하다 ············· 출생
② 어려서부터 재질이 뛰어나다 ················· 비범성
③ 고난을 만나다 ······················· 1차시련
④ 남장가출로 고난을 극복하다 ················· 1차시련극복
⑤ 수학에 의해 남성적 능력을 갖추다 ············· 능력획득
⑥ 장원급제하여 벼슬에 오르다 ················· 능력발휘
⑦ 국가적 위기를 당하다 ···················· 2차시련
⑧ 대원수로 출전하여 국난을 평정하다 ············· 2차시련극복
⑨ 여성의 본체를 드러내어 남성과 결합하다 ·········· 혼인91)

→大勝主旨 →結緣主旨> 등 9가지로 나누었다. 임성래(1990, 앞의 논문, p.31 도표 참
조)는 영웅소설의 유형구조를 분석하면서 <탄생 →정혼 →고난 →피화 →구출 →정혼
→고난 →수학 →입공 →복수 →재회 →혼인 →부귀영화 →죽음>과 같은 통합구조를
만들었다.
91) 밑줄과 점선 후 내용은 필자가 논의의 편의상 단 것임을 밝혀둔다.

위에서 나열한 두 유형 구조 중에서 전자는 '영웅 일생'의 구조 양식이고, 후자는 '여성영웅의 일생' 구조 양식이다. 두 구조 양식은 출생·비범성·1차시련·1차시련극복·능력획득·2차시련·2차시련극복을 기본 양식으로 삼는다. 후자는 전자를 기저로 삼으면서 등과입상·혼인의 사건 단위가 추가된 점에서 차이가 보인다. 전자를 남성영웅소설의 구조 양식으로 보는 일반적 인식을 따르는 경우, 여성영웅소설은 남성영웅소설과 똑같이 '영웅의 일생' 구조를 기본 양식으로 삼으면서 다만 인물의 양태, 성역할 등이 서사의 성격을 결정하는 데 중요한 역할을 행하고 있음을 보여주고 있다. 인물의 양태, 성역할은 여성영웅의 일생 구조 양식에 나타난 '남장', '남성 능력 획득', '장원급제', '여성 정체 드러나기' 등에 나타나 있다고 볼 수 있다.

여성영웅소설의 서사적 특징을 더 잘 파악하기 위해 서사 내에서 남녀 영웅의 일생이 각각 어떻게 구성되었는지를 비교해 보는 것이 좋다. 그러기 위해 여기서는 남녀 영웅의 일생을 모두 다룬 <이대봉전>을 예로 살펴보겠다.

〈이대봉전〉의 구성

여성영웅의 일생	화소	남성영웅의 일생	화소
① 장애황은 한림학사 장화의 딸이다.	고귀한 혈통	① 이대봉은 이부시랑 이익의 아들이다.	고귀한 혈통
② 그의 모친이 천상에서 봉황 한 쌍이 내려와 황이 품안에 내리는 꿈을 꾸고 태어나다.	기이한 출생	② 노승에게 시주한 뒤 그의 모친이 봉황 한 쌍이 내려와 봉은 그의 품으로 날아드는 꿈을 꾸고 태어나다.	기이한 출생
③ 부친에 의해 이대봉과 정혼하다.	정혼	③ 부친에 의해 장애황과 정혼하다.	정혼

여성영웅의 일생	화소	남성영웅의 일생	화소
④ 애황의 부친이 이시랑의 소식을 듣고 분기충천하여 죽고 애황의 모친도 죽다. 예를 갖추어 안장하다.	시련(1차) 시련극복 (1차)	④ 이시랑은 대봉과 함께 정배 가던 중 왕회의 사주를 받은 사공들에 의해 물에 던져지다.	시련(1차)
⑤ 왕회의 아들이 애황의 덕색을 탐내 겁탈하고자 하다.	시련(2차)	⑤ 용왕의 도움을 입고 이시랑은 섬으로, 대봉은 금화산 백운암으로 가다.	시련극복 (1차)
⑥ 애황은 시비 난향을 대신 보내고 남장하여 집을 떠나 마고선녀의 도움을 입다.	시련극복 (2차)	⑥ 대봉은 백운암 화산 도사에게 의탁하여 수학하다.	능력획득 수련
⑦ 애황은 마고선녀에게 도학, 법술, 병법 등을 배우다.	능력획득 수련	⑦ 대봉은 망령들로부터 갑옷과 투구, 오추마를 받고, 관운장이 현신하여 청용도를 주다.	능력획득 증여
⑧ 애황은 과거를 보아 장원급제하여 한림학사가 되다.	능력발휘 등과입상	⑧ 대봉은 흉노의 외침을 물리치고 천자를 구하다.	시련(2차) 시련극복 (3차) 출정
⑨ 남선우가 기병하자 대원수로 출전하여 선우를 물리치다.	시련(3차) 시련극복 (3차) 출정	⑨ 군공으로 초왕에 봉해지다.	입공
⑩ 부마로 간택하자 표를 올려 여화위남한 사연을 상주하다.	시련(4차) 시련극복 (4차)	⑩ 애황과 혼인하다.	혼인
⑪ 군공으로 연왕에 봉해지다.	입공	⑪ 대봉은 왕회와 사공들을 잡아 치죄하다.	복수
⑫ 대봉과 혼인하다.	혼인	⑫ 부마로 간택하다.	혼인
⑬ 남선우가 재차 침입하자 잉태한 몸으로 출전하여 국난을 평정하다.	시련(5차) 시련극복 (5차)	⑬ 남선우가 재차 침입하자 출전하여 평정하다.	시련(3차) 시련극복 (3차)
⑭ 무궁한 복을 누리다.	행복한 여생	⑭ 평정하고 무궁한 복을 누리다.	행복한 여생

<이대봉전>에서 남녀영웅의 일생을 위에서 본 바와 같이 수평적으로 이루어진 것은 아니지만 교차적으로 묘사된 남녀영웅의 일생을 정리하면 위와 같은 것이다. 정리한 내용을 보면 남녀영웅의 일생은 대체로 일치한 면모를 지니면서도 시련의 양상 면에서 많은 차이를 보이고 있음을 알 수 있다. 주로 시련의 수와 양상 면에서 차이를 보이는데 애황은 5차례나 되는 시련을 겪는데 반해 대봉은 영웅일생구조의 기본 구도에 따라 2차례의 시련을 겪는다. 남성영웅의 일생에서 부친으로 인한 시련, 국난으로 인한 시련이 위주인 반면, 혼인의 문제는 남성영웅이 입신양명 후 자연스럽게 이루어지는 것으로 나타나면서, 여성에게처럼 갈등과 시련을 초래하는 경우가 나타나 있지 않다. 따라서 위에 정리한 화소단락을 통해 알 수 있듯이 부친과 국난으로 인한 시련 양상은 대체로 같다고 할 수 있으나, 여주인공 애황이 겪게 되는 시련과 갈등의 원인은 남주인공 대봉이 겪게 되는 시련과 갈등의 그것과 의미의 차이를 지닌다. 그리고 여성영웅에게 발생하는 시련과 그 시련을 극복해 나가는 방법은 남성영웅과 많은 차이를 나타낸 점도 간과할 수 없다. 여주인공에게 1차적인 시련은 혼사장애로 인한 것인데 여성은 남장을 행하면서 일시적인 극복을 한다. 하지만 이 같은 성별의 은폐는 그 뒤에 닥칠 부마간택과 같은 또 다른 시련을 초래하게 되며, 표 또는 상소를 올림으로써 극복을 하게 된다. 그러나 이러한 시련 양상은 남성영웅에게는 찾을 수 없다.

이처럼 여성영웅의 일생은 남성영웅의 일생과 구성 면에서 서로 다른 특징을 지니고 있음을 확인할 수 있었다. 그러나 대체로 영웅일생구조를 따르고 있다는 사실도 확인할 수 있었다.

다음 영웅일생구조에 따라 한·중 양국의 대표적인 작품의 화소단락을 아래와 같이 정리했다. 여기서 양국의 대표적인 작품으로 간주되는 텍스트를 분석 대상으로 삼았다. <설저전>, <여선외사>는 양국의 초기 작품들이고; <방한림전>, <목란기녀전>은 남주인공이 등장하지 않는 단독형인 작품들이며; <박씨부이전>은 한국에서 유일하게 여장 영웅형인 텍스트로서 비슷한 양상을 지닌 <여선외사>, <요화전>과 대비될 수 있고; <홍계월전>, <난화몽기전>은 모두 남녀 대립 양상을 지닌 텍스트로서 또한 대비가 될 수 있을 것으로 본다.

─────────────── 한국 측 ───────────────

〈설저전〉

① 설저는 명문의 후예로, 그의 부친이 기이한 꿈(*꿈의 제시 없음)을 얻어 태어난 것이다. [고귀한 혈통]

② 3세 때 모친을 여의고, 10세 때 부친을 도와 가사를 돌보다. [성장·1차시련 및 극복]

③ 병부상서 최훈이 설중의 집에 자주 오다가 월애의 미모를 보고 사돈을 맺을 것을 청하나, 설중은 청혼을 거부하다. [2차시련의 계기]

④ 설중이 최훈을 잘못(겁탈사건)을 탄핵하는 상서를 지어 놓았는데, 그것이 최훈의 처남에 의해 최훈의 손에 들어가다. [2차시련의 계기]

⑤ 최훈이 설중을 무고하여 북해로 유배가게 하다. [2차시련]

⑥ 설중이 유배 간 틈에 최훈이 월애에게 매파를 보내다. [3차시련]

⑦ 월애는 시녀인 미랑을 대신 보내고, 자신은 남장을 하고 다른 시녀와 함께 청암사로 피신하다. [3차시련극복]

⑧ 월애는 청암사에서 유생들로부터 과거가 열린다는 소식을 듣고 이름을 설경으로 고친 후 과거에 응시, 장원급제하고 한림 편수 겸 홍문관 학사에 제수되다. [등과입상]

⑨ 설경이 황제에게 상소하여 최훈이 설중을 무고했음을 밝히자, 황제는 최훈을 북해로 유배하는 한편, 설중을 복직케 하다. [2차시련극복=복수]

⑩ 황제가 설경을 옥현공주의 부마로 간택하다. [결연=3차시련]

⑪ 설경은 부친을 모셔 온 뒤, 황제께 상소를 올려 여자라는 사실을 밝히고 사죄를 청하나 황제와 신하들은 모두 감탄하다. [3차시련극복]

⑫ 황제는 월애를 태자 성왕의 비로 삼는다. [혼인]

⑬ 8남 3녀를 낳아 장자인 문백은 세자에 봉하고, 차자인 문흥으로 하여 금 설중의 제사를 받들게 하다. [외손봉사=立嗣]

⑭ 월애와 성왕은 모두 천수를 누리다가 죽는다. [죽음]

〈방한림전〉

① 방관주는 방효유의 후예 가문에서 무남독녀로 태어나다. [고귀한 혈통]

② 천상 신선인 문곡성이 죄를 짓고 적강해 그 벌로 性이 바뀌어 여자로 환생하다. [1차시련 · 기이한 출생]

③ 어려서부터 남장을 고집하여 늘 남복을 입고 자랐으며 행동도 남자 처럼 하여 이웃은 물론 친척들도 모두 그녀가 여자임을 알지 못하다. [1차시련극복 · 남장(정체속이기)]

④ 8살 때에 부모를 여의고 고아가 되다. [2차시련]

⑤ 스스로 글과 무예를 익히고, 유람을 다니면서 견문을 넓힌 후, 12세 에 과거에 응시하여 장원급제하고 한림학사가 된다. [수학 · 등과 · 입상, 2차시련극복]

⑥ 서평후의 막내 딸 영혜빙과 혼인하다. [혼인]

⑦ 천상에서 낙성(落星)이란 아이를 내려, 양아들로 키우다. [立嗣]

⑧ 北胡가 침입하다. [3차시련]

⑨ 자원 출정하여 북난을 평정하고 돌아와 그 공으로 우승상 강능후에 봉해지고 부인과 부모님도 각각 봉함을 받는다. [출정 · 입공 · 3차시 련극복]

⑩ 아들 낙성이 12세에 혼인하고, 13세에 과거급제하며, 17세에 병부상 서에 오르다. [아들 출세]

⑪ 죽음을 앞두고 황제께 자신의 정체를 실토하고 사죄를 청하나 황제 는 오히려 칭찬하다. [정체밝히기]

⑫ 39세를 일기로 승천하자 혜빙도 따라 죽는다. 황제는 관주를 남자의 예로 장례케 한다. [죽음]

⟨박씨부인전⟩
① 박씨는 이인(異人) 박처사의 딸이다. [고귀한 혈통92)]
② 박처사와 이시백의 부친이 만나 둘의 혼인을 정하다. [정혼]
③ 얼굴은 천하의 박색이나 천성이 현숙하고 도를 통한 여인이다. [1차
  시련·비범성]
④ 이시백과 결혼하나 남편과 식구들로부터 멸시를 받는다. [2차시련]
⑤ 피화당이란 별채를 짓고 스스로 거기에 거주하다. [2차시련극복]
⑥ 시아버지의 조복을 짓고 임금이 박씨의 기이함을 칭찬하다. [비범한
  능력]
⑦ 말을 사고 되팔아 많은 돈을 벌어들이다. [비범한 능력]
⑧ 남편 이시백은 그가 준 연적으로 장원급제하다. [비범한 능력·조력
  자의 역할]
⑨ 액운이 다하자 하루사이에 허물을 벗고 미인으로 변하다. 남편과 화
  락하다. [1차시련극복]
⑩ 호왕의 침입을 예견하고 남편으로 하여금 임금을 피신시키다. [3차
  시련]
⑪ 충렬부인에 봉해지고 일품 녹봉에 만금상을 하사받다. [입공]
⑫ 호군이 피화당을 침범하자 시비를 시켜 용울대를 죽이고 용골대의
  항복을 얻어내다. [3차시련극복]
⑬ 80세로 세상을 떠나다. [죽음]

⟨홍계월전⟩
① 계월은 홍시랑의 무남독녀로 태어나다. 상제 시녀가 정강하여 태어
  나다. [고귀한 혈통·기이한 출생]
② 도사로부터 미래사를 듣고, 어려서부터 영웅의 기상을 타고나 부모
  는 그에게 남복을 입혀 병서와 무예를 가르치다. [성장·정체속이기]

---

92) 신선희("⟨박씨전⟩의 작중인물고", 이화어문논집, 이화어문학회, 1987, pp.243-234)는 신
  선설화 등을 근거를 박처사의 신분을 "도인이나 신인의 경지에 이른 천상의 인물"로
  추리하였는바, 아울러 박씨의 신분도 "천상적 의미의 고귀한 혈통을 소지한 인물"로
  규명하였다.

③ 장상서의 란으로 피난을 가게 되는 도중에 수적을 만나 물에 던져지다. [1차시련]

④ 여공의 구조를 입어 그의 아들 보국과 형제처럼 자라다. [조력자의 구출=1차시련극복]

⑤ 계월과 보국은 함께 도사에게 수학하여 과거에 급제하고, 한림학사가 되다. [수학·등과·입상]

⑥ 적이 침범하여 계월은 대원수로 보국은 중군으로 함께 출전하여 승리를 거두다. [2차시련 및 극복·1차출정]

⑦ 계월은 임금께 주표를 올려 남장으로 행세한 사실을 고하고 사죄를 청하나 오히려 기특하다는 칭찬을 받다. [정체밝히기]

⑧ 천자의 중매로 계월은 보국과 혼인하다. 계월은 남편의 애첩 영춘이 건방지다하여 목을 베자 보국의 미움을 받다. [혼인·3차시련]

⑨ 전란이 다시 일어나자 계월은 다시 대원수로 출전하여, 위급한 남편을 구출하다. [4차시련·3차시련극복·2차출정]

⑩ 불에 태워 죽을 고비에 이르지만 도사의 묘책으로 적을 신기하게 물리치다. [5차시련 및 극복·비범성]

⑪ 위기에 처한 천자를 구하고 대공을 세우다. [4차시련극복]

⑫ 이후 부부 금슬이 좋아져 여생을 누리다. [행복한 여생]

───────────────── 중국 측 ─────────────────

〈여선외사〉

Ⓐ 천상의 월궁항아가 천랑성(天狼星)과 후익(後翼)과의 악연으로 지상에 적강하여 당새아로 환생하다. [적강 출생]

Ⓑ 당새아는 명문의 후예로, 그의 부모가 천상의 신선에게 후사를 기원하여 무남독녀로 태어나다. [고귀한 혈통·기자치성 출생]

Ⓒ 당새아는 동년동월동일동시에, 모태에서 15개월 만에 태어나다. [기이한 출생]

Ⓓ 당새아 모친은 그를 나은지 며칠만에 죽는다. [성장·1차시련]

Ⓔ 같은 천상 신선인 포선고(鮑仙姑)가 유모로 변신하다. [조력자 양

육·1차 시련극복]

Ⓕ 돌잡이에서 검(劍)·옥인(玉印)·서적(書籍) 세 가지만 잡다. [비범성]

Ⓖ 5세에 <여소학>을 통달하고 9-10세에 문장시부 못한 것이 없는 신동
이다. [비범성]

Ⓗ 女紅을 좋아하지 않고 병서 읽기를 좋아하다. [무예수련]

Ⓘ 부친으로 하여금 백부 집 셋째 남동생을 양자로 삼게 하다. [후사=立嗣]

Ⓙ 부친이 죽고 성황(城隍)이 되고, 가산을 부친의 양아들에게 넘기다.
[성장·2차시련 및 해소]

Ⓚ 후익(後翼)이 환생한 임유방과 혼인하다. [악연·3차시련]

Ⓛ 임유방이 음행을 즐기다 죽자 과부가 되다. [3차시련극복]

Ⓜ 구천현녀(九天玄女)한테서 천서(天書) 7권을, 老子한테서 단약 3알을
얻고 선도(仙道)를 수행하다. [선도수련]

Ⓝ 기근에 허덕이는 백성을 구제하고, 청렴한 관리를 돕고, 탐관을 징치
하다. 백성을 해하는 요괴를 제거하다. 황해(蝗害), 한재(旱災)등 재
해를 입은 백성들을 구제하다. [공덕수련]

Ⓞ 천랑성이 환생한 연왕이 거병하여, '정난'을 일으키다. [4차시련]

Ⓟ 월군(당새아)도 봉기를 일으켜 건문황제를 옹립하는 깃발을 내걸고
"帝師"를 건립하다. 각지의 영웅호걸, 건문황제의 옛 신하들이 와서
합세하여 연왕과 대항하다. [4차시련극복]

Ⓠ 연왕은 화합하기 위해 새아를 왕후로 삼으려 하지만 새아는 거절을
하다. [5차시련 및 극복]

Ⓡ 鬼母에 의해 영락제가 죽고, 태자를 황위에 오르게 하고 승천(昇天)
하다. [죽음=歸仙]

〈요화전〉

Ⓐ 요화는 복왕의 딸로, 전생에 음행으로 수행하다 죽은 숫여우가 환생
한 것이다. [고귀한 혈통·기이한 출생]

Ⓑ 모친 한씨(韓氏)는 몸에 이향을 지닌 인물이다. [비범성]

Ⓒ 무애자를 스승으로 모시고 그에 의해 예포(藝圃)라는 교육장을 짓게
되다. [성장·조력자 양육]

ⓓ 5살 때 4명의 남녀 아이를 각각 선발하여 예포에서 같이 수련하기 시작하다. [수학=문무수련]

ⓔ 10살 때 모친을 여의고 가사를 전담하게 되면서 '治家有道'라는 평을 들을 정도이다. [1차시련 및 극복]

ⓕ 몇 년의 수련으로 문무를 겸비한 인재로 자라면서 복왕 및 황제의 시험을 통해 재능을 인정받다. [수학·등과]

ⓖ 대원수로 출정하여 사승명의 난을 평정하고 그 공으로 14장공주로 봉해지고 곤덕후에 오르다. [2차시련 및 극복·입공]

ⓗ 황제의 사혼으로 주좌군과 혼인하지만 수행을 위해 자기랑 꼭 닮은 매영을 자기대리로 시키다. [3차시련 및 극복]

ⓘ 여승의 모습으로 수행길에 나서다. [선도수련]

ⓙ 수행길에 백성들에게 해를 주는 왕뱀을 비롯한 각종 요괴와 비적들을 굴복시키거나 퇴치하여 공덕을 쌓다. [공덕수련]

ⓚ 사음(邪淫)에 빠지다가 곧 극복하고 수행을 계속하다. [4차시련 및 극복]

ⓛ 수행 중 이자성에게 부친 복왕과 가족들이 살해되고 복왕부가 분탕되었다는 소식을 듣고, 이자성의 두 딸을 잡아다 참혹하게 죽여 보복하다. [5차시련 및 극복]

ⓜ 난리로 폐허가 된 장원과 복왕부를 재건하고, 무애자와 함께 도장을 열어, 부모 및 살다 간 모든 영혼들의 재(齋)를 올려 천도하다. [공덕수련]

ⓝ 매영과 주군좌 사이에서 난 주극성을 주군좌의 후사로 삼고, 또 황족 가운데 주영화(朱英華)를 부왕의 후사로 삼아, 재산을 반으로 나누어 주다. [후사=立嗣]

ⓞ 모든 것을 정리하고 스승 무애자를 따라 아미산에 들어가다. [仙去]

〈목란기녀전〉

Ⓐ 목란은 효렴 주약허의 손녀로, 그의 부친이 목란산에 발원하여 태어나다. 주천록의 꿈에 상제가 나타나 진선(眞仙)을 내려 기이한 공과 효를 전할 거라 말하다. [고귀한 혈통·기자치성·적강·기이한 출생]

Ⓑ 8살 때 남장하고 상오승(喪吾僧)의 설법을 듣다. 어릴 때부터 무불통지하다. [성장·비범성]

Ⓒ 상오의 교훈을 들으면서 여공을 게을리 하지 않고 틈틈이 심성을 닦는데 힘쓰다. [수련]

Ⓓ 신검으로 백 여우요괴의 한 팔을 자르다. [비범한 능력]

Ⓔ 부친의 몽사를 통해 곧 종군하라는 명이 떨어질 것을 예측하고 밤에는 베를 짜고 낮에는 말타기와 활쏘기를 연마하다. [무예수련]

Ⓕ 상오승과 철관도인으로부터 도움이 되는 편지와 지낭(智囊)을 받는다. [능력획득]

Ⓖ 종군하다. 이정은 지인지감으로 목란의 정체를 알아보지만 설파하지 않고 정체를 속이는데 도와주다. [1차시련]

Ⓗ 정송도인으로부터 왕뱀요괴(妖蟒)가 변한 신타(神駝)를 증여받다. [능력획득]

Ⓘ 지용(智勇)으로 적을 대승하다. 번병(番兵)을 세 번 격패하다. [출정·능력발휘]

Ⓙ 이정의 명으로 화아진(花阿珍)과 혼인하다. [전장결연]

Ⓚ 석갈(石碣)에 목란의 죽음이 예언되어 있으나 적의 속임수로 밝혀지고 목란이 지략으로 적장이 스스로 목을 베게 하다. [비범성·지인지감]

Ⓛ 금낭의 도움으로 죽을 고비를 넘기고, 부적으로 여우 요괴를 죽이다. [2차시련 및 극복]

Ⓜ 군공으로 무소후(武昭侯)의 봉함을 받다. [입공]

Ⓝ 황제께 표를 올려 부모를 뵈러 떠나다. [1차시련극복·금의환향]

Ⓞ 목란은 호도(胡道)에게 잡히지만 철관도인의 도움으로 목숨을 구하다. [3차시련 및 극복]

Ⓟ 여장(女裝)을 회복하고 두문불출하다. [여장개착·정체드러나기]

Ⓠ 황제가 목란에게 복직할 조서를 내리다. [4차시련]

Ⓡ 목란이 표를 올려 남장 종군한 사연을 상주하다. 황제는 목란에게 무소공주라는 봉함을 내리고 이씨 성을 하사하다. 목란의 부모 및 동생에게도 각기 봉함을 내리다. [4차시련극복·입공]

ⓢ 황제가 재차 부름에 목란은 2차 진정표를 올려 부모 곁에서 효도할 뜻을 밝히다. [5차시련 및 극복]

ⓣ 목란은 무씨지화(武氏之禍)에 휩쓸려 3차 진정표를 써서 무죄함을 밝히고 죽음으로 정열을 증명하다. [6차시련 및 극복·죽음]

ⓤ 태종은 사당을 세워 충신을 기리다. [歸仙]

〈난화몽기전〉

Ⓐ 보주는 명문거족의 후예로, 어렸을 때 부친이 꿈에 선인으로부터 난화(蘭花)라는 꽃을 받고 태어나다. [고귀한 혈통·기이한 출생]

Ⓑ 당연히 아들로 생각했는데 결국 딸로 태어나다. [1차시련·결핍 출생]

ⓒ 보주의 부친은 외부에 아들을 얻었다고 알리고 보주를 남아로 키우고 남자 행세를 하게 하다. [1차시련극복·정체속이기]

Ⓓ 보림은 14세 때 가사를 맡고, 보주는 어린 두 남동생과 같이 공부하다. [수학]

Ⓔ 부친의 명으로 과거를 보아 일차 시험에서 일등을 하고 회시에서 부총재라는 직위를 얻게 되다. [등과·입상]

Ⓕ 부친이 세상을 떠나다. [2차시련]

Ⓖ 가산이 크고 두 남동생이 어린 관계로 보림, 보주는 가족의 내외事를 분담하면서 남자 행세를 유지하다. [2차시련극복·정체속이기]

Ⓗ 규중 친구인 자운(紫雲)에게 전족(纏足)을 부탁하고 그 뒤로 전족을 시작하다. [성장·전족]

ⓘ 14세라는 어린 나이에 탐화(探花)까지 따게 되면서 벼슬을 하게 되다. [등과·입신양명]

Ⓙ 허문경 등과 친구로 가까이 지내면서, 은연히 허문경에게 정을 두게 되다. [성장]

Ⓚ 뛰어난 재능으로 황제의 사랑을 받으며 벼슬자리는 점점 높아지다. [입상]

Ⓛ 유삼공자에 의해 정체가 여러 번 탄로 위기에 처하지만, 모두 슬기롭게 위기를 극복하고, 유삼공자는 흑룡강으로 유배가다. [3차시련 및 극복·정체속이기]

ⓜ 허문경은 장산인(張山人)의 귀띔에 보주가 여인임을 알게 되고, 이를 빌미로 혼인을 약속하다. [정체탄로·4차시련 및 극복]

ⓝ 귀신의 원한을 풀어주다. [비범한 능력·공안]

ⓞ 변강에 난이 일어나자 황제께 외적을 소멸하는 책략을 담은 상서를 올리고, 그 재능이 인정되어 대원수를 임명받다. [5차시련]

ⓟ 대원수로 출정하여 군사훈련을 엄격히 하다. 친동생을 군법으로 다루다. [출정·군율]

ⓠ 지용(智勇)으로 해구(海寇)의 침범과 묘란(苗亂)을 평정하다. [5차시련극복]

ⓡ 적의 공주를 항복시키고 사이좋게 지내다 남동생과 혼인시키다. [전장결연]

ⓢ 외란을 평정한 공으로 4대 벼슬을 보장받다. [입공]

ⓣ 허공, 이공이 상서를 올려 보주의 정체를 밝히다. 황제한테 남장한 사연을 상주하다. [6차시련]

ⓤ 승평공주(昇平公主)로 봉해지고 관작은 각기 약혼자와 남동생에게 물려주다. 守宮砂를 찍고 처녀의 사실을 증명하다. [6차시련극복]

ⓥ 허문경과 혼인하다. [혼인·7차시련]

ⓦ 허문경의 질투와 구박을 받아, 반년 만에 병들어 죽다.=왕모(王母, 하늘의 신선)의 부름을 받고 승천하여 신선이 되다. [죽음=歸仙·7차시련극복]

2.2 일대기로서의 여성영웅의 삶

위의 화소 단락을 근거로 여성영웅의 일대기로서의 삶을 '고귀한 혈통→출생→비범성(성장)→정혼→(혼인)→시련→능력획득→능력발휘→능력신장→입공→혼인→행복한 여생→죽음'의 구도를 아래와 같이 정리할 수 있다.

〈구성 모티프 비교〉

영웅의 일생 모티프	단위 사건	한국	중국
고귀한 혈통	-부친이 현직 고관이다.	○	-
	-조부가 명사이다.	○	○
출생	-신선이 적강하다	○	○
	-기자치성 또는 만득녀로 태어나다	○	○
	-무남독녀로 태어나다	○	○
	-아들이 아닌 딸로 태어나다[결핍]	○	○
비범성	-어릴 때부터 무불통지하다	○	○
	-지인지감의 능력	○	○
	-요괴를 퇴치하다	○	○
	-귀신의 원한을 풀어주다	-	○
정혼	-천정배필이다	○	○
	-부친에 의해 혼약을 맺다	○	○
	-남녀영웅이 혼약을 맺다	○	○
시련	-모친이 죽다	○	○
	-부친이 죽다	○	○
	-부모가 일시 구몰하다	○	-
	-부친이 유배가다	○	-
	-간신이 늑혼하다	○	-
	-도적의 난이 일어나다	○	○
	-외란이 일어나다	○	○
	-반역전쟁이 일어나다	○	○
	-부마로 간택되다	○	-
	-타인에 의해 정체가 밝혀지다	○	○
	-악연으로 혼인하다	-	○
	-혼인하여 고통 받다	○	○
	-간신의 박해로 죽다	-	○
	-액운으로 탈을 쓴 모습을 갖다	○	-
능력획득	-스스로 수학하다	○	○
	-도인한테 도술과 무예를 수련하다	○	○
	-신선의 도움으로 도를 닦다	-	○
	-승인, 도인으로부터 지낭을 증여받다	○	○
	-도인으로부터 신타를 증여받다	-	○

영웅의 일생 모티프	단위 사건	한국	중국
능력발휘	-등과 · 입상하다	○	○
	-국난을 평정하다	○	○
능력신장	-국난을 재차 평정하다	○	-
입공	-후(侯) 작위를 받다	○	○
	-공주의 봉함을 받다	○	○
혼인		○	○
행복한 여생		○	-
죽음	-천수를 다해 죽다	○	-
	-승천하여 신선이 되다	○	○

('○'는 있음, '-'는 없음을 표시)

위와 같이 한 · 중 여성영웅의 일생 구조를 종합적으로 정리하고 양
국에서 실현하는 상황을 구분하여 살펴보았다. 한 · 중 여성영웅의 일생
은 대체로 유사한 틀로 그려지고 있으며, 특히 시련을 중심으로 이야기
가 구성되고 전개된다는 점이 공통적이다. 그러나 세부적인 면에서 차
이를 드러내고 있다는 점도 역시 확인할 수 있다. 서사에서 여성영웅의
시련의 양상은 대체로 세 가지로 나타난다. 하나는 부모의 부재 또는
부모 중 한쪽의 부재로 인한 시련이고, 또 하나는 혼전장애와 혼후장애
로 인한 시련이며, 그리고 자아의지의 실현에 대한 방해로 인한 시련이
있다.

여러 텍스트의 화소단락을 중심으로 그 내용을 보면 거의 공통적으
로 부모의 부재 또는 부모 가운데 한쪽이 없는 경우가 나타난다. 모친의
부재 시 여주인공은 모친의 대리로 부친을 도와 가사를 관리하면서 치
가유도의 호평을 듣게 된다. 모친이 부재로 인한 시련은 여주인공의 여
성적 능력을 돋보이게 하는 역할을 한다. 부모가 모두 부재하거나 부친
의 부재는 여주인공으로 하여금 가장의 대리로 등장하게 되고 가문을

유지해야 하는 새로운 과업을 부여받게 된다. 또한 처음에 '아들이 아님'을 안고 태어난 '결핍'이 '충족'의 상태로 한층 더 다가갈 수 있는 계기가 된다. 이는 모든 남장 텍스트에서 공통적으로 구현되는 특징이지만, 특히 <방한림전>(한국)과 <난화몽기전>(중국)에서 더 잘 나타난다. <방한림전>에서 방관주는 성이 바뀐 채 여아로 태어나고 어릴 때부터 남장을 고집하고 남자 행세를 한다. 그러나 그의 이런 은폐 행위는 부친이 있을 경우 어디까지나 성인이 될 때까지만 가능한 것이다. 성인이 되면 필시 부친에 의해 혼인을 하게 될 것이며, 적어도 평생 남자로 살 수 있는 보장이 없는 것이다. 그러나 방관주는 어린 나이에 부모가 모두 돌아가고 가족 내에서 그에 대한 제약이 사라지게 된다. 그가 가장이 되면서 모든 것을 결정하게 된 것이다. <난화몽기전>에서 송보주는 내심으로 여성의 삶을 원하는 인물이다. 그의 남장은 부친의 지시와 강요에 의해 이루어진 것이다. 자아의지를 실현한 방관주와 달리 송보주는 자아의지가 부친에 의해 제약을 받는다. 그러나 부친이 부재함으로써 그의 제약도 함께 사라져야 마땅하지만, 그에게는 새로운 과제가 주어진다. 즉 부친의 대리로 가문의 유지라는 임무를 맡게 된 것이다.

결국 부모의 부재 특히 부친의 부재로 인한 시련은 남장형(남자의 모습으로 영웅성을 발휘한 유형) 영웅소설에서만 찾을 수 있다. 한국의 대부분 작품과 중국의 <난화몽기전>에서 나타나고 있는 현상이다. 여장형(여자의 모습으로 영웅성을 발휘한 유형) 영웅소설에서는 이와 같은 시련 양상은 나타나지 않고 있다. 대부분 남장형 작품들로 되어 있는 한국의 여성영웅소설에서는 부친의 부재로 인한 시련이 여주인공의 시련으로 이어지는 경우가 일반적이고 간신에 의해 유배되거나 억울하게 죽음을 당한 경우 그 시련이 여주인공으로 하여금 영웅으로 거듭날 수 있게 하는 계기로 작용하게 된다. 이는 훗날 여주인공의 탁월한 능력 발휘로 실각된 부친의 권세가 회복되거나 가문이 부흥되는 것으로 극복하게 된다. 이와 같은 시련 양상에서 나타난 바와 같이 한국의 작품에 효의 이념과 가문중심주의 사상이 깊이 자리하고 있음을 알 수 있다. 반면 중국 여장형 텍스트는 물론 대표적인 남장형 소설 <난화몽>에서 도 부친의 부재로 인한 시련은 생로병사로 인한 시련의 의미일 뿐, 그 시련이 여주인공의 영웅성의 발휘 및 가문의 흥망과 연결되지는 않는다.

혼전장애는 일반적으로 '혼사장애'[93]라고도 하는데, 주로 정혼 또는 사랑하는 남녀가 혼인 전에 겪는 이별과 시련에 나타난다. 이대봉전에 서 애황이 겪는 2차 시련이 이에 해당한다. <설저전>에서 비록 정혼의 상대가 없지만, 그가 겪는 시련은 간신의 늑혼에서 비롯되며 나중에 태 자와 혼인함으로써 '혼사로 인한 장애 유발(→분리) →시련(→귀환) → 혼인 확정'[94]이라는 혼사장애구조를 갖추고 있다. 혼사장애로 인한 시 련구조는 남녀애정담이 혼재한 양국의 텍스트에서 모두 찾을 수 있다. 다만 한국의 경우 혼사장애를 초래하는 원인이 간신 또는 권세가의 늑 혼이 유형적 모티프로 나타나는 반면, 중국의 경우 소인의 방해, 도적의 난 또는 국가적 전쟁 등으로 각기 다르게 나타나고 있다. <난화몽기전> 의 보주가 겪는 3차, 4차 시련은 소인의 방해 또는 제3자의 방해로 이해 할 수 있고, 혼사를 지연시키는 국가적 전쟁이 5차 시련에 해당한다. 혼후장애는 남녀가 혼인한 후에 나타나는 양성갈등, 처첩갈등, 고부갈 등 등에 구현되며, 이는 가정의 문제와 밀접한 관련을 갖고 있다. 양성 갈등은 계월(<홍계월전>)의 3차 시련, 박씨(<박씨부인전>)의 2차 시련, 보주(<난화몽기전>)의 7차 시련이 이에 해당한다.

---

93) 민찬(같은 논문, p.19)은 여성영웅소설의 구조를 검토하는 자리에서 여기에 나타나는 혼사장애는 '혼사이전의 남녀이합'이라고 규정하면서 '혼사이후의 남녀이합'은 혼사장 애주지에 해당하지 않는다고 지적하였다.

94) 손연자, "조선조 여장군형 소설 연구", 이하여대 석론, 1981, p.50.

위와 같이 여성에게 혼인은 행복의 귀착점이기도 하지만 다양한 시련으로 다가가기도 한다는 사실을 알 수 있다. 혼인에 대해 거부감을 가진 여성에게 황제의 사혼은 혼인자유를 말살시키는 하나의 시련이 된다. 박씨의 혼후시련에 부모, 즉 타자에 의해 이루어진 혼인의 비극이 비춰진 것으로 이해된다. 보주의 혼후시련은 가부장적 봉건사회에 처한 여성의 암흑적인 혼인상황을 극대화한 것이라 하겠다. <여선외사>에 나타난 악연의 혼사시련은 역시 자아를 부정해버린 타자에 의한 혼사시련이다. 한국의 여성영웅소설에 나타난 혼사 또는 혼후의 시련은 결국 행복한 혼인으로 극복하지만, 중국의 경우 개인의 욕망과 제도 사이의 마찰이 쉽게 타협점을 찾지 못하고 결국 시련이 비극으로 번지게 되고만 경우도 있다.

자아의지의 실현에 대한 방해로서의 시련으로는 계월의 3차 시련, 당새아(<여선외사>)의 3차 시련, 요화(<요화전>)의 3차 시련, 보수(<난화몽기전>)의 1차 시련, 목란(<목란기녀전>)의 4차·5차·6차 시련이 이에 해당한다. 계월, 당새아, 요화의 시련은 모두 자신이 혼인을 원하지 않지만 황제의 사혼 또는 천명(운명)으로 어쩔 수 없이 혼인하게 된 데서 나타난다. 보주는 가짜 남자의 삶을 원하지 않지만 부친의 권위로 남자 행세를 강요당한다. 목란의 시련 양상은 부모 곁에서 효도할 것을 원하는 그의 의지가 계속 조중(朝中) 대신으로 살 것을 요구하는 황제의 의지와 갈등을 겪으면서 초래된 것이다.

여기서 흥미로운 것은 관주처럼 자아실현이 거의 방해를 받지 않는 것으로 나타나는 경우가 있다는 것이다. 그러나 엄밀히 보면 관주가 남자로 사는 것이 곧 하나의 시련인 것을 볼 수 있으며, 그 시련을 초래한 근본적인 원인은 사회체제이다. 그는 끝내 동성혼을 이루면서 사회체제에 저항한 듯이 보였지만, 천상에서는 행복한 이성혼을 이룸으로써 결국 화합을 이루게 된다. 이처럼 한국의 경우 여주인공의 자아실현은 사회체제로부터 방해를 받지만 결과적으로는 타협지점을 찾고 화합을 이룬다. 하지만 이와 달리 중국의 겨우 여주인공의 자아실현은 대 사회적인 것보다 도를 닦는 다는 개인적인 지향점으로 근원을 두고 있거나 결국 죽음이라는 한계로 나타나면서 좌절하고 만다.

이렇듯 일대기로서의 여성영웅의 삶은 대체적으로 '고귀한 혈통→출생→비범성(성장)→정혼→(혼인)→시련→능력획득→능력발휘→능력신장→입공→혼인→행복한 여생→죽음'이라는 틀과 경로로 전개되어 있는 것이다. 한국과 중국의 텍스트에서 시련 및 시련의 극복은 여성영웅의 삶을 구성하는 중요한 부분이라는 점도 공통적이다. 그러나 유사하면서 구체적인 양상을 달리한다는 것이다. 한국의 경우 시련과 극복을 반복하는 가운데 근본적으로 원만한 타협의 지점에 도달하지만, 중국의 경우 결국 좌절과 한계에 이르는 것으로 나타난다.

3. 다양한 모티프의 혼합 구성 양상

3.1 유사한 구성 모티프

앞에서 정리한 영웅의 일생 구조를 통해 알 수 있듯이, 여성영웅소설은 출생(기자치성, 만득녀, 무남독녀, 결핍), 비범성, 시련(남장 또는 여화위남), 출장 또는 군용, 입상, 혼인, 죽음 등 모티프 중심으로 서사가 구성되어 있음을 알 수 있다. 이러한 일생구조의 틀로 구성된 텍스트는 또 수많은 모티프[95]들로 구성된다.

---

95) 모티프 또는 화소는 텍스트를 구성하는 서사단위의 한 유형이다. 홀스트 잉그리드 뎀리히는 모티프를 텍스트의 구성 면에서 다음과 같이 정의했다. "모티프는 텍스트의 구조를 견고하게 하는 과제를 부여받고 의미 및 구조의 담지자이다. 모티프는 사건을 전개시키

그러나 텍스트에 등장한 많은 모티프들 가운데 그것이 주인공을 내세우거나 주인공의 행위를 나타내는데 중요한 작용을 할 때에 비로소 의미를 갖는다고 할 수 있다. 서로 다른 모티프들이 하나의 이야기를 구성하면서, 하나의 패턴-유형을 이룬다고 볼 수 있게 한 이유는, 많은 모티프들 중에서도 유독 몇 개가 하나의 '규칙'96)을 이룬 듯이 반복적으로 나타나기 때문이다. 이러한 '규칙'을 찾아내는 것이 장르의 성격을 규명하는 데 중요한 의미를 지닌다 할 수 있다. 이것이 곧 텍스트를 구성하는 서사 원리이다. 이러한 구성 원리에 따라 서사텍스트는 같거나 또는 유사한 모티프를 공유하면서 유형적인 특징을 지니게 된다. 여성영웅소설에서 서사의 구성 원리를 나타내는 모티프로는 '거울', '결핍', '속이기', '겨루기'이다. 거울 모티프는 주인공의 행위양상과 극히 가까운 유사관계를 갖는 특징을 지닌다.

'내적 거울 반영' 에피소드라 함은 여성영웅소설의 형성에 영향을 미진 것으로 파악되는 다양한 에피소드 중에서 텍스트 내에서 서술자나 등장인물에 의해 '상동관계(homology)'를 가진 것으로 파악되는 유사(類似) 텍스트를 의미한다. 여성영웅소설 텍스트에는 서술자의 목소리로, 여주인공의 행위를 '가히 ○○라고 일컬을 만하다'고 평가하거나, 여주인공 자신의 목소리로 '나도 ○○를 효칙하여'라고 언급하는 경우가 빈번한데, 이때에 이들 텍스트는 여성영웅소설 속에서 '내적 거울 반영 에피소드'로 기능한다.97)

며 미래의 결과를 시사하는 한편, 이야기의 맥을 연결시키고 사건을 짜임새 있게 만들며 반대방향으로 해체시킨다. 또한 인물들의 태도양식에 논거를 부여하며, 인물들의 성격적 특징을 명백하게 드러낸다." 프랑수아 조스트, "주제와 모티프", 문학주제학이란 무엇인가, 이재선, 편, 민음사, pp.150-152.
96) 이 '규칙'은 그레마스가 말한 서사 문법의 개념에 가까운 것으로 볼 수 있다. S. 리먼 케넌, 최상규 옮김, 1999, p.24.
97) 전이정, 같은 글, p.83.

전이정은 거울 모티프를 '내적 거울 반영 에피소드'로 정의하면서 위와 같이 설명하였다. 한국의 여성영웅소설에서 서술자나 등장인물에 의해 상동관계를 가진 유사한 텍스트는 목란이 남장하여 부친 대신 종군하는 이야기('목란'), 제영이 부친을 구하는 이야기('제영'), 황숭하가 남장하여 과거를 보아 장원급제하는 이야기('황숭하'), 평양공주의 이야기('평강공주') 등이 있다. 이 이야기들은 모두 중국의 사서에 전하는 유명한 고사들이다. 목란과 제영은 효녀로 유명하며, '남장 이야기'로는 목란이 남장하여 '무(武)'를 펼치는 것과, 황숭하가 남장하여 '문(文)'을 떨치는 것으로 각각 유명하다. 평양공주는 남장을 하지 않고 여자의 몸으로 군용을 떨친 인물이다. '목란', '제영', '황숭하', '평양공주'는 여성영웅소설에서 여주인공의 행위모델로 작용하기도 하고 하나의 대명사(예컨대 '효녀', '남장')로 기능하기도 한다. <설저전>에서는 설저의 효행담을 다루면서 '만대의 얻지 못할 효절이라, 제영과 소아를 부르지 못하더라'[98]고 서술한 것과 <옥주호연>에서 삼주자매는 난세를 자신들이 뜻을 펴는 좋은 기회(得時)로 보면서 '장원공주(평안공주)의 일을 효칙하여'[99]라고 한 것이 좋은 예라 하겠다.

한국의 여성영웅소설에서 남장은 여주인공이 영웅성을 펼칠 수 있는 중요한 계기로 작용한다. 이 때 남장으로 정체를 완벽하게 숨기고 영웅성을 펼친 목란의 이야기는 가장 적합한 거울 모티프라 할 수 있다.

"석일(昔日)에 목란(木蘭)이 절벽에 송구하였으되 오히려 죽지 아니하였나니, 이제 목란의 일을 효칙하여 의복을 환착하고 일필 단기로 북해로 향하면 뉘 능히 여화위남한 줄을 알리오. 내 뜻을 이미 정하였나니 너희는 괴로이 막지 말라."<김희경전>

---

98) 〈설저전〉(p.61): 만뒤의 엇지 못할 효절이라 졔영과 소아을 일ㅁ지 못ㅎ더라
99) 〈옥주호연〉, p.114.

위의 인용은 <김희경전>에서 발췌한 내용인데, 여주인공 장수정이 자신의 정체를 숨겨야 하는 상황에서 목란을 모델로 삼으면서 남장을 하게 된 이야기이다. 목란은 남장 종군하는 12년 동안 어느 누구도 그가 여자라는 사실을 몰랐고, 금의환향한 후에 스스로 정체를 밝히고 나서야 주변사람들이 그녀의 정체를 알게 되었다. 여성에게 활동공간이 제한된 현실상황에서 여자의 몸으로 정절을 지켜내면서 사회적인 무대에서 성공한 목란은 비슷한 처지에 있는 여성에게는 롤모델(role model)이라 할 수 있다. 따라서 서사 속에서 장수정과 같이 여자의 몸으로 사회에서 활동할 수 있는 한계상황에 부딪칠 경우 목란의 이야기를 거울로 삼아 서사를 전개해 나가는 구성은 독자들에게도 무리 없이 쉽게 받아들여졌을 것으로 이해된다.

중국의 작품에서는 목란, 황숭하 등 이야기를 텍스트의 구성 원리로 작용하는 유사한 양상을 보여주고 있다.

사왈: 남자는 천품이 가장 탁하고, 여아의 기는 맑음에 몰려 있다. 규중 가인의 본성은 순음(純陰)에 속하고, 아름다움과 수려함으로 가득 채워져 있다. 숭하는 연속 과거 시험에 급제하고, 목란은 부친 대신 종군하다. 하나는 문(文), 하나는 무(武), 천고에 이름이 전하다. <서강월(西江月)>을 기탁하여. 여태껏 산뜻하고 아름다운 기운은 꽃과 미녀에 나눠져 있다. 규방 가인, 천품이 순음에 속하고, 성품에 조용함이 있고, 총명하고 지혜로우며, 흔히 남자를 능가한다. 그래서 詞에 남자는 중탁하고, 여아는 순하고 맑다고 한 것이다. "남자는 흙으로 만들었고, 여아는 물로 만들었다"고 가보옥100)이 참으로 잘 말한 것 같다. 충분히 여자가 남자보다 났다는 것을 알 수 있으며, 분명히 맞는 말이다. 화헌송(椒花獻頌), 서음시(柳絮吟詩), 조대가(曹大家=반소)와 가약란(賈若蘭, 고대의 재녀) 등은 나는 잘 기억하지 못한다. 이 詞의 하나는 文, 하나는 武만 보더라

---

100) 〈홍루몽〉에 등장한 남자 주인공이다.

도 천고에 이름이 전하는데, 어떤 남자가 따를 수 있는가? 독자들은 이
두 사람만 전무후무하다고 여기시지 말고, 내가 말할 奇女子의 얘기 들
어봐요, 문무를 겸한 팔방미인이며, 특히 뛰어나다. 나는 한 명을 말할 뿐
만 아니라 두 명을 말할 것이다. 한 명은 선비 가문을 빛내고, 한 명은 가족
을 지킨다. 현세에 같이 태어났을 뿐만 아니라 한 가문에서 태어났다.[101]

위는 <난화몽기전>이란 작품의 시작부분(회두)이다. 일반적으로 창
작동기를 밝히는 데 회두를 적극적으로 활용하는 중국 통속소설의 문
체적 특징을 고려한다면, 여기에 등장한 목란과 황숭하의 이야기는 텍
스트의 구성에 중요한 작용을 한다는 사실을 알 수 있다. 이 텍스트는
사(詞)로 시작하고 있다. 그 내용을 보면 남자를 폄하고 여자를 높이
찬양하는 것으로 이루어져 있으며, 중국 고대의 문·무로 유명한 황숭
하와 목란의 고사를 인용하고 있다. 사(詞) 다음에 펼친 서술에서도 마
찬가지로 같은 관점으로 여자가 남자보다 낫다는 점을 강조하고 있으
며, 가보옥의 말을 인용하여 여아의 수려함과 아름다움을 찬양하고 있
다. 진씨, 사도온, 반소, 가약란 등 유명한 재녀들보다도 여기서는 주인
공의 모델로 숭하와 목란을 제시하고 있다. 목란과 숭하는 문·무로 천
고에 이름을 날린 '기이한 여자(奇女子)'이며, <난화몽기전>의 주인공
은 이들에게 견주어도 전혀 손색이 없다고 서술자는 말한다. 이로써 남
자보다 나은 여자를 이야기하겠다는 텍스트의 기본적인 구성 원리를
알려주고 있다.

---

101) 〈蘭花夢〉第1回: 詞日 : 男子賦性最濁, 女兒得氣偏淸. 紅閨佳麗秉純陰, 秀氣多嬌占
盡. 崇媛連科及第, 木蘭代父從軍. 一文一武實超群, 千古流傳名姓. 調寄〈西江月〉. 從
來天地綺麗之氣, 名花美女, 分而有之. 紅閨佳麗, 質秉純陰, 性含至靜, 聰明智慧, 往
往勝過男人. 所以詞上說男子重濁, 女兒純淸. 賈寶玉道得好: "男子是泥做的, 女兒是
水做的." 足見女勝於男, 昭然不爽. 至於椒花獻頌, 柳絮吟詩, 那些曹大家, 賈若蘭等
人, 我也記不淸楚, 單看這詞上一文一武, 留名千古, 又有那個男人及得他? 看官莫謂
他兩個, 就空前絕後, 聽我說個奇女子, 文武全才, 尤為出色. 我非但說一個, 還要說兩
個, 竟是一個克紹書香, 一個守成家業, 不但生同斯世, 而且萃於一門.

한편 <여선외사>에서도 목란의 이야기가 등장하는데, 서사에서 목란은 '정절(貞節)'형 여성의 본보기로 그의 자아의지를 높이 평가한 반면, 목란의 남장·출장에 관련된 내용은 언급되어 있지 않다.102) 이 작품에서 여주인공은 여성의 모습으로 활약을 하면서 여장군, 여제로 형상화되어 있으므로 여기에 거울 모티프로 작용하는 모델도 다르게 나타나고 있다.

여자로 말하자면 마찬가지이다: 예컨대, 시소(柴紹)의 아내는 낭자군을 통솔하여 의거를 일으켰고; 주서(朱序)의 모친은 부인성을 쌓아 적을 항거하였으며; 이의(李毅)의 딸은 스스로 영주인(寧州印)을 받고 영이(苓夷)를 대파하였다. 고량의 세부인(洗夫人)을 말하자면 무성(婺星)이요, 요(遼)의 소태후(蕭太後)는 무숙(婺宿)이요, 당의 측천 황제는 대라천녀(大羅天女)이요, 모두 전기에 기록되어 있으니, 내가 어찌 황당무계한 이야기를 전하겠소.103)

여기서 말하는 시소의 아내는 평양공주를 말한다. 그 외에 세씨부인이며, 소태후, 측천황제는 너무도 잘 알려진 여장군이고 여제이다. 이들은 모두 역사적으로 실존한 인물들이고 역사서에서도 그들에 관한 이야기를 찾을 수 있다. 서술자가 이들을 언급하는 목적은 텍스트에서 다루게 되는 당새아 역시 역사에 실존한 인물이라는 점, 여장군, 여제의

---

102) 〈여선외사〉제3회: 효렴이 또 묻기를, "애야, 자고로 열녀 중에서 본보기로 삼는 자는 누구누구 있지?" 새아가 답하기를 "지혜는 신헌영 같으며, 효도함은 조아 같고, 정(貞)은 목란 같으며, 절(節)은 조령녀 같고, 재(才) 소약란 같으며, 열(烈)은 맹강 같다. 모두 출중한 사람들이요."(孝廉又問: "孩兒, 古來列女所取的是哪幾個?" 賽兒道: "智如辛憲英, 孝如曹娥, 貞如木蘭, 節如曹令女, 才如蘇若蘭, 烈如孟姜, 皆可謂出類拔萃者.")

103) 〈여선외사〉 제1회: 至於女子, 亦有同然 : 如柴紹之妻, 統娘子軍而起義 ; 朱序之母, 築夫人城而拒敵 ; 李毅之女, 自領寧州印而大破苓夷 · 至若高涼之洗夫人為婺星, 遼之蕭太後是婺宿, 唐之則天皇帝是大羅天女, 亦皆傳記所載, 夫豈誕妄者哉!

능력을 지니면서 영웅적 활약을 펼칠 것이라는 점을 나타내기 위한 것으로 이해된다.

이렇듯 주인공의 형상적 특징과 영웅성의 표출방식에 따라 텍스트 속에서 사용되는 거울의 모티프도 각기 다르게 나타난다는 점을 알 수 있다. 황숭하와 목란의 이야기는 남장형 여성영웅소설에는 남장으로 문과 무를 실현하는 거울 모티프로 등장하지만 비남장형 여성영웅소설에서는 자아의지와 같은 성격적 측면에 주안점을 두거나 아예 언급하지 않는 특징이 있다. 예컨대 <박씨부인전>, <금방울전>과 같은 비남장형 여성영웅소설에서는 황숭하와 목란의 모티프가 등장하고 있지 않다.

'결핍'은 텍스트에서는 주로 '아들이 아님' 또는 '남자가 아님'을 한 탄하는 내용을 통해 구체적으로 표현된다. 여성영웅소설에서 네 가지 양상으로 나타나는데, ㉠후사를 이을 수 없다, ㉡부모님께 영화를 드릴 수 없다, ㉢입신양명할 수 없다, ㉣원수를 갚을 수 없다. '결핍'은 '여성'이라는 제약'에서 비롯된다. 그러나 여주인공의 '출장입상'으로 높은 벼슬자리에 이르러, 몰락한 가문도 다시 부흥시키고 '아들 못지않음'을 과시함으로써 '충족'의 상태로 전환된다. 이 모티프는 남장의 모티프와 밀접한 연관을 지닌다.

남장 또는 여화위남은 곧 여자라는 사실을 숨기는 것이며, '속이기' 원리의 양상이다. 텍스트에서는 '속이기'의 원리가 일시적으로 작용하는 것이 있는가 하면, 탄로 날 위기 상황이 발생하더라도 그것을 극복하고, 똑같은 상황이 반복되어 나감으로써 이야기가 확장되어 나간다. <금방울전>은 예외의 작품이라 할 수 있는데, 주인공 금방울은 남장을 행하지 않고, 방울이라는 모습으로 사회적인 영역에서 영웅성을 발휘한다. 방울의 모습을 행한 것 역시 본색을 드러내지 않는 것이기에 남장과 마찬가지로 숨김의 의미를 지닌다고 할 수 있다고 생각한다.

'겨루기'는 여성과 남성이 동등한 차원에서 능력의 우열을 가르는 것으로 나타난다. 여성영웅소설에서는 '겨루기'의 원리는 남성만 행할 수 있는 과업을 여성도 똑같게 해내거나 더 훌륭하게 성취할 수 있다는 양상으로 나타난다.

한국 여성영웅소설의 경우, 여성으로서의 '결핍'을 인식한 여주인공은 일반적으로 능동적인 남복 개착을 행하고 '여화위남'한 삶을 살 것을 원한다. 대표적인 작품으로는 <이학사전(이현경전)>, <방한림전>이 있다.

<이학사전>의 이현경은 어렸을 때부터 여자의 도를 닦는 것을 거부하고 스스로 남복을 개착하여 입신양명의 뜻을 세우고 오직 "아들의 도"를 행할 것을 고집한다. 이현경은 '무남독녀'가 아니다. 그녀에게 어린 남동생이 있다. 따라서 그의 '결핍'은 아들딸이 없는 것에서 온 것도 아니고, 후사를 잇지 못하는 걱정에서 오는 것도 아니다. 그가 인식한 '결핍'은 여자로서는 임금에게 충성을 올리기 어렵다는 것과 공명을 얻어 이름을 날리지 못한다는 것에서 비롯된 것이다. 그러면서 남장을 한 그는 장원급제하고 대원수로 외란을 평정하고, 벼슬이 공후의 자리에 올랐으니 '결핍'에서 '충족'으로, 즉 실현 불가능한 것을 실현 한 것이다. 그는 자신의 정체를 숨겨 주변 사람들로 하여금 남자로 알게 한 것은 '속이기'의 한 양상이고, 여성이 남성의 과업을 충분히 성취할 수 있을뿐더러 그 이상의 능력도 발휘할 수 있다는 것을 보여준 것은 남성과 여성이 대등하다는 것을 보여준 '겨루기'의 한 양상으로 볼 수 있다.

현경의 행위는 도에 어긋나는 것이기에 가족들도 반대를 하지만, 모두 그의 고집을 꺾지 못한다. 그의 부친은 현경이가 마냥 어려서 그런 줄만 알고 장성하면 곧 생각을 달리할 거라고 믿고 그가 하고 싶은 대로 내버려 둔다. 이현경은 부모님이 돌아가신 다음에는 자기의 생각을

더욱 굳혀 아예 '남자'로 살아가기로 마음먹는다. 그의 유모는 이런 현경이가 걱정되어 나서서 말리지만 현경은 오히려 씩씩하게 평생 혼취를 않은 채 '남자'로 늙어 가겠다고 말한다. 그는 남자 행세를 하면서 뛰어난 이성들과 친교를 맺으면서 스스럼없이 지낸다. 그러면서 돌아간 그의 부친에 의해 '정체가 탄로' 날뻔하지만,[104] 꿈의 허황함을 들어 장연을 구슬려 자신의 정체를 계속 속이면서 위기를 모면한다. 그러나 부친의 몽사 후, 그는 이유없이 병을 얻게 되고 그의 정체는 어의(御醫)의 진단으로 끝내 밝혀진다. 정체가 밝혀진 후에도 이현경은 장연의 청혼을 거절하고 절교까지 한다. 하지만 황제가 두 사람을 적극적으로 맺어주면서 둘은 끝내 혼인하게 된다. <이학사전>은 결핍→충족, 속이기→겨루기의 원리로 구성된 대표적인 작품이라 할 것이다.

여자로서의 '결핍'을 인식하고 자신의 정체를 철저하게 속이면서 사는 인물로는 <방한림전>의 방관주를 들 수 있다. 관주는 태생부터 '남자 아님'이라는 '결핍'을 안고 태어난다. 만득녀에다 무남독녀로 태어난 것이다. 부모는 딸의 의지대로 남복을 입히고 여공 대신 시서(詩書)를 가르쳤으며, 그의 총명함과 재주로 곧 "아들 없음을 한하지 아니"하면서도 여아라는 사실에 "슬피 여김"을 면치 못하는데, 굳이 여공을 권유하지 않고, 친척한테는 아들이라고 알린다. 8세 때 부모가 구몰하자 그는 여공을 행할 생각이 더더욱 없어지고, 아예 남자 행세를 한다. 그는 "시속 여자의 가부(家夫) 섬기는 도"를 버리고 "입신양명하여 부모의 후사"를 빛내기로 마음먹는다. 관주에게 '결핍'은 입신양명을 못하고, 가문을 빛내지 못하는 것이다. 물론 후사를 잇지 못하는 것도 포함된다. 그는 '여화위남'함으로써 모든 것을 극복한다. 장원급제하여 벼슬이 한림에 오르고, 가인 영혜빙과 혼인을 한 뒤, 낙성이라는 양아들까지

---

104) 이현경의 부친은 현경이와 동문수학하는 친구 장연의 꿈에 나타나 딸의 정체를 밝힌다. 〈이학사전〉 제3회.

얻게 된다. '남자'라는 전제로 이루어진 것이지만, 입신양명이며 후사를 잇는 일이 모두 실현되었다. '결핍' 또한 '충족'으로 바뀌게 된다. 그의 정체는 혼인 시 영혜빙의 지인지감으로 드러나지만, 영혜빙은 그것을 밝히지 않고 오히려 관주의 정체를 속이는 일에 동참한다. 이것으로 관주는 자신의 정체를 가장 완벽하게 숨기면서 이야기가 끝날 무렵, 즉 죽음을 앞두고 스스로 황제한테 상주함으로써 밝히게 된다. <방한림전>에서 '겨루기'의 원리는 과거시험을 보는 장면에서 잘 나타난다.

……궐하에 나아가 글제를 볼새 시각의 급함이 이백의 신속함이라도, 두자미(杜子美), 한퇴지(韓退之)라도 능히 손을 놀리지 못할 것이로되, 방공자 조금도 의려치 않아 당건(唐巾), 백포(白袍)를 붙이고 배회하여 시 지을 의사 없더니 시각이 당하니 천천히 깁을 펴고 옥수섬지로 산호필을 두루니 필하에 운영(雲影)이 일고 용봉이 넘놀고 구룡이 서렸으니 묵광(墨光)이 영고비무히여 사의격질(思議激切) 고상하니 회두(回頭) 사이에 휘필하여 동행한 선비를 주어 바치라 하고 두루 걸어 제유(諸儒)의 작시를 구경할새 <u>모든 선비</u> 소년도 있고 혹 귀 밑에 백발을 드리운 이도 있고 동년 유생도 있을새, 추용(醜容) 둔탁(鈍濁)하고 기질이 완추하고 개제한 청사(淸士)의 무리로 유건을 끄덕이며 쓰는 이도 있고, 한 손을 짚고 읊조리는 자도 있고, 혹 먼저 지었노라 양양승승하는 자도 있으며, 혹 기색이 창황하여 오직 붓끝을 물고 양순치하(兩脣齒下)에 흑색이 덮였으니 공자 일장을 실소(失笑)하고 "<u>아국에 가히 인재 희소하여 기관(奇觀)을 여차하니 차석하도다.</u>" 이때 만세 황야 구룡어탑에 좌하시고 백관으로 더불어 모든 글을 보실새 여러 장을 보시나 하나도 천심에 영합하지 않으사 천안에 근심하시더니 <u>최후 한 장</u> 시전(詩箋)이 있으니 묵화비무(墨花飛舞)하고 오채영롱하여 서리 어리거늘 다시 보시니 어찌 진속에 묻은 시재리요. 필흑이 정공하고 구룡쌍봉이 서렸으며 주옥을 헤친 듯 사의 심원 공달하여 시재는 운천에 있고 사의 강산에 머물었으

니 용안이 대열하사 제신을 보이시고 가라사대, "짐이 날이 기울도록 천여 축 시전을 보되 마침내 재주를 보지 못하더니 이 글이 쇄락 향염하여 소동파 이적선이라도 미치지 못하리니 어찌 기특치 않으리오. 마땅히 이 글을 갑과 제일을 삼으리라."

여기서는 두 가지 인물 시점이 보인다. 하나는 방관주의 시점이고 하나는 황제의 시점이다. 방관주의 행위는 그가 본 '모든 선비'들-"소년", "귀 밑에 백발을 드리운 이", "동년 유생", "추용(醜容) 둔탁(鈍濁)하고 기질이 완추하고 개제한 청사(淸士)"-의 '기관(奇觀)'-"유건을 끄덕이며 쓰는", "한 손을 짚고 읊조리는", "먼저 지었노라 양양승승하는", "기색이 창황하여 오직 붓끝을 물고 양순치하(兩脣齒下)에 흑색이 덮"이는 모습-과 대조적으로 나타나면서 그의 여유로움과 뛰어난 재주가 더욱 두드러진다. 한편 황제는 '천여 축'의 시전을 보고도 눈에 띤 재주를 보지 못하고 오직 방관주의 시전이 유일하게 눈에 띤 것이다. 여기서 방관주의 시재는 모든 선비를 능가할 뿐만 아니라, '소동파 이적선이라도 미치지 못한 것'으로 보이기까지 한다. 여기서 '모든 선비'를 비롯하여, 소동파, 이백(이적선)도 남성이다. 다시 말하면 인용문에서는 뭇 남성들과의 시재 '겨루기'에서 방관주의 재능은 훨씬 월등함을 나타내고 있다.

이처럼 <방한림전>은 <이학사전>과 함께 한국 여성영웅소설의 대표적인 작품으로서 결핍과 속이기, 겨루기가 중요한 구성 모티프로 작용하고 있음을 알 수 있다.

다음 중국 측 작품을 보겠다. 아래에서는 <여선외사>와 <난화몽기전>을 대표적인 텍스트로 분석하고자 한다.

우선 <여선외사>를 보겠다. 이 텍스트를 구성하는 주요 모티프는 적강, 기자치성, 무남독녀, 군담, 입사(立嗣), 선도(仙道) 수련, 악연(惡緣),

창업투쟁, 귀선(歸仙) 등이다. 항아가 당새아로 적강하는 이야기며(적강) 부모가 늦도록 자식을 보지 못해 기자치성으로 득녀한 이야기며(만득녀, 기자치성, 무남독녀), 적강한 인물이 대개 그렇듯이 죽음과 함께 천상에 올라가 다시 신선이 되는 이야기(등선)는 한국 여성영웅소설에 나타나는 양상들과 너무 닮아 있다. 특히 한 인물을 중심으로 다루어졌을 경우 이들 서사단위는 거의 예외없이 주인공의 출생 이야기의 중요한 구성단위로 등장한다. 한편 이 텍스트는 신마 요소가 다분히 들어있을 뿐만 아니라 인과 윤회관이 전체 구성에 강하게 드러나고 있어 선도 수련, 악연 등과 같은 모티프들도 등장하고 있는 것이다. 그리고 주인공 당새아가 봉기를 일으켜 연왕과 대적하는 이야기는 그의 창업투쟁에 속한다고 볼 수 있다. 텍스트에서 그는 비록 건문황제를 정통으로 존봉하여 제왕군을 건립하고 '난신적자'로 왕위를 찬탈한 연왕에 대항하지만, 그것은 다만 건문황제의 대의(大義) 명분을 빌린 것이지[105) 실제로는 여장군보다도 여주(女主), 여제(女帝)로서의 행위양상을 펼치고 있는 것이다.[106) 이처럼 한 여성의 패업을 이루는 과정을 다룬 작품은 한국의 여성영웅소설에서는 찾아보기 힘들다. 당새아가 농민봉기를 이끌었던 역사적 실존 인물이라는 사실이 텍스트의 구성에 작용한 결과라 볼 수 있다.

---

105) 월군이 건문황제를 명분적인 방패로 삼았다는 사실은 다음의 말을 통해 알 수 있다. 월군이 말하기를, "만약 황제가 붕어하면, 내가 바로 북평을 가져 중원을 평정하고 난 뒤 강남을 대체하고 혼일을 도모하겠네; 만약 신의에 따라 행동한다면, 먼저 중원을 가져 폐하를 복위시키고 난 다음 강을 건너 죄를 물어야 하느라. 이로써 인심이 따를 것이오, 그 세력이 곧 와해될 것이네.(月君道: "若皇帝已崩, 我徑取北平, 再定中原, 後代江南, 以圖混一; 若行在有信, 當先取中原, 迎駕復位, 而後渡江問罪, 則人心響應, 勢如瓦解矣.)"
106) 텍스트에서는 당새아는 천제로부터 옥세를 하사 받고 '월군(月君)'이란 칭호를 받게 된다. 그의 기이한 출생에서도 보여주듯이 그는 황제의 운명을 지니고 태어났으며, 텍스트에서 제왕군을 통솔할 때 스스로 "짐(朕)"이란 호칭을 사용하기도 하고, 신하들도 그를 주군(主君)으로 모시고 있는 것으로 나타난다.

<여선외사>에서 주인공의 '결핍'은 후사를 잇지 못하는 문제로 나타난다.

<아들을 낳기 위해 신께 발원하다(=후사가 없다)→무남독녀로 태어나다
(⇒후사를 이을 수 없다⇒결핍)→백부 집 셋째 동생을 부친의 양아들로
삼게 하다(⇒후사를 이을 수 있다⇒충족)>

당새아 부모의 기자치성은 가문의 대를 이을 아들을 얻는 것을 목적으로 삼고 있다. 하지만 딸을 낳음으로써 그들의 목적이 실현할 수 없게 된다. 딸은 아들이 아니기에 대를 이을 수 없기 때문이다. 따라서 당새아는 태생에 '결핍'을 안고 태어난 것이라 할 수 있다. 하지만 당새아는 이런 자신의 '결핍'을 곧 해결한다. 백부(큰아버지) 집의 셋째 동생을 부친의 양아들로 삼게(立嗣) 한 것이다. 이로써 '후사를 이을 수 없는' 자신의 '결핍'을 '후사를 이을 수 있는' '충족'의 상태로 바꾼다. 당새아는 본래 신선이고 그의 적강은 악연 때문이며, 그의 근본적인 임무는 다시 신선이 되는 것이다. 당새아에게 중요한 것은 악연을 푸는 것과 선도를 수련하여 신선으로 회귀하는 것인데, 이는 초월계의 문제이다. 따라서 '가문의 부흥'과 같은 인간계의 문제는 그에게는 부차적인 것으로 나타날 수밖에 없다. 텍스트에서 당새아가 봉기를 일으키고 자연재해를 입은 백성들을 구제하는 이야기며 외란을 평정하는 이야기는 곧 선도 수련의 일환으로 간주할 수 있는 것이다.

<여선외사>에서의 주인공은 '결핍'으로 인한 '여화위남' 모티프를 찾을 수 없다.[107] 당새아는 서사 전체에 여인의 모습으로 나타나면서 행위를 펼친다. 그리고 다른 인물들도 그가 여인이라는 사실을 알고 그

---

107) 〈여선외사〉에서 당새아가 도술로 '여화위남'한 이야기(제13회)는 기이한 인물의 뜻을 시험하기 위해 행한 것이지 '결핍'에서 이루어진 것은 아니다.

와 관계를 맺는다. 따라서 <여선외사>의 구성 상 '속이기'의 원리는 찾아보기 힘들다. 한편 '겨루기'의 원리는 찾아볼 수 있다. 당새아의 이름자 '새아(賽兒)'는 곧 '남아(男兒)보다 낫다(새=賽)'[108]라는 말에서 따온 것이다. 서사에서 당새아는 많은 사람들을 호령하는 '중원여주'로 나타나 창업을 행한 것 또한 '겨루기'의 한 양상으로 볼 수 있다. 다음 서사에 있는 '겨루기'의 한 양상을 살펴보겠다.

㉠ 새아 말하기를 "장례 비용은 제가 모두 책임질 것이니 다시 논의하지 마세요." 새아가 이처럼 활달함을 보고 백부도 할 일 없이 승낙할 수밖에 없었다. "지금까지 사용된 것은 어쩔 수 없고, 이제부터 사용되는 모든 비용은 안(양자에게 물려줄 가산)에서 제하는 것이 마땅하네." 새아가 말하기를 "다시 말씀하시지 마세요, 어서 셋째 동생을 불러서 며칠 있다가 바로 가산을 넘길게요." 친척들은 새아의 아량에 탄복했다. …… 바로 날짜를 택하여 상을 치른다. 새아가 직접 처리하고, 모든 일이 예의범절에 어긋남이 없었다. 집사에게 일을 시킴에 있어서도 질서 정연하고 각자 할 일을 하고 조금도 흐트러짐이 없었다.[109]

㉡ 한 달쯤 지나서 참정의 영구가 도착했다. 노부인은 앓아 누운지 오래되어 겨우 부축해서 한바탕 울고, 며칠 후 역시 세상을 떠났다. 이 몇 명의 귀공자는 멍청하고 옹색하여 어찌 처리할 수 있을까? …… 장례하는 날에 모든 일이 뒤죽박죽이었다. 7일이 끝나고 바로 묻히고, 장사 지낸 후 바로 분가하고자 한다.[110]

---

108) 〈여선외사〉제2회: 여아는 남아를 능가하다(女兒賽過男).
109) 〈여선외사〉제5회: 賽兒道: "喪葬諸費, 總應是我獨任, 不必再議." 那伯伯見賽兒如此闊大, 只得勉應道: "如今已辦的, 不必說; 後有所費, 理應在內除出." 賽兒道: "再不必說, 速請三弟過來, 相依幾日, 就好交割産業." 衆親戚咸服賽兒度量.
…… 就擇了日子開喪. 賽兒親自料理, 悉合儀制. 派下執事人員, 井井有條, 各辦各事, 略無勿忙.
110) 〈여선외사〉제5회: 過有月余, 參政靈枢歸來. 老夫人病久, 勉强扶起, 哭了一場. 不幾日, 也去世了.

위의 글은 당새아와 임유방을 포함한 임씨네 형제들이 각기 부모의 상을 당한 후 대처하는 장면을 인용한 것이다. 인용문 ㉠에서 새아는 부친의 상을 당하고, 백부들 앞에서 의연하게 모든 재산을 부친의 양자에게 넘기겠다고 하면서, 부친의 장례 비용도 모두 자기가 책임지겠다고 말한다. 친척들은 이런 새아의 아량에 모두 탄복한다.

그리고 장례를 치르는 데 있어서도 예의범절에 맞게 한 치의 흐트러짐이 없이 일을 처리하는 모습을 보인다. 반면 ㉡에서는 임씨네 형제들은 부모님의 상을 치르면서 모든 것이 뒤죽박죽으로 하는 멍청함을 보이고, 예의범절은 고사하고 장사를 빨리 지내고 가산을 나누는데 급급하는 양태를 보인다. 장례를 치루는 일에서 당새아의 행위양상과 임씨네 형제들의 행위양상이 대조적으로 나타나면서 당새아는 임씨네 셋 아들보다 훨씬 났다는 것을 보여주고 있다. <여선외사>에서 이 '겨루기'의 양상은 '여화위남'을 전제로 하는 것이 아니다.

<여선외사>의 서사 구성적 측면에서 볼 때 '결핍'은 후사의 문제와 관련될 뿐 성역할의 문제와는 전혀 상관없음을 알 수 있다. 주인공 새아는 딱 한 번의 남장변신을 한 것 외에 모두 여성 본모습으로 등장하고 있기에 '속이기' 원리도 여기서는 찾을 수 없다. 이 텍스트는 처음부터 '속이기'가 아닌 '드러내기'의 방식으로 구성되어 있었다. '남아보다 나은 여아'라는 의미의 이름, 황제 또는 관우(삼국시대 유명한 대장군)의 팔자를 타고난 점, 앞으로 창업 여주로 자라날 운명을 지녔음을 점쟁이로부터 예언 받은 점,111) 딸의 모습으로 장례를 치른 점, 여자로서 봉기

這幾個紈絝公子, 又笨又酸, 如何能料理得來? …… 開喪之日, 事事亂攛. 七終之後, 即便葍葬; 安葬之後, 即欲分家.

111) 〈여선외사〉 제2회: "……이 팔자, 한 쪽은 금이니, 마치 관우 나리의 팔자요, 한 쪽은 불이니, ……아마도 큰 병권을 장악할 것이요, 존귀함을 말하자면, 황후보다도 훨씬 위요.……"("……今個八字, 一派是金, 猶之乎關老爺八字, 一派是火.…… 看來要掌大兵權的. 若說顯貴, 比皇后還勝幾分.……")

를 일으킨 점 등 서사 전개에서 시종일관 여자라는 사실을 숨김없이 드러내는 것으로 구성되어 있는 것이 이 텍스트의 특징이다. 이 텍스트에서 가장 잘 드러난 구성상의 특징은 '겨루기' 양상이다. 대체로 여성은 남성보다 낮다는 점을 서사 전체에서 잘 드러내고 있다고 본다.

다음으로 <난화몽기전>을 보겠다.

<난화몽기전>은 모두 68회로 되어 있으며, 주인공 송보주(松寶株)는 어릴 때부터 남장을 하여 수학하고 과거로 입신하여 공명을 얻었다. 또한 무재를 겸비하여 외란을 평정하고 군공을 세워 공주의 봉호까지 받지만, 허문경과 혼인한 뒤 괴롭힘을 당하다 죽는 내용으로 구성되어 있다. 중국의 학계에서는 주로 이 작품을 재자가인소설의 계열에 귀속시키고 있다.

<난화몽기전>에는 기이한 출생, 결핍, 여화위남, 과거급제, 입신양명, 출장입상, 정체속이기, 전족, 소인방해, 정혼, 질투, 공안(公案), 군율, 군담, 전장결연, 부부갈등, 귀선(歸仙) 둥 많은 모티프들이 능장하고 있다. 이 텍스트는 100회로 된 <여선외사>에 비해 보다 많은 내용을 담고 있음을 알 수 있다. 여성영웅소설과 관련된 모티프는 결핍, 여화위남, 과거급제, 입신양명, 출장입상, 정체속이기, 군율, 군담, 전장결연이 있다. 전족, 소인방해, 정혼, 질투, 부부갈등 둥 모티프들은 애정, 혼인과 관련되며, 공안 모티프는 이들과 또한 별개의 사건 요소로 보주의 비범한 능력과 함께 당시의 사회상을 보여주는 하나의 장치로 작용한다.

이 작품에서 '결핍'은 주인공 보주가 아들이 아닌 여아로 태어난 데서 우선 나타난다. 보주의 부친 송공(松公)은 꿈에 난화 한 송이를 얻고 아들인 줄 알고 사람들에게 널리 자랑하였다. 그러나 그의 기대와 다르게 보주는 딸로 태어나게 된다. 외부에는 이미 아들로 알렸으니 그냥 아들을 낳았다고 알린다. 그 후 비록 아들을 두게 되었지만, 송공은 아들이 어린 핑계로 보주를 여전히 아들로 키운다. 보주의 '결핍'은 처음

에 후사를 잇지 못하는 점으로 나타난 듯싶지만, 동생이 생기면서 후사의 문제는 곧 해결된다. 그러나 그의 남장은 아들이 아닌 '결핍'에서 비롯된 것이다. 그리고 보주의 남장은 부친의 자존심 지키기가 중요한 원인으로 작용한 데 반해, 보주의 자의식은 부친의 강권에 억압당하고 만다.

> 보주만 기뻐하지 않는다. 왜냐구요? 금년 그는 벌써 열 살 넘었고, 지식도 트였으며, 본연은 여자이건만 이 일을 어떻게 매듭을 지어야 하는지? 늘 꽃을 친구로 삼아 홀로 앉아서 달을 보고 스스로 슬퍼하였다.[112]

위의 내용을 보더라도 보주는 '아들'로 사는 것이 자신이 스스로 원하는 것이 아님을 보여주고 있다. 그는 부친의 위엄에 이기지 못하고 스스로 속상한 마음을 달랠 수밖에 없었다. 이런 양상은 <여선외사>나 한국의 여성영웅소설의 양상과 매우 다르다.

> ㉠ 송공은 아들이 아직 어리고 해서 그(보주)를 아들로 키우며, 전족하는 것과 머리 빗는 것을 금하고 여전히 남장을 하게 했다.[113]
> ㉡ "딸아 지금까지 <u>여공을 좀 배웠느냐?</u>" 답하기를 "딸의 이름이 '새아'라는 점을 봐서라도 여공을 배울 여자가 아님을 알 수 있을 거예요." 효렴은 포모한테 말하기를 "좀 가르쳐야 해요." 포모가 말하기를 "성정에 따를 일이지 억지로 시킬 일은 아니에요."[114]
> ㉢ 방공 내외 여아의 뜻을 맞추어 소원대로 남복을 지어 입히고 아직

---

112) 〈난화몽기전〉 제1회: 惟有寶珠心中不快, 只是何故? 他今年也有十多歲, 知識已開, 想自家是個女身, 如何了局? 每常憑花獨坐, 對月自傷.
113) 〈난화몽기전〉 제1회: 松公見兒子尚小, 就把他作為兒子撫養, 不許<u>裹脚梳頭</u>, 依然男妝束.
114) 〈여선외사〉 제3회: "孩兒向來可曾習些女紅?" 答道: "孩兒既名為'賽兒', <u>不是個習女紅的女子了!</u>" 孝廉向着鮑母問道: "<u>可要習些.</u>" 鮑母道: "<u>要從其性</u>, 不用強之."

어린 고로 여공(女工)을 가르치지 않고 오직 시서를 가르치니 ……
<방한림전>제1회

ⓔ "네 여자의 몸으로 여자의 도를 닦을 것이어늘, 남자의 일을 행함은
어찌된 일인가?"<이학사전>제1회

ⓜ "내 팔자 기구하여 한낱 아들이 없고 다만 믿는바 너희뿐이러니 이제
너희 이렇듯 패도(敗道)를 행하매 누를 원하리오. 오늘로부터 부녀지
의(父女之義)를 끊어 다시 대면치 아니하리라"<옥주호연>

위의 인용문 ⓖⓛⓒⓔⓜ은 각기 <난화몽기전>, <여선외사>, <방한
림전>, <이학사전>, <옥주호연> 등 5편의 텍스트에서 주인공의 부친이
자기 딸의 여공 실행에 대한 태도를 밝힌 부분을 발췌한 것이다. ⓖ에서
송공은 보주가 전족, 머리 빗기와 같은 여도를 행하지 못하게 하는 것으
로 나타난다. ⓛ에서 새아의 부친은 딸이 여공을 배웠는지를 물어보고
딸의 의지가 여공에 없음을 확인하자 배웠으면 하는 태도를 보인다. ⓒ
에서 관주는 여공에 뜻이 없을 뿐더러 7익 부모도 굳이 여공을 강요하
지 않는다. ⓔ에서 현경의 부친은 딸이 여도를 닦지 않는 점에 대해
걱정하는 태도를 보이는데, 이는 현경의 뜻이 여도를 닦는데 두고 있지
않음을 말해준다. ⓜ에서 삼주 자매의 부친은 딸들이 여공을 배우지 않
고 무예만 익히는 것을 보고 부녀지의를 끊겠다고 하면서 강경한 태도
를 보인다. 이처럼 ⓖ과 ⓜ에서는 부친과 딸의 의지가 대립되는 양상을
보이는데, 양자의 대립 양상이 또한 서로 반대되는 특징을 지닌다. 보주
의 의지는 여도를 행하고 싶은 것이나 그의 부친은 이를 금한다. 삼주
세 자매는 여도를 거부하는 것이나 그의 부친은 딸들이 여도를 행하지
않음으로써 인연을 끊기로 한 것이다. ⓛ과 ⓒ, ⓔ에서는 부친은 딸이
여도를 행하여야 한다고 생각하는 편에 속하지만 딸의 의지가 부친의
의지보다 우위에 있는 양상을 나타낸다.

위에서 본 바와 같이 보주의 남장, 그리고 남자의 도[115]를 행하는

것은 그의 의지와 상반되는 것임을 알 수 있다. 그의 수학등과도 부친의 명을 어길 수 없어 행한 것이다. 그러므로 그의 부친이 세상을 떠남으로써 그는 여인의 모습으로 되돌아가는 것이 마땅하나 실제로는 그렇지 못한다. 왜일까? 그 이유는 '동생이 어리다, 백만가산을 언니의 힘으로 유지하고 관리하기 힘들다'116)에 있다. 그의 임무는 동생이 성인이 될 때까지 가장을 대행하면서 가문을 유지하는 것이다. 보주가 인식한 '결핍'은 여인의 몸으로 가문을 유지하고 관리하기 힘들다는 것에 있다. 이 '결핍'을 '충족'으로 바꾸지 않는 이상 그는 계속 자신의 정체를 속이면서 살아야 했다. 그의 정체는 소인 유삼공자로 인해 여러 번 탄로 날 위기에 처하게 된다. 보주는 모두 슬기롭게 위기를 모면하고 남장을 유지한다. 이 과정에서 허문경은 장산인이란 어의로부터 보주의 정체를 알게 되고, 이를 빌미로 보주와 혼약을 맺게 된다. 보주의 정체를 아는 사람은 가족 구성원에서 약혼자 가족 구성원으로 확대하게 되지만, 모든 사람에게 밝혀지는 않는다. 그의 정체속이기는 해구(海寇)의 침범과 묘란(苗亂)을 평정하고 돌아올 때까지 유지된다. 외란을 평정하고 돌아온 후 허공(시아버지), 이공(언니의 시아버지)이 상소를 올림으로써 정체가 밝혀지게 된다.117)

<난화몽기전>에서 '겨루기'는 재자 허문경과 보주 사이에서 이루어진다. 이 텍스트에서 보주가 제1 여주인공이라면 허문경은 제1 남주인공에 해당한다.

---

115) 봉건사회에서 여자의 도는 길쌈, 수놓이, 전족, 머리 빗기 등과 관련된 것이라면, 남자의 도는 궁시, 병서, 수학등과, 입상, 출장 등으로 연결된다.
116) 〈난화몽기전〉 제1회: 寶珠見家中無人, 父親去世, 改妝之事, 則弄得欲罷不能. 月下燈前, 常常墮淚, 一則思念父親, 二則感嘆自己, 三則家資無數, 兄弟又小, 雖有姐姐精明, 總之是個女流, 不能服翠, 倒弄得心裏千回百轉, 就借着父親的靈床, 哭自家的苦氣.
117) 한국 여성영웅소설에서는 대개 주인공 자신이 표를 올려 정체를 밝히는 것에서 차이점을 보인다.

㉠ 송준은 하남도감찰어사를 맡게 하고 3품 직위를 추가로 하사하고 남
성(南城)을 순시하며 그의 부친 송진에게 상서를 추증한다. 허한장은
시독학사를 제수하고 이문한은 우서자(右庶子)에 올랐다. 보주도 내
심으로 득의했다. 부인이 말하기를 "남의 아들은 조상을 빛내지만,
이 딸은 아들보다 십 배 났다. 너의 부친이 알게 되면 역시 기뻐하실
거다. 그이가 꾸민 것이 헛되지는 않았네. 꼭 <장한가>의 생남(生男)
함을 가벼이 여기고 생녀(生女)함을 중히 여기다의 한 구절과 같구
나."118)

㉡ "조정에서 인재를 임용하고 있으니, 충심으로 나라를 위하고 조정을
위해 힘쓴다면 곧 짐의 어진 신하요, 남녀구분이 어디 있소? 지난날
경이 벼슬을 하면서 또한 뛰어난 능력을 보인데다, 평남의 공까지
있으니, 짐이 경의 죄를 어찌 묻겠소? 관작도 반납할 필요가 없고,
백작은 허한장에게 하사하고, 경차도위는 송균에게 하사할테니 두
집에서 모두 너의 덕을 보아 세습할 수 있으리라. 나는 경을 양녀로
삼고 승평공주에 봉할것이다."119)

㉢ 문경은 그(보주)가 말할수록 더 훌륭함을 보이자, 내심으로 불쾌하기
시작했다. 다시 자기 자신을 생각하니 참으로 (보주의 재능에) 미치
지 못했다. 질투심이 일면서 낯빛이 퍽 좋지 못했다. "나는 당신이랑
주량을 겨루겠어, 한 번에 한 잔씩, 꾀부리기는 없고."120)

---

118) 〈난화몽기전〉제2회: 松俊掌河南道監察禦史, 賞加三品卿銜, 巡視南城, 其父松晉, 追
贈尚書. 許翰章授侍讀學士, 李文翰升. 寶珠心中也覺得意, 夫人道∶"人家兒子, 替祖
增光, 妳這個女兒, 勝過兒子十倍了. 妳父親有知, 亦當欣慰, 真不枉他這番做作, 倒合
着一句『長恨歌』不重生男重生女了!"

119) 〈난화몽기전〉제50회: "朝廷用人, 不過要忠心報國, 既能為朝廷出力, 就是朕的賢臣,
又何分什麼男女? 念妳平昔居官, 也還能事, 又有平南的大功, 朕亦何忍罪妳? 就是官
爵, 也不消納還, 伯爵賞給許翰章, 輕車都尉賞賜給松筠, 教他兩家都沾妳的光, 得個
世襲. 我說認妳做個繼女, 封妳為升平公主."

120) 〈난화몽기전〉제53회: "朝廷用人, 不過要忠心報國, 既能為朝廷出力, 就是朕的賢臣,
又何分什麼男女? 念妳平昔居官, 也還能事, 又有平南的大功, 朕亦何忍罪妳? 就是官
爵, 也不消納還, 伯爵賞給許翰章, 輕車都尉賞賜給松筠, 教他兩家都沾妳的光, 得個
世襲. 我說認妳做個繼女, 封妳為升平公主."文卿聽他越說越好, 心裏反不樂起來, 再
想想自己的實在不如, 不免有些妒意, 臉上顏色, 大為不和. 說道∶"我同妳比酒量, 一
口一杯, 沒有巧討."

위의 내용은 보주와 허문경과의 '겨루기' 양상을 선별한 것이다. ㉠에서는 두 사람의 관직을 대비적으로 보여주고 있는데, 역시 송준(보주의 남장 후 이름)은 일품의 감찰어사자리와 삼품의 직함까지 받을 뿐만 아니라 부친마저 상서라는 벼슬 직함에 봉하게 되는 반면, 문경은 사품의 시독학사를 제수 받는다. ㉡에서 보주는 정체가 밝혀지면서 작위를 반납하여 사죄를 청하지만, 천자는 보주의 작위를 각기 허문경과 동생 송균에게 물려받게 함으로써 모두 보주의 덕을 보게 한 것이다. ㉢은 문경과 보주가 혼인 후 '겨루기'의 양상을 노골적으로 보여준 대목인데, 두 사람이 말꼬리 잇기, 시 짓기 '겨루기'를 펼치다가 모두 보주보다 뒤처진다는 점을 깨달은 문경은 질투심으로 번지면서 술 겨루기까지 하자고 하면서 심술을 부린다. 여기서 보시다시피 허문경은 가히 모든 면에서 보주를 따라가지 못한다. 그러나 허문경이 형편없거나 무식하다는 것은 아니다. 그는 보주가 연모의 정을 품게 할 정도로 뛰어난 재능을 지닌 재자이다. 하지만 보주 앞에서만큼은 그는 모든 것이 뒤처지며 높은 작위까지 보주로부터 물려받는다. 이런 현실이 문경의 심기를 불편하게 만들었고, 대장부의 자존심을 건드린 것이다. 때문에 그는 보주를 무척 사랑하면서도 한편 보주로 인해 강한 질투심을 갖게 되고, 이런 이율배반적인 태도가 그로 하여금 보주를 괴롭히는 기형적인 행위를 벌이게 된 것이다.

이처럼 <난화몽기전>의 구성상 결핍의 원리와 속이기에서 겨루기의 원리가 모두 작용하고 있지만, 이 텍스트는 무엇보다도 속이기와 겨루기의 원리로 구성되었음을 확인할 수 있다. 또한 이 작품은 남장을 한 여주인공의 군담을 두드러지게 다룬 것과 일대기적 삶을 다룬 점에서 보아 한국의 여성영웅소설과 가장 가깝게 구성된 텍스트이다.

위에서 살펴본 바에 의하면 거울 모티프는 한·중 여성영웅소설의 중요한 구성 모티프로서, 여성영웅의 형상적 특징과 영웅성의 표출방식에 따라 다양하게 나타나고 있다는 것을 확인하였다. 결핍, 속이기의 모티프 구성은 남장형 여성영웅소설의 서사를 이루는 중요한 구성 원리로 작용하지만 비남장형 여성영웅소설에서는 그렇지 않다는 점을 알 수 있다. 다시 말하면, 여성영웅소설은 여성영웅을 중심인물로 내세운다는 점에서 볼 때 이미 겨루기 구성 원리가 작용한 결과라 할 수 있다. 따라서 겨루기 모티프는 텍스트의 구성양식과 상관없이 여성영웅소설의 가장 기본적인 구성 원리의 역할을 행한다는 것을 알 수 있다.

3.2 차이를 보여주는 모티프

위에서 살펴본 구성 모티프가 유사할 뿐 아니라 한·중 양국의 텍스트 중 또 많은 유사한 모티프가 존재한다. 하지만 창작자 및 수용자의 정서 차이 및 세계관이 달라 구체적인 모티프의 전개도 다르게 나타나고 있다. 특히 다르게 전개된 모티프의 양상을 통하여 서로 다른 시대적 특징 및 그 시대 사람들의 세계관을 더 잘 보여준다고 생각한다. 다음은 차이를 나타나는 모티프를 보면서 이에 대해 살펴볼 것이다.

우선 죽음의 모티프 양상을 보겠다. 여성영웅소설에서 '죽음'의 모티프는 생로병사의 자연법칙에 따른 '죽음'을 나타내는가 하면, '승천(昇天)' 또는 '귀선(歸仙)', '선거(仙去)' 등 여러 양상으로 표현하기도 한다. 후자의 경우 서사에서는 주로 신선이 된다는 것으로 형상화되어 있는데, '신선→인간→신선'이 되는 구도와 '인간→신선'으로 그려지고 있다.

한국의 텍스트에서는 인물의 죽음은 대체로 두 가지로 나타난다. 하나는 자연법칙에 따른 것이고, 또 하나는 원래 천상의 인물이 인간계에 적강하였다가 다시 천상으로 올라가는 경우이다. 다음 예를 보겠다.

세월이 여류하여 이후 또한 나이 팔십에 이르렀더니, 일일은 목욕재계하고 중당을 정쇄하고 단정히 앉아 붓을 들어 자기의 명정을 쓰고, 유서 한 장을 써서 자녀에게 주고 이별시를 육백귀를 음영하니, 곡조가 청아하여 비창함을 금치 못하더라. 공중에서 옥소소리가 나며 선관 선녀가 내려와 이르되 "옥황상제께 오늘날 장후부처를 명초하사 우리로 하여금 모셔 오라 하시더이다." 이후와 장후가 제자를 돌아보고 심리에 아연하여 작별하고 선관으로 더불어 백학을 타고 천상에 오르니, 모든 자녀가 망극하여 옛 조부의 선영에 허장하니, 세상 사람이 모두 신기히 여기더라.

...... 이때에 천자가 장후와 이연경의 기세함을 들으시고 비창함을 마지 아니하시며 화원을 명하여 두 공의 화상을 그려 기린각에 두니, 죽은 후에 이름이 더욱 빛나더라. <이학사전>

위의 인용은 한국의 텍스트 <이학사전>의 마지막 내용이다. 여기서 얼핏 보면 이현경 부부가 천제의 부름으로 천상에 올라가 신선이 되는 것으로 이해될 수 있다. 그러나 서사에서 이현경, 장연의 기이한 출생에 대해 언급되어 있지 않고 있으며, 또한 위의 내용에서도 알 수 있듯이 곡조도 그렇고 주변 사람의 반응도 그렇고 모두 "비창함"으로 표현한 것으로 보아 여기서의 '죽음'은 정말 신선이 되는 것이 아니라 자연사를 완곡하게 표현하는 것이라 할 수 있다. 특히 마지막 부분에서도 그들은 승선한 것이라기보다도 자연법칙에 따른 죽음이라는 점을 확인할 수 있다.

이번에는 중국의 텍스트 <여선외사>를 보겠다. 이 텍스트에서 등선 모티프는 두 가지로 등장하는데, 텍스트의 끝 부분에서 죽음을 통한 등선이야기는 한국의 그것과 별반 차이가 없다. 그 외의 하나는 당새아의 부친 당기가 죽으면서 성황(城隍)이 되는 이야기이다. 성황은 한국말로는 서낭신인데 토지와 마을을 수호하는 신이다. 이 신은 '청렴정직'하고 덕이 있는 인간이어야 될 수 있다. 당새아의 등선 이야기를 '신선→인간→신선'의 구도로 표현한다면, 당기가 서낭신으로 되는 것은 '인간→신선'의 구도로 표현할 수 있다. 부친이 죽으면서 서낭신이 되는 이야기는 중국의 다른 고소설에서도 찾아 볼 수 있다. 요컨대 <아녀영웅전>에서 안기의 부친이 죽으면서 서낭신이 되는 이야기는 대개 <여선외사>에서 나타나는 유형을 따르고 있으며, 유사한 내용으로 구성되어 있다. 죽으면서 서낭신이 되는 장면과 주인공의 기이한 출생 장면이 많이 닮은 것으로 보인다. 즉 선악이 울리고 기이한 향기가 진동하고 선남선녀들이 등장하는 등 분위기 상 매우 유사하다. 그 외에 중국의 고소설에서 '인간→신선'이 되는 구성형태는 '인간→서낭신(성황)'으로 나타날 뿐만 아니라 '인간→남궁향전주부사(南宮香殿主簿史)', '인간→성모(聖母, 산신 할멈)'의 형태로도 나타나기도 한다. <목란기녀전>에서 목란의 할아버지는 남창제군(南昌帝君)의 부름으로 남궁향전주부사가 되고,121) 그의 할머니는 천제의 부름으로 '산신 할멈'이 된다.122)

이처럼 인간이 신선이 되는 이야기는 한국의 여성영웅소설에서는 찾아보기 힘들다. 한국 고소설에서 신이 인간으로 되는 경우는 있어도 인간이 신으로 되는 경우는 거의 없다. 다만 그 인간이 본래 천상의 신이 적강한 인물일 경우만 가능하다. 이 같은 차이는 한국과 중국의 세계관의 차이로 해석될 수 있다. 한국의 문학은 대개 이원론적 세계관에 바탕을 두고 있는 반면, 중국의 경우 천인합일(天人合一)의 일원론적 세계관에 바탕하고 있다. 이러한 세계관의 차이로 '죽음'의 모티프 양상도 다르게 나타난 것으로 볼 수 있다.

---

121) 〈목란기녀전〉 제10회.
122) 〈목란기녀전〉 제8회.

다음은 전족 모티프를 보겠다. 중국 여성영웅소설에서 전족(纏足) 모티프가 빠짐없이 등장하고 있다. 다음 작품에 나타난 구체적인 양상을 보겠다.

<여선외사>제36회: 삼촌금련(三寸金蓮)
<쌍봉기연>제54회: 옥순(玉筍)…걸음마다 금련이 삼촌 작다(步步金蓮
三寸小)
<영남일사>제18회: 연뿌리만한 삼촌금련(蓮藕般三寸金蓮).
<난화몽기전>제4회: 한 쌍의 좁은 금련(一雙窄窄金蓮)
<난화몽기전>제28회: "미인은 반드시 전족을 해야 한다, 그래야 허리의
매력과 몸의 아름다움을 돋보이게 할 수 있으니 이보다 좋을 순 없지.
여인의 한 쌍의 큰 발은 무슨 의미가 있겠소.(美人非纏足不可, 才顯得腰
肢柔媚, 體態嬌嬈, 不能再好的. 女人一雙大脚, 有何意味呢?")
<난화몽기전>제52회: "…… 몰래 전족을 하지 않았더라면 지금은 난처
할텐데, 미모가 아무리 뛰어난들 이 추함을 감추지 못할 것이야(背地裏
把脚裹小了, 不然如今就為難呢. 再美貌些也遮不得這醜).……"

위는 중국 여성영웅소설 텍스트에 나타난 전족의 모티프를 발췌한 내용이다. 위의 인용문의 작품에서 여성이 아무리 뛰어난 용략을 지니고 있는 영웅이라 해도 '삼촌금련(三寸金蓮)'을 갖고 있는 것으로 묘사되고 있다. <난화몽기전>에서 전족에 대한 묘사가 유난히 많다. 송보주는 남자로 살면서도 스스로 전족을 감행한 것으로 나타난다. "미인은 반드시 전족을 해야 한다", "미모가 아무리 뛰어난들 이 추함을 감추지 못할 것이야"라고 한 말에서 알 수 있듯이 전족은 아름다움(美)과 직접적으로 연결되며, 미를 가늠하는 기준이 미모가 아닌 전족이라는 사실도 알 수 있다. 이처럼 전족은 청대 여성영웅소설에서 여성인물의 미적 특징을 나타나는 대표적인 구성적 모티프로 등장한다.

남당(南唐)에서 유래된 '전족(纏足)'의 풍습은 송대를 거쳐 명대에 이르러 더욱 흥성하였고 청대에 와서는 절정에 달했다. '전족'은 뼈가 아직 발달하지 않은 어린 시절부터 엄지발가락을 제외한 나머지 네 발가락을 안쪽으로 구부려 헝겊으로 꽁꽁 동여매 기형으로 만드는 것이다. 그러면 불룩 솟아오른 발등 끝에 뾰족한 엄지발가락만 튀어나와 마치 하이힐이나 발레 슈즈를 신은 듯한 형태가 된다.123) 명대 여성들에게 전족은 보편적으로 행하는 여도일 뿐만 아니라 전족으로 형성된 '삼촌금련(三寸金蓮)'을 미적 상징으로 생각하기까지 했다. '삼촌금련'은 '전족'으로 인해 형성된 발의 모양을 형상화한 말이다. 위의 인용문에서 나타난 바와 같이 문학작품에서는 삼촌금련과 함께 죽순(玉筍), 연뿌리(蓮藕)란 말로 형상화되기도 한다.

만주족이 중원에 들어선 후에도 한족 여성들의 전족 풍습은 여전히 성행하였다. 하지만 자유분방하게 자란 만주족 여성들에게 이 전족은 익숙하지 않는 문화였다. 청초의 통치자들은 여성의 '전족'을 하나의 병폐로 여기고 엄격히 금지하였지만 효과는 담담했다. 후에 강희황제도 금지령을 어쩔 수 없이 폐지하게 되었는데, 그 뒤로 민간에서 다시 공공연하게 전족을 감행하였다. 이내 만주족 여성들도 한족의 여성을 모방하여 전족을 행하기 시작하였다. 건륭시기에 만주족 여성의 전족을 금지하는 조령이 여러 차례 내릴 정도로 만주족 여성들 사이에 전족 풍습이 이미 널리 퍼져 있었다. 건륭 이후 통치자들이 날로 부패해지면서 전족에 대한 금지도 태만해지면서 이 풍속은 더욱 금지할 방법이 없게 되었다.124)

청대 중·후기에 전족은 이미 사회의 보편적인 문화가 된 것이다.

---

123) 高洪興, 纏足史, 上海文藝出版社, 2007.
124) 劉達臨, 中國古代性文化, 銀釧: 寧夏人民出版社, 1993, p.896 참조.

이는 봉건가부장제 사회에서 여성에 대한 남성들의 또 다른 억압이다. 여성들이 이 고행을 감당하는 이유는 '가부장제 남성들의 병태적인 심미적 욕구를 충족시켜주는 것'이므로 봉건가부장제가 사라지지 않는 이상 여성들도 잠시나마 이를 '미'로 인식된 것이다. 만주족 여성들은 국가적으로 그들의 권리를 보장해 줌에도 불구하고 전족을 감행하는 것은 이를 증명한다.

전족은 여도의 대표적인 양상이다. 전족한 여성은 서는 것조차 힘든데[125] 무예를 수련한다는 것은 더더욱 어려운 일이라 생각된다. 그러나 중국 여성영웅소설에서 여성영웅은 영웅의 기상을 지니고 있으면서도 이러한 여성성을 강하게 드러내는 인물의 특징을 지닌 것으로 그려져 있다. 특히 중국 여성영웅소설의 작가가 모두 남성이라는 점을 감안했을 때 이는 분명 남성의 심미적 기호를 인물의 형상화에 반영한 것으로 볼 수 있다.

그러나 한국의 여성영웅에게 이와 같은 여성성을 드러내는 모티프는 없다. 한국의 경우 여성성을 나타내는 특징은 대체로 외모상의 미와 추이다. 그 외에 여복과 윤리도덕도 여성성을 나타내는 중요한 요소로 작용한다. 남장한 여성영웅에게서 여성성은 거의 찾아볼 수 없었으며, 열행과 같은 윤리도덕의 실현에서 여성성이 드러날 뿐이었다.

---

125) 〈난화몽기전〉 제42회: 寶珠到底腳下不穩, 逛了沒多幾處, 金蓮有些疼痛…

제4장

여성 영웅에 나타난 양성적 특징

소설은 인물 중심의 이야기이고 인물은 소설의 핵심요소이다. 인물은 또한 성격, 행동, 사건의 주체이다. 우리가 한 작품을 읽고 나서 그 작품을 기억하는 것은 작중인물로 남는 경우가 일반적이다. 여성영웅소설에서 가장 빛나는 인물은 여주인공이라 할 수 있으며, 우리는 그녀들을 여러 가지 경로를 통해서 기억하게 된다. 그것이 신체적인 특징일 수도 있고, 하나의 행위 양상 또는 장면일 수도 있다. 본 장에서는 한·중 양국의 고소설에서 여성영웅의 형상이 구체적으로 어떻게 다루어졌는지, 어떤 형상적 특징을 지니고 있는지를 살펴보겠다.

1. 여성영웅의 유형적 특징

소설에서 인물을 형상화하는 방식은 여러 가지가 있다. 고소설은 당대의 문화적 관습으로 인해 대개 평면적이고 유형적인 인물로 형상화되고 있다. 유형적 인물은 작가 개인의 창작력보다는 문학적 유산을 모

태로 하여 태어난다. 즉 그들은 문학전통이라는 통시성과 향유집단과
합의하는 공시성을 존재의 기반으로 하는 것이다.126) 여성영웅은 이상
적인 인물유형으로 당대의 문화적 전통과 작가의 기이한 생각, 수용자
들의 소망을 결부시킨 산물이라 할 수 있다. 고소설에서 그녀들이 어떻
게 형상화되었는지 구체적으로 살펴보겠다.

〈여주인공 유형적 특징 비교〉

여주인공 유형적 특징	한국의 경우	중국의 경우
① 미인영웅 :	-다수	-다수
② 외모 변신의 인물 :	-개별(박씨, 금령)	-
③ 기이한 출생의 인물 :	-다수	-다수
④ 성을 바꿔 태어난 인물 :	-개별(방관주)	-개별(요화, 이소환)
⑤ 남장을 통한 젠더의 변신 :	-다수	-개별(송보주, 목란, 장귀아)
⑥ 재능이 많은 여학사 :	-다수	-개별(송보주)
⑦ 문재가 뛰어난 여장원 :	-다수	-개별(송보주)
⑧ 도학에 심취한 도학자 :	-	-개별(목란)
⑨ 지략이 뛰어난 여제갈 :	-다수	-개별(장귀아)
⑩ 도술을 부리는 신인127) :	-개별(박씨, 금령)	-개별(당새아)
⑪ 문무겸비의 여장군 :	-다수	-다수
⑫ 무예가 뛰어난 여협 :	-	-개별(하옥봉)
⑬ 초야형 인물 :	-	-개별(매영설, 이소환)
⑭ 다정한 여인 :	-다수	-개별(송보주, 장귀아 외)

위의 도표에서는 한·중 여성영웅소설에 등장한 여중인공의 유형적
특징을 14개 항목으로 정리하였다. 정리한 내용을 대조하여 보면 한국
조선시대 작품에서 여성영웅의 형상은 이미 하나의 유형화를 이룬 반
면 중국의 고소설에서 여성영웅의 형상은 각기 작품을 통하여 개별적
양상으로 존재하여 유형화를 이루지 못하였음을 알 수 있다.

---

126) 박명희, 앞의 논문 참조.
127) 여기서 말한 신인(神人)은 인간인 동시에 도술을 비롯한 비범한 능력을 지닌 인물을
    가리킨다.

여성영웅의 유형적 특징 중에서 한·중 양국의 고소설에서 공통적으로 나타난 것이 외모상의 아름다움이다. 영웅은 하나의 이상적이고 모범적인 인물형상이라 할 때 외모상의 미적 특징은 이상성과 모범성을 구체적으로 실현하는 하나의 양상이라 할 수 있다. 따라서 이런 심미적 추구에 의해 고소설에서 여성영웅은 하나같이 아름답고 환상적인 외모를 지닌 미녀형 영웅으로 형상화된 것이라 할 수 있다.

여성영웅들은 대개 천상의 선녀들이 적강하여 인간으로 환생하였기에 일반적인 인간과 변별되는 신선의 기상을 지닌다. 선녀 가운데에서도 아름답기로 유명한 인물은 항아이다. 한·중 고소설을 막론하고 서사에서 여성의 외적인 미를 형용할 때 항아가 아니면 꽃으로 표현하는 경우가 많다. 예컨대, 장애황(<이대봉전>)은 "옥안운빈과 설부화용"을 타고 났으며, 홍계월(<홍계월전>)의 외모는 "얼굴이 도화같고 향취 진동하니 진실로 월궁항아라"128) 할 정도로 지극히 아름다웠다. 송보주(<난화몽기전>)는 난화선녀가 적강한 인물로 역시 '월궁을 떠난 항아와 요지를 내린 선녀'129)를 방불케 한 미모를 지녔다.

그러나 예외의 경우도 있다. 극소수이지만 한·중 고소설에서 기이할 정도로 추비한 외모를 지닌 여성영웅도 존재한다. <박씨부인전>의 박씨가 이에 해당한다. 변신 전의 박씨부인은 "얽은 중에 추비한 때는 줄줄이 맺혀 얽은 구멍에 가득하며 눈은 다리구멍 같고 코는 심산궁곡에 험한 바위 같고 이마는 너무 버스러져 태상노군 이마 같고 키는 팔척 장신이요, 팔은 늘어지고 한 다리는 저는 모양 같고 그 용모 차마 보지 못할러라"130)라고 할 정도로 대단히 흉물스러운 외모를 지녔다. 그러나 박씨부인에게 외모의 추비함은 액운으로 설정되어 있어서 시련

128) 〈홍계월전전〉, 앞의 책, p.150.
129) 〈난화몽기전〉 제52회: "真是嫦娥離月殿, 仙女下瑤池"
130) 〈박씨부인전〉 제2회, 앞의 책, p.19.

이 끝남으로써 역시 "월궁항아"와 "요조숙녀"131)의 아름다운 외모를 지니게 된다. 중국의 고소설에서 추녀영웅으로 등장한 인물은 <수호전>의 손이낭과 고대수가 대표적이라 할 수 있다. 손이낭은 "눈썹에 난폭함과 살기가 들어있고 눈에는 흉광이 돌며, 도르래의 굴대 같은 육중한 허리에 빨랫방망이 같은 굵고 거칠은 손발"132)을 지닌 인물로, 고대수는 "눈썹이 굵고 눈이 크며, 우둥퉁한 얼굴에 굵은 허리"133)를 가진 인물로 아름다운 구석이란 하나도 찾을 수 없다. 특히 손이낭의 경우 흉악할 정도로 보이기까지 한다. 이 외에 <비룡전전(飛龍全傳)>의 도삼춘(陶三春), <오호평남연의(五虎平南演義)>의 타룡녀(它龍女), <소오의(小五義)>의 사봉선(沙鳳仙) 등 모두 추녀영웅이다. <여선외사>에서도 이러한 인물형이 등장하는데 만석노(滿釋奴)가 이에 해당한다. 그는 당새아를 도우는 여성영웅 중 돋보인 활약을 펼친 인물 중의 하나이다. 특히 만석노는 신선이 아닌 일반 인간으로 등장하며 그의 영웅성은 도술 등 비현실적인 요소를 바탕으로 이루어지는 것이 아니므로 보다 진실한 느낌이 든다.

(滿釋奴) 가느다란 눈썹이 초승달 같이 굽어져 있고, 한쌍의 표범 눈에 밝은 명주와 같다. 얼굴은 비록 하얗지만 살이 마구 쪄있고, 광대뼈가 너무 높으며 뼈도 불퉁 튀어나와 있다.134)

---

131) 〈박씨부인전〉제5회, 앞의 책, p.35, 37.
132) 〈수호전〉(上海古籍出版社, 1999, p.238): "眉橫殺氣, 眼露兇光. 轆轤般蠢坌腰肢, 棒槌似粗莽手脚"
133) 〈수호전〉(앞의 책, p.439.): "眉粗眼大, 胖面肥腰"
134) 〈여선외사〉제19회: "兩道蛾眉, 彎如新月 ; 一雙豹眼, 朗若玄珠. 面雖白, 而肉盡橫生 ; 額太高, 而骨亦聳露"

위에 만석노에 대한 묘사이다. 만석노에 대한 묘사를 보면 참으로 부조리한 느낌이 든다. 앞부분은 미인상을 지닌 듯이 묘사되다가 뒤에 가서는 추하게 묘사된다. 작가는 만석노를 손이낭처럼 흉악할 정도로 묘사하지는 않았지만 분명 아름다운 인물로 묘사하지는 않았다. 만석노의 못생긴 외모는 그의 뛰어난 무예와 남다른 영웅적 역량을 뒷받침해줌으로써 도술을 부려 영웅성을 보이는 신선들과 대조를 이룬다고 할 수 있다. 하지만 한·중 고소설에서 추녀영웅보다도 미녀영웅이 주류를 차지한다. 특히 주인공의 경우는 대개 미녀영웅으로 등장한 것으로 볼 수 있다.

여성영웅은 여성이면서 영웅이다. 따라서 여성의 아름다움에 영웅의 기상도 곁들어 있는 것으로 묘사된다. 방관주(<방한림전>)는 전생이 남자이면서 여성으로 성을 바꿔 적강한 인물이다. 그의 외모를 보더라도 이점이 잘 드러나 있다.

주작서의 풍용재모로 쇄락(灑落)하고 기상이 준수하여 규리독녀의 거동과 신앙이 날로 늠름하여 백련 같은 안색과 추천(秋天)같은 기운이며 진주 같은 안광이며 바야흐로 말을 이르매 글을 가르치니 하나를 들어 열을 통하고 열을 들으면 천을 깨치니 부모 애중하여 아들 없음을 한하지 아니하고 홍금채의(紅錦彩衣)로 입히되 문백소저 천성이 소탈하고 검소하여 취삼(翠衫)으로 체긴 옷을 입고자 하는지라.135)

위의 방관주에 대한 묘사를 보면 "풍용재모"가 "쇄락"하고 "준수"하며 "늠름하여 백련 같은 안색과 추천(秋天) 같은 기운 및 진주 같은 안광"을 지닌 것으로 묘사되어 있다. 여기서 "백련"과 "진주"등과 같은 말에서 여성적인 미를 조금 찾을 수 있지만 대체적으로 남성적인 미 또는 중성적인 미로 묘사되어 있는 것으로 볼 수 있다. 예컨대 "하나를

---

135) 〈방한림전〉 제1회.

알면 열을 통하고 열을 들으면 천을 깨치"는 그의 뛰어난 재능은 이미 "풍용재모"와 같은 외적인 특징에서 잘 나타나고 있는 것이다. 그리고 그의 중성적인 미는 "홍금채의"와 같은 여성다운 의상을 거절하고 "취삼으로 체긴 옷"을 입은 데서도 잘 드러난다.

<여성외사>의 당새아는 천상 월궁항아가 적강한 인물이다. 앞에서도 말했듯이 항아는 천상 선녀 중에서도 아름다운 외모를 지닌 것으로 유명하다.

> ……천연적으로 아름다운 자색을 지녔고……기이한 향기와 옥골을 타고 났으며……사랑받는 딸로 태어나 한후(比漢)보다도 정중하고; 허리는 회풍을 일으킬 수 있고, 초녀(楚女)에 비해 더욱 유연하고 아름답다. 참으로: 아름다움(國色)이 유일무이하고 위엄이 삼천 부녀자를 누르니; 여류 제일이며 마음엔 십만 비휴(貔貅, 맹수)를 숨겼니라.136)

> 월군(당새아)의 용모는 선녀 같고, 위엄은 천신 같다.137)

위는 당새아에 대한 묘사를 일부 발췌한 것이다. 새아에 대한 묘사를 보면 그는 옥골선풍을 타고 나면서 그 아름다움이 한치의 꾸밈도 없이 천연스럽고 "유일무이"한 것으로 묘사되어 있다. 그의 "허리는 회풍을 일으킬 수 있고" "유연하고 아름다워" 여성의 유약한 미를 지닌 것으로 묘사된다. 위의 두 묘사내용을 보면 새아는 아름다운 외모와 함께 "정중"하고 "위엄"있는 태도가 강조되어 묘사되고 있다. 그의 위엄은 "삼천 부녀자를 누르고" "천신 같다"는 점에서 잘 드러난다. 이와 같은 묘

---

136) 〈여선외사〉 제6회: "……天然秀色明姿……生就靈香玉骨……身來掌上, 比漢後但覺端嚴; 腰可回風, 較楚女更為阿娜. 真個是: 國色無雙, 威壓三千粉黛; 女流第一, 胸藏十萬貔貅"
137) 〈여선외사〉 제9회: "月君貌如仙子, 威若天神"

사는 새아의 작중 신분과 갈라놓을 수 없다. 서사에서 새아는 명분상 건문제를 위로 두는 여장군이지만, 실제로는 군왕의 역할을 모두 대행하는 여주(女主), 여제(女帝)로 행위한다. 그의 패기는 "마음엔 십만 비휴를 숨겼다"고 한 묘사에서 잘 나타난다고 할 수 있다.

한·중을 막론하고 여성영웅소설에서 여주인공은 대부분 기이한 출생을 지닌 인물로 나타난다. 그중에서도 선녀의 적강이 대부분을 차지하지만 신물(神物)에 의해 태어나는 경우도 있고 신괴(神怪)가 환생한 경우도 있다. 우선 한국의 경우를 보면, 금령은 남해용녀가 적강한 인물이고, 홍계월은 상제 시녀가 적강한 인물이다. 장애황은 봉황이라는 신조(神鳥) 중에서 황(凰)이 모친의 품에 안기면서 태어난 인물이고, 삼주자매는 모친이 부처로부터 세 구슬을 받고 태어난 인물들이다. 중국의 경우를 보면 당새아는 월궁항아가 적강한 인물이고, 송보주는 난화 선녀가 적강한 인물이며, 목란(<목란기녀전>) 역시 진선(眞仙)이 적강한 인물이다. 특기할 만한 것은 기이한 출생으로 성별이 바뀌져서 태어난 인물이 있다. 방관주, 요화, 이소환이 이에 해당한다. 방관주(<방한림전>)는 전생 신분이 문곡성(文曲星)[138]이란 신선이며 요화(<요화전>)는 신선의 기운을 지닌 숫여우가 환생한 인물이다. 이소환(<영남일사>)은 옥녀가 한나라 때의 한륙대부(漢陸大夫)로 적강하고 한륙대부가 다시 환생한 인물이다.

고전 영웅은 성, 정과 관련되어 대개 세 가지로 나눌 수 있다. "무성(無性)"[139]을 특성으로 삼는 영웅, 호색한 영웅, 다정한 영웅이 그것이다. 동서양을 막론하고 모두 가부장적 이데올로기에 의해 만들어진 영

---

138) '여자의 무재함이 곧 덕이다'라는 전통적인 관념으로 고대사회의 전설에 文運을 관장하는 仙官도 남성으로 되어 있는데, 그 선관이 文曲星 또는 文昌星이다.

139) 孫昭振, "中國古典小說: 英雄無性-中國古典文化中的英雄觀念(二)", 名作欣賞 第4期, 2010.

웅이라 할 수 있다. 그러나 동양 고전 영웅은 성에 대해 비교적 함축적으로 표현하는 반면 서양은 비교적 노골적으로 표현하는데, 제우스는 절대적 권위를 지닌 비범한 영웅이지만 호색한 영웅으로 알려지기도 하다. 그러나 동양 고전 영웅 중에서 그러한 인물형을 찾아내기 힘들다.

동양의 고전문학에서 영웅인물은 "영웅무성"이라는 미학적 원리가 작용하고 있으며, '무성'한 영웅을 이상적인 인물형으로 삼는다. 이들은 개인이 아닌 군체(群體)를, 사덕(私德)보다도 공덕(公德)을, 주어진 또는 존재하는 이데올로기의 모범적 인물로 만들어진 것이다.140) 따라서 그들 개인의 감정 또는 애정은 대수롭지 않는 것으로 간주되어 버린다. 이러한 이상적인 인물이 '색', '정'과 연결을 할 경우 영웅성이 크게 약화되는 것은 당연한 일이다. 그러나 동양 소설사를 보면 초기의 영웅의 유형이 주로 무성영웅으로 구성되어 있으며, 그 뒤 염정사조가 일면서 영웅들도 정(남녀지정)을 갖추게 되었고, 다정한 인물로 변하게 되었다. 이 중에 드물게 호색한 영웅도 더러 찾을 수 있다. 이러한 인물형은 중심부에 있는 영웅을 보조하는 주변부에 속하는 인물형에서 가끔 찾을 수 있다.

감정을 여성성의 중요한 특질로 간주되는 통념으로 인해, 여성과 관련된 고소설들은 대개 애정, 혼인의 문제와 밀접한 관련을 지닌 것으로 다루어져 있다. 여성영웅소설도 예외가 아니다. 그러나 여성영웅은 여성이면서 영웅이기에 그들의 모습에서 동양의 전통적인 영웅관념이 똑같이 작용하고 있다. 여성이 성과 연결될 때 대개 정절과 같은 이념적인 문제로 다루는 것이 일반적이다. 한·중의 여성영웅소설에서 여성인물 중 '무성' 인물형이 적게 보이며, 대개 다정한 인물형으로 다루어져 있고, '호색형'과 같은 여성여웅의 형상도 개별적으로 존재한다. '무성'의

---

140) 이보경, 문과 노벨의 결혼: 근대 중국의 소설이론 재편, 문학과지성사, 2002, p.222.

특성을 보이는 여성인물은 <이학사전>의 이현경, <방한림전>의 방관주, <홍계월전>의 홍계월, <여선외사>의 당새아, <목란기녀전>의 목란이 대표적인 인물이다.

이들은 대개 혼인을 거부하고 독신을 주장하는 점에서 동일하다. 이현경과 방관주는 아예 여성성을 버리고 완전한 남성으로 살고자 하였으며, 홍계월은 '남자'의 삶에서 '여자'의 삶으로 되돌아가는 것을 극력 거부하였다. 당새아와 목란은 모두 도를 닦는 것을 인생의 목표로 삼기에 수행에 있어서 혼인은 오히려 걸림돌이 된다. 실제로 <목란기녀전>에서 목란은 여성과 전장 결연한 것 외에 이성과의 혼인이 언급되어 있지 않다. 이러한 양상을 초래하게 된 것은 '영웅무성'의 미학적 원리뿐 아니라 당대의 사상적 특징, 즉 교화를 중심으로 하는 유가사상과 불교, 도교의 영향에서 원인을 찾을 수 있을 것이다.

여성영웅소설에서 '무성' 또는 '무정'한 여성영웅과 대조되는 것이 다정한 여성영웅이라 할 수 있다. <이대봉전>의 장애황, <김희경전>의 장수정, <영남일사>에 등장한 장귀아를 비롯한 4명의 가인들, <난화몽기전>의 송보주 등이 이에 해당한다. 이들은 전장에서는 위풍당당한 영웅이지만 남녀의 문제와 관련될 때 여성의 다정다감한 성격이 표출된다. 장애황은 얼굴도 모르는 정혼자를 위하여 제를 지내면서 통곡하고 여생을 홀로 보내기로 결심한다. 그 후 우여곡절 끝에 이대봉과 혼인을 하면서 또 남장행세 할 때 자기와 혼인한 여성을 남편과 맺어주기까지 한다. 비슷한 장면은 <김희경전> 등에서도 나타난다. <난화몽기전>에서 송보주는 비록 남자로 살지만 재자에 대해 연정을 품고 혼자서 갈등하고 한탄하는 장면이 등장한다.

극히 드문 예이지만 중국 여성영웅 형상 중에 호색한 인물형도 찾을 수 있다. <요화전>의 요화가 그러한 인물이다. 요화는 음행으로 수행하다 죽은 숫여우가 환생한 인물이기에 음행의 근성이 남아있는 인물이다. 수행하는 과정에서 유혹에 이기지 못하고 한동안 사음에 빠지다가 스승의 깨우침으로 곧 색의 허무함을 깨닫고 수도를 계속하고 끝내 검선이 된다. 그러나 한국의 여성영웅 중에서는 이러한 인물형을 발견하지 못했다. 비록 방관주는 천상에서 호색한 죄로 적강한 인물이지만, 현세의 삶에서는 "금실지락(琴瑟之樂)"을 끊어버리는 벌을 받는 것141)으로 나타나지만, 이성과의 관계 맺기조차 결여된 채 다루어져 있다.

남장을 통하여 젠더142)의 변신을 꾀한 여성영웅은 한국 여성영웅소설에서는 하나의 유형적 특징에 해당하지만 중국은 그렇지 않다. 한국 여성영웅소설에서 여주인공이 남장을 행하는 동기는 주로 네 가지로 나타난다. 하나는 선천적으로 활달한 기질과 남자같은 기상을 타고나 여도를 멀리하고 부모의 동의를 얻은 뒤 자발적으로 남복을 개착하는 경우이다. 다른 하나는 첫 번째 경우와 마찬가지로 영웅의 기질을 타고 났으며 자발적으로 무예를 숭상하여 여공을 폐하면서 자라다가 부모의 극심한 반대로 목숨까지 위협을 받게 되자 위기를 탈출하는 방편으로 가출시 남장을 행하는 경우이다. 또 하나는 권세가집 아들의 겁탈을 피하기 위해 가출시 남복을 개착하는 경우이고, 마지막으로는 부모에 의해 아들로 길러지면서 입혀지는 경우가 그것이다. 첫 번째 경우는 자아의식에 의해 실현되는 경우라 할 수 있는데, 이에 해당하는 텍스트는 <이학사전>, <방한림전>이 대표적이고, 두 번째하고 세 번째 경우는 위기 극복 또는 피난을 위한 방패로 실현하는 것인데, <설저전>, <이대봉전>등 대부분 텍스트가 여기에 속한다. 네 번째 경우에 속한 텍스트

---

141) 〈방한림전〉(앞의 책, pp.239-240): '음양을 변하여 임군과 사해를 속이매 그 벌이 없지 않으리로다. 천궁에서 호색(好色)하기를 방자이 하니 차생에 금실지락(琴瑟之樂)을 끊었으니……'

142) 젠더(gender)는 생물학적인 성(sex)에 상대되는 개념으로 사회적이고 문화적인 성을 가리킨다. 즉 학습 결과로 획득하게 되는 여성다움(feminity) 혹은 남성다움(masculinity)을 말한다.

는 <홍계월전>이 대표적이다.

중국 고소설에서 여성영웅이 남장을 행하는 경우가 한국의 그것과 비슷하면서도 다른 양상을 지닌다. <영남일사>에서 가인 장귀아가 남장영웅으로 등장하는데, 그는 정혼자가 부재하는 중에 도적의 난을 맞아 피난길에 나서면서 미모를 감추고 편리를 위하여 남장을 행한 것이다. <목란기녀전>의 목란은 선천적으로 높은 재주와 뛰어난 기질을 타고나 성장하는 과정에서 학문에 대한 욕구로 남장을 행한 적은 있지만, 기본적으로 규범을 엄수하면서 자라다가 부친을 대신하여 종군을 하게 되면서 남복을 개착한 것이다. <난화몽기전>의 송보주는 비록 여아로 태어났지만 태어나자마자 부모에 의해 남아로 길러지게 된다. 남장영웅들 중에서 송보주는 가장 일찍 남장을 시작한 여성이라 할 수 있다.

사실 여성의 남장 모티프는 중국 문학사에서 오랜 전통을 가진 서사 단위이며, 소설문학에서는 재자가인소설의 중요한 유형적 구성요소로 나타난다. 그러나 재자가인소설에서 가인의 남장은 주로 배우자 구하기, 피난하기, 재능 뽐내기, 장사하기 등 여러 가지 양상으로 나타난다. <영남일사>, <난화몽기전>은 청대 후기의 재자가인소설로 논의되는 텍스트로서, 재자가인소설의 서사기법에서 자유로울 수 없으며, 재자가인소설이 장르가 발전하는 과정에 영웅전기와 합류화 현상이 일어나면서 여성영웅의 형상이 확대된 예라 할 수 있다.

재자가인소설에서 남장은 근본적으로 결연과 밀접한 관련을 지니는 모티프로 등장한다. 그러나 일부 재자가인소설에서 가인이 남장을 행한 동기가 자못 한국 여성영웅소설에 나타난 여성인물의 남장 동기와 유사한 면을 지니기도 한다. 예컨대, <백규지>에 다섯 명의 남장 가인이 등장하는데, 그 중 장난영(張蘭英)이란 가인은 어릴 적부터 남장을 행하였고 늘 자기말로 "몸은 여자이지만 뜻은 남아를 능가하다"[143]고 말하곤 했다. 그의 남장은 자아의식에 의해 행한 것으로 당시 젠더의 불평등한 사회적인 현실을 읽어낼 수 있다. 그는 과거시험을 보아 재능을 마음껏 뽐내기도 한다. 하지만 그의 남장은 장원급제와 함께 재자와의 결연으로 이어지면서 그것으로 끝난다. 남장가인을 통한 더 이상의 활약은 볼 수 없다.

이 외에 <인간락(人間樂)>의 여주인공 거장주(居掌珠)는 부모가 아들이 없다는 이유로 그를 아들처럼 키우며 문장 공부를 시키고 장원급제까지 한다. 그의 남장은 전적으로 아들이 없는 부모님의 시름을 덜기 위해 행해진 것으로 역시 영웅성과 연결되지 않는다. 또 <성풍류>를 보면, 여기에 등장한 가인 풍규영(馮閨英)은 "내가 만약 남자 몸이라면 똑같이 조상에게 영광을 안길 텐데"144)와 같은 가문을 빛내고자 하는 동기에서 출발하여 남장을 행하게 된다. 그는 늑혼을 피해 가출하는 도중 우연히 외적을 퇴치하는 책략을 올림으로써 장원이 된다. 그는 등과 후 바로 여화위남한 사실을 밝히고 양아버지를 거쳐 임금께 기만의 죄를 고하지만 용서를 받고 규중학사로 봉해진다. 외적을 평정하는 과정에서 그는 규중에서 뛰어난 지략을 발휘하여 정혼자가 외적을 평정하게끔 일조를 한다. 가인이 뛰어난 지략을 지닌 점, 적극적이고 주체적이고 행동적인 모습은 여성영웅의 모습과 닮아 있긴 하지만, 내조하는 여성의 이미지가 강하게 비쳐져 있으며, 간접적으로 영웅적 역량을 실현하는 것으로 보아 잠재적 영웅성을 지닌 여성인물에 해당한다 할 수 있다.

이들과 조금 다른 경우도 있다. 예컨대 문배아(聞蜚蛾)145)는 어릴 적부터 남장을 행하고 학당에 가서 남자들과 같이 공부하고 과거를 맞아 수재가 된다. 수재가 된 후 가정의 내외사를 맡아 부친을 도우면서 가문의 관리자로 행위한다. 그에게 어린 남동생이 있어 가문의 후사도 전혀

---

143) 〈백규지〉: "身爲女子, 志勝男兒"
144) 〈人間樂〉: "我若是個男身, 也與祖宗爭口氣"
145) 二刻拍案驚奇에 있는 단편소설 〈同窗友人認假作真, 女秀才移花接木〉의 여주인공.

걱정할 필요가 없다. 그의 부친이 어떤 사건에 연루되어 투옥하자 그는 제영의 고사를 본떠 부친을 구하기 위해 상경하여 임금께 상소하여 부친을 구하고자 한다. 결국 재자의 도움으로 상소가 주달되고 부친의 일이 잘 해결되어 그 또한 좋은 재자를 만나 혼인하게 되면서 대단원을 이룬다. 문배아는 남장을 통하여 젠더의 변신을 행함으로써 여성의 잠재적인 능력을 충분히 발휘한다. 특히 부친을 구하는 과정에서 적극적인 행위양상이 효라는 공적인 이념과 연결되면서 잠재적 영웅성을 표출한 것으로 볼 수 있다.

<영남일사>, <난화몽기전>은 바로 재자가인소설의 이런 전통을 계승하여 형성된 작품이다. <영남일사>의 경우, 장귀아의 남장은 혼사장애의 과정에서 나타나는 것이며, 다만 장애의 원인이 늑혼 또는 겁탈이 아닌 도적의 난이라는 점에서 다른 양상을 지닌다. <난화몽기전>의 주인공 송보주의 젠더 변신은 부친의 강요에 의해 이루어진 것이다. 서사에서 '남장으로 책략 올리기(男裝進策)'의 모티프가 있는데, 이는 <성풍류>의 풍규영의 '남장으로 책략 올리기' 모티프와 지극히 닮은 양상을 지닌다. 다만 풍규영에게 이는 입신의 계기로 작용하지만 보주에게는 출장의 계기가 된다. 보주는 책략을 올리는 것으로 대원수에 봉해지고 출전하여 직접적으로 영웅성을 실현하게 되지만 풍규영은 규중에서 간접적으로 영웅성을 실현한다.

남장을 통해 젠더의 변신을 행한 주인공들은 대개 뛰어난 문재를 지닌 여학사이며 그들의 재능은 응과를 통해 장원이 되면서 실현된다. 이들은 문재뿐만 아니라 적과의 대결에서 뛰어난 지략을 발휘하기도 한다. 한국의 경우 박씨, 금령, 설저를 제외하면 대부분 여성영웅은 문무겸비의 인물로 형상화되고 있다. 여성영웅에게 문재는 뛰어난 시재, 문장능력을 포함할 뿐만 아니라 뛰어난 군사적 지도력도 함께 포함되어 있다. 박씨와 금령은 도술을 통해 영웅성을 발휘하는 인물이면서도 박

씨의 경우는 장막 안에서 모든 것을 지휘하는 여장군의 모습으로 나타난다. 설저는 군담이 결여된 채 문재만 지닌 여성영웅으로 형상화되고 있다.

중국의 경우, 여성영웅은 좀 더 다양한 인물유형으로 형상화되고 있다. 목란은 전장에서 군사적 책략이 뛰어나고 무용을 겸비한 장군이면서도 3교의 道, 특히 경학에 심취한 도학자로 형상화되고 있으며, 장귀아는 흉악한 도적을 상대로 담략과 지략을 발휘한 인물로 나타난다. 특히 도적에게 잡힌 상황에서 기지를 발휘하여 도적을 설득한 모습에서 군웅(群雄)을 상대로 설전(舌戰)을 펼치는 제갈량을 방불케 한다. 그는 도적에게 가짜 항복을 하면서 기회를 넘보고 끝내 도적무리를 제거한다.

중국의 여성영웅의 형상 중에서 초야에서 자란 소수민족의 여성들이 있는데 <영남일사>의 매영설과 이소환이 대표적이다. 그녀들은 한족의 전통적인 윤리관의 영향을 가장 미약하게 받은 일군으로서, 전통적 윤리관의 예속을 받지 않고 행위가 자유로운 특징이 있다. 예컨대 매영설은 도적무리에서 자리 신인(神人)의 전수로 도술을 부릴 줄 알고 뛰어난 무예를 익혔지만 일자무식이다. 따라서 일반적인 도덕적 윤리관은 그에게 통하지 않는다. 마음에 드는 재자를 보면 억지로라도 혼인을 감행하고 강제로 옆에 억류한다. 그는 남편을 여러 여인들과 공유하는 대가규수의 도량과 '미덕'을 지니고 있지 않으며 질투심 또한 강하다. 매영설은 태생이 초야형인 반면 십삼매(하옥봉)는 후천 양성한 유형이라 할 수 있다. 그녀는 명문에서 태어나 뛰어난 무예를 익혔고 명문귀족의 기풍을 지녔다. 한편 간신의 핍박, 부친의 복수를 위해 강호에 오랫동안 묻혀 살면서 약자를 돕고 강자를 억누르는 용감한 성격을 양성하였다. 호방·솔직·용감하며 거칠고 야성이 들어있다.

이상 한·중 고소설에서의 여성영웅의 특징을 몇 가지 유형을 통해 살펴보았다. 한·중 고소설에서 여성영웅이 대개 미녀영웅으로 형상화되는 점과 기이한 출생으로 구성된 다는 점에서 공통된다. 그러나 구체적인 형상화 방식에서는 차이를 지닌다. 그리고 한국의 경우 여성영웅은 거의 남장여성이면서 장원이고 학사이며, 장군으로 나타나지만 중국의 경우는 이러한 특징이 유형화를 이루지 않았고, 개별 작품들에서 다양한 양상으로 형상화되는 특징을 보인다.

2. 여성영웅의 양성적 존재

한·중을 막론하고 여성영웅소설에서 여주인공은 처음부터 '딸'이 아닌 '아들'로 기대되면서 태어나는 경우가 일반적이다. 그러나 그녀들은 대개 부모의 기자치성으로 만득녀이면서 무남독녀로 태어나게 된다. 이로써 부모들로부터 아들 아니라는 아쉬움을 받는 한편, 생래적으로 비범한 기상을 타고나므로 남다른 기대와 사랑을 받으면서 자라기도 한다.

여성영웅은 태어나자마자 '아들의 역할을 잠재적으로 대행하는 양성적(兩性的) 존재'로 등장한 것으로 볼 수 있을 것이다. 양성적 존재란 남녀가 서로 반대의 사회 성(性)을 모두 실현할 수 있는 존재를 말한다. 영웅은 사고와 행위에서 새로운 통로를 개척하여 일상의 속박으로부터 새로운 모험과 지평을 제시하는 인물이며 변화와 개조를 요구하는 사회적 심리로부터 태어난다고 보았을 때, 영웅은 성별 조건을 넘어서는 양성적 존재라고 볼 수 있을 것이다.146)

서사에서 여성영웅은 두 가지 성역할을 행하는 모습으로 나타나는데, 다음의 도표에서 간략히 정리해 본다.

---

146) 곽정식 역시 여성영웅의 형상을 양성성 또는 양성동체(androgyny)를 실현하는 인물이라고 하면서 C. G. 융의 분석심리학에 근거하여 여성영웅의 형상을 설명하였다. 양성동체란 한 사람이 남성과 여성의 특질 모두를 가진 것을 나타내는 원형적 이미지이다. "〈정수정전〉에 나탄난 여성의 자아실현 양상", 한국 고소설 연구의 시각과 방법, 신성출판사, 2008, pp.191-192.

〈여성인물의 서사 내 성역할 및 혼인 방식〉

작품	여성영웅	욕망한 일	영웅성을 발휘한 일	혼인한 방식
한국↓				
이학사전	이현경	남자 되어 입신양명→부모께 효도하기	남장하여 외란 평정	남자와 혼인
옥주호연	삼주자매	남자 되어 입신양명→부모를 현양하기	남장하여 창업주를 도와 창업목적 달성	남자와 혼인
방한림전	방관주	남자 되어 입신양명→부모의 후사를 빛내기	남장하여 외란 평정	여자와 혼인(동성혼)
홍계월전	홍계월	남자 되어 입신양명→부모 찾아 봉양하기	남장하여 국난 평정	남자와 혼인
박씨부인전	박씨	사랑받는 여자 되어 가정의 행복을 이루기	여자의 신분으로 외적 퇴치	남자와 혼인
중국↓				
여선외사	당새아	천상에 귀환, 패업을 성취하기	여자의 신분으로 봉기를 일으켜 간신과 대항, 재난 백성 구제	남자와 혼인하지만 곧 과부가 되다
요화전	요화	검선이 되기	여자의 신분으로 민란을 평정, 재난 백성 구제	남자와 혼인하지만 대리혼을 행하다
목란기녀전	목란	도를 닦기, 부모께 효도하기	남장한 뒤 부친 대신 종군하여 외란을 평정	여자와 혼인, 독신
난화몽기전	송보주	여자 되어 자율적인 삶을 살기	남장하여 백성들의 억울한 사건을 판명하고, 외란을 평정	남자와 혼인

위의 도표는 한·중 대표적인 여성영웅소설에 등장한 여성영웅의 행위 특징 및 혼인의 양상을 정리해본 것이다. 도표에서 나타낸 바와 같이 여성인물들이 남자 되기를 욕망하는 경우가 있는가 하면, 여자 되기를 원하는 경우도 있으며, 남자로 변장하거나 여자의 신분으로 영웅적 활약을 펼치는 양상을 모두 찾을 수 있다. 그리고 혼인의 경우에서도 이성혼(異性婚) 또는 동성혼(同性婚), 대리혼 등을 통하여 남녀라는 양성적 역할을 모두 수행한다. 아래에서 이를 참조하면서 논의를 진행하겠다.

2.1 남장을 통한 사회 진출

앞에서 살펴보았듯이 남장의 동기는 여러 가지로 나타난다. 자아의식, 피난의 방패, 부친의 강요, 위기 극복이 그것이다. 여기서 자아의식에 의해 남장을 행한 경우는 여성이 남성과의 차이를 근본적으로 인식하고 어릴 때부터 남장을 시작하지만, 뒤의 세 가지 양상은 여주인공이 여자로 살다가 사정에 의해 남장을 일시적으로 행하는 경우를 말한다. 조선시대나 청대나 마찬가지로 여성의 활동영역은 주로 가정 속에 국한 되어 있는 사회상황에서 남장은 여성이 사회 진출하는 전제이다. 남장은 여성이 "사회적 존재로서의 편입을 용납받기 위한 하나의 사회적 틀"147)인 것이다. 여성이 남성 중심의 사회 영역에 나아가기 위해 남복이라는 외피를 빌리지 않고서는 도무지 사회진출을 꿈꿀 수 없기 때문이다. 여성의 자아의지의 실현양상을 기준으로 할 때 전자는 적극적인 사회진출로 볼 수 있으며, 전자에 비해 후자는 상대적으로 소극적인 특징을 지닌다 할 수 있다.

---

147) 양혜란, "고소설에 나타난 조설조 후기사회의 性차별의식 고찰-〈방한림전〉을 중심으로", 한국고전연구4, 한국고전연구회, 1998, p.138.

이러한 특징이 한·중 양국의 고소설에서 각각 어떻게 형상화되어 있는지를 보겠다.

<이학사전>은 여주인공을 중심으로 이야기를 전개하는 작품이며, 여성의식이 비교적 강하게 표출된 작품으로 평가받는 텍스트이다.[148] 주인공 이현경은 비록 여자로 태어났지만 뜻은 남자에 두어 아주 어릴 때부터 문장 공부에만 힘쓰고 재학이 남달랐다. 그의 부모가 여식의 재능을 사랑하는 한편 걱정되어 경계하기도 하지만 현경이는 오히려 자신의 뜻을 당당하게 밝힌다.

사람이 세상에 나매 임금을 충성으로 섬기고 어버이를 효도로 섬겨 공명을 일세에 누리고 이름을 백세에 전하옴이 떳떳하온지라, 소녀가 비록 여자의 몸이오나 뜻은 세상의 용렬한 남자를 비웃나니, 원컨대 여복을 벗고 남복을 개착하와 부모를 뫼셔 아들의 도를 행코자 하나이다. <이학사전> 제1회[149]

이현경은 여자이지만 "용렬한 남자를 비웃는" 강한 자부심을 지니고 있다. 또한 남복을 개착함으로써 공업을 이룩하여 임금께 충성하고 부친께 효도하는 "아들의 도"를 행할 것을 선언한다. 여기서 현경의 사회진출에 대한 강한 의지를 읽을 수 있다.

<방한림전>은 이성(異性) 상대조차 등장하지 않은 채 여성 중심으로 이야기를 전개한 작품이다. 따라서 여성의식이 가장 잘 표출된 작품으로 평가받기도 한다.[150] 그 역시 남자아이 못지않은 기상과 외모를 타

148) 강진옥, "이형경전(이학사전) 연구-婦道와 자아실현 간의 갈등을 통해 드러난 인간적 삶의 모색을 중심으로", 고소설연구 제2집, 한국고소설학회, 1996.
149) 〈이학사전〉, 김기동·전규태 편저, 서문당, 1994, pp.115-116. 이 텍스트는 활판본을 현대문으로 옮겨 쓴 것이다.
150) 차옥덕, "〈방한림전〉의 구조와 의미-페미니즘적 시각을 중심으로", 고소설연구, 1998.

고 났으며 어려서부터 하나를 가르치면 열을 아는 뛰어난 문재를 지녔다. 그의 부모는 그의 재능을 "애중하여 아들 없음을 한하지 아니하고" 여공을 가르치는 대신 자식의 소원대로 남복을 입게 하고 시서를 가르친다. 외부에서도 모두 그를 아들로 알고 있다. 그러던 중 8세 때 부모가 일시에 돌아가시고 그는 계속 남자 행세를 하며 더욱 여자로 돌아갈 마음이 없게 된다. 오직 그의 유모가 장래를 걱정하여 여자로 돌아가서 여도를 행할 것을 권유한다.

> 내 이미 선친과 모명을 받자와 남아로 행한 지 십년이 거의요, 한번도
> 개복(改服)한 바 없나니 어찌 졸연히 나의 집심을 고치며 선부모의 뜻을
> 저버리리오. 내 마땅히 입신양명하여 부모의 후사를 빛내리니 어미도
> 괴로운 언론을 다시 말라. 나의 본사를 타인께 말을 맒을 바라노라. <방
> 한림전> 제1회151)

이처럼 관주는 남자 행세에 대해 강한 "집념"을 나타내고 있다. 그는 여자로 태어났지만 일찍부터 남복을 개착하여 한번도 개복한 적이 없었다. 그의 부모 생전에도 그의 남장을 부정적으로 보지 않았으며, 이제 돌아가셔서 그를 말릴 수도 없게 된 것이다. 더군다나 그는 무남독녀로 태어나 현경이와 달리 집의 후사를 이을 동생도 없다. 여자는 가문의 후사를 이을 수 없는 '결핍의 존재'이며 또한 '힘없는' 존재이다.

그러나 남자로 있으면 이 모든 것은 해결이 된다. 남장을 통해 여성의 생물학적 성을 감추고 남자로 행세하면 "입신양명"이 가능하고 "부모의 후사" 또한 이을 수 있는 것이다. 후사의 문제에 있어서 관주는 자신의 생물학적 성을 철저히 은폐함으로써 직접 해결할 뿐만 아니라

---

151) 정병헌·이유경 엮음, p.212. 여기서는 '나손본 필사본'을 현대역으로 한 것이다. 이하
   같음.

또 양자를 들여서 여성성에 의한 한계를 뛰어넘는다. 그러나 남장을 통한 후사계승은 절대적인 방법은 아니다. <방한림전>에서도 나타난 바와 같이 양자를 들이는 것을 통해 충분히 해결이 가능한 문제이다. <여선외사>를 보더라도 주인공 당새아는 부친에게 양아들을 들임으로써 후사문제를 해결한다. 당새아 역시 가정에서 '결핍된 존재'이므로 본인이 후사가 될 수 없는 처지는 방관주와 매한가지이다. 이러한 현실을 일찌감치 인식하고 그는 부친에게 양아들을 들이는 것으로 해결을 하지만 관주는 스스로 남장을 통해 생물학적 성을 은폐함으로써 이를 해결한다. 따라서 생물학적 성을 부정해버린 그에게 양아들을 들이는 것은 '남성성'을 유지('여성성'을 은폐)하는 하나의 소설적 장치이다.

남장은 후사문제에 있어서는 선택적인 조건이라는 것만은 분명한 사실이다. 그러나 "입신양명"의 문제에 있어서는 필수적인 전제이다. 입신양명하는 것은 사회로 진출하여 인정받는 것을 의미한다. 당시에 있어서 입신양명하기 위해서는 반드시 과거라는 관문을 거쳐야만 했다. 특권계층, 문벌귀족이 아닌 이상 과거는 사인(士人)이 능력을 점검하고 사회적 지위를 획득할 수 있는 거의 유일한 통로였다. 그러나 여기에 여성은 배제되어 있다. 여성은 관리(官吏)를 할 수 없기 때문에 관리등용을 목적으로 하는 과거시험, 과거교육은 여성과는 크게 상관없는 것으로 여겨졌다.

> 부인들은 마땅히 경서(經書)와 사서(史書), ≪논어≫ · ≪시경≫ · ≪소학≫ · ≪여사서≫등을 대강 읽어 그 뜻을 통하고, 여러 집안의 성씨 조상의 계보, 역대의 나라 이름, 성현의 이름자를 알면 족하다.152)

위의 인용은 18세기 조선시대 실학자 이덕무가 한 말이다. 당시 사회

---

152) 李德懋, "士小節", 국역청장관전서IV, 서울: 민족문화추진회, 1980.

에서 여성에게 기본적인 교양을 쌓기 위한 독서는 용인했음을 알 수 있다. 그러나 여성에게 학식은 그들이 현모양처가 되게 하기 위한 하나의 수단에 불과했다. 그러나 현경이나 관주의 문장공부는 일반 여성이 교양을 쌓는 수신 학습의 차원과는 다르다. 그들이 남장을 통하여 행하는 문장공부는 입신양명을 근본적인 목적으로 삼은 것이다. 따라서 앞에서도 볼 수 있듯이 현경이나 관주는 '여성'으로서의 장래에 대해 전혀 걱정을 찾을 수 없는 반면, 오직 '남성'으로서의 장래를 계획하고 꿈꾼다.

<옥주호연>에서는 삼주자매가 뛰어난 기상과 품성을 타고 나서 어릴 때부터 시서백가며 모르는 것이 없었다. 그들은 여도보다도 칼쓰기와 말달리기와 같은 무예를 익히는 것에 더 열중했다.153) 그러나 그들의 남성지향적 행위는 부모의 강력한 반대를 받는다.

"소녀 등이 어찌 부모의 은덕을 모르고 뜻을 거역하리오마는 소녀 등이 규방의 소소한 예절을 지키다가는 부모께 영화를 뵈올 길이 없사온지라. 석(昔)에 당태종 누이 장원공주도 평생 무예를 배워 천하에 횡행하여 빛난 이름이 지금 유전하오니 소녀 등도 이 일을 효칙하여 공명을 세워 부모께 현양코자 하옵고 하물며 방금 천하 대란하오며 소녀의 득시지추(得時之秋)이어늘 어찌 한갓 여도를 지키어 세월을 허비하리이꼬" <옥주호연>154)

위의 내용은 삼주자매가 모친의 훈계를 듣고 대꾸한 말이다. 그들의 말에서 여자라는 신분과 상관없이 공적인 영역에 참여하고자 하는 강한 의지를 읽을 수 있다. 그들은 당태종의 누이 평양공주(장원공주)의

---

153) 〈옥주호연〉: "선연한 품질이 비상특이하고 문견이 통민하여 시서백가에 모를 것이 없고 매양 후원에서 조약돌로 진을 벌이며 칼쓰기와 말달리기를 익히거늘"
154) 앞의 글.

고사를 들면서 여자도 충분히 무용을 떨쳐 공명을 이룩할 수 있다고 하면서 도리어 모친을 설득하기도 한다. 그러나 그들의 남성지향적 행위는 부모의 강력한 반대를 받는다. 그들은 현경이와 달리 여자로 태어난 것을 한탄하지만 가정 내에서는 여자 본모습을 가지고 남자의 도를 행한 것이다. 그들은 부모의 반대에도 불구하고 자신들의 의지를 견지하였다. 그들 부친이 셋 중 하나를 죽여 경계하겠노라고 엄포를 내리자 그들은 남복을 개착하고 가출을 감행한다. 그들의 남복 개착은 수동적으로 이루어진 듯이 보이지만, 그들은 스스로 무예수련을 행함으로써 이미 남성영역으로 확대시켰으며, 또한 사회참여의 준비를 진행하여 온 것으로 볼 수 있다. 그리고 삼주자매는 일찍부터 사회에 나아가 포부를 실현할 뜻을 품고 있었으며,155) 부친의 반대는 오히려 그들이 사회에 적극적으로 참여할 수 있는 계기를 마련해 주었다.

남장을 통한 이들의 적극적인 사회진출의 양상과 달리 <목란기녀전>과 <난화몽기전>의 여주인공들은 상대적으로 소극적인 경향을 시닌다. <목란기녀전>에서 주인공 주목란은 어릴 때에 고승의 설법을 듣기 위해 스스로 남장을 행한 경험이 있다. 설법도 남녀에 따라 내용이 다르므로 목란은 부녀자를 대상으로 하는 설법보다도 남자를 대상으로 하는 설법에 더 끌린 관계로 스스로 남복을 개착하여 설법을 들은 것이다. 그의 집 가법에 "모든 부녀자는 중문을 나서서는 아니 된다"156)로 되어 있어서 그의 남장 행위는 더욱 예법을 타파한 용기 있는 행위라 할 수

---

155) "우리 대인 성도(性度) 급하시거늘 우리 두 번 범죄 하였으매 반드시 용서치 아니하실지라. 만일 우리 형제 중 하나를 죽이시면 인륜이 산란하고 부모의 관인대덕이 그린 떡이 될 것이요, 또 아등 삼인이 일시에 강세함은 정녕코 하늘이 유여하심이니 어찌 녹녹히 규방을 지키어 그저 늙으리오. 잠간 부모 슬하를 떠나 신명한 임군을 도와 공명을 이룬 후 금의환향하여 부모께 뵈오면 쾌할까 하노라."(옥주호연), 정출헌·이유경, 앞의 책, p.116.

156) <목란기녀전> 제9회: 況且朱家家法, 一切內眷足跡不出中門. 誰人認得? 朱若虛雖然曉得, 也不肯說明. 當日見他有如此大才, 到也歡喜.

있다. 목란의 할아버지만 이 사실을 알지만 오히려 손녀딸의 높은 재주를 사랑하여 손녀딸의 '주제 넘는 행위'를 묵과하였다. 설법을 듣기 위한 목란의 남장 행위는 전통적인 예법을 타파하는 적극적인 행위라는 사실은 분명하다. 하지만 단지 개인의 수양 쌓기에만 그친다는 것이 한계를 지닌다. 그는 부친의 꿈에 대한 해몽을 통해 곧 종군령이 떨어질 거라는 사실을 알고 활쏘기와 말타기를 연마하면서도 베짜기와 같은 여도를 병행하였다. 종군의 임무를 훌륭하게 완수하고 12년 만에 집에 돌아와서는 도를 닦는데 전념하고 남녀의 내외법을 엄수하였다. 아래의 말에서 이점을 확인 할 수 있다.

"조카의 여화위남은 다 부득이하게 행한 것입니다. 오늘 생각하면, 참으로 규각이 행할 일은 아니므로 손님을 감히 만나지 못하는 것입니다."157)

목란은 여화위남하여 종군하게 된 것은 "부득이"한 처사로 간주하면서 규방 부녀자로서의 행실치고 오히려 부끄러운 것으로 여기고 있다. 그녀의 종군은 '효'의 실현이라는 목적에 두고 있는 자의적인 행위지만, 이로써 입신양명의 결과를 이루게 된 것은 온전히 "타의"에 의한 것임을 밝히고 있다. 종군(從軍)은 과거와 마찬가지로 사회에 참여하는 방식의 하나지만, 여성은 역시 여기서 제외되는 것이 당시의 사회제도이다. 여성이 남장하여 종군하는 것은 분명 적극적인 사회진출임에도 불구하고 이것이 부친에게 떨어지는 위기를 해결하기 위한 어쩔 수 없는 행위로 처리함으로써 적극성은 사라지고 오히려 소극적으로 보이기까지 한 것이다. 아울러 목란의 영웅성도 크게 약화되고 만다. 종군하는

---

157) 〈목란기녀전〉제29회: "任兒女扮男妝, 皆不得已而為之. 今日思之, 殊非閨閣應分之事, 所以不敢見客."

12년 동안 목란은 혁혁한 전공을 이루고 그 공으로 무소장군에 봉해지면서 입공을 하게 된다. 하지만 목란은 곧 표를 올려 고향에 계신 부모님을 뵈러 온 다음 여장을 개착하고 다시 집밖을 나서지 않았다. 후에 태종이 목란의 여화위남한 사실을 알고 오히려 기특히 여겨 무소후(武昭侯)에 봉하면서 병부시랑의 벼슬을 내리고 경성에 올라와서 복직할 것을 명한다. 그러나 목란은 표를 올려 평생 부모님을 모시면서 불도(佛道)에 전념할 뜻을 전한다.

신첩 목란은 어릴 때부터 기가 약하고 다병하며, 조부 약허께서 공맹을 가르치신 관계로 충효의 도리를 알며, 신은 매양 거울을 보면서 공이 죽간에 오르지 못하고 이름이 단서에 길이 빛내지 못함을 한탄하였나이다. 허나 규중의 약질이라 어찌 바라겠나이까? 조부가 돌아가시고 부친이 가문을 이으면서 가운이 점차 쇄락하고 재해 또한 많아 신첩은 매일 여공을 하고 베를 짜면서 어렵게 생활을 하였나이다.……신첩은 어린 관계로 심성이 정해져 있지 않아 몰래 궁마를 배웠는데, 이내 군서가 도착하고 부친이 와병하시고 온 가족이 경황하니, 첩이 생각하기를 성상의 명이 엄하고 급한지라 백부는 멀리 계시고 형제도 없으므로 남자처럼 부친을 대신하여 북정(北征)하게 되었나이다. 다행히 천안(天顔)이 지척이요, 번국 군신이 공수(拱手) 수명하나니, 신첩은 모두 종군의 법을 따른 것이므로 어찌 공이 있다고 할 수 있나이까. 황상께서 은혜와 영광을 중히 여기사 후작을 하사하고 병부를 위임하시나, 신은 어린 여아로 귀한 명을 받들어 적의 손에서 죽지 아니하고 나라를 부끄럽게 아니함이 다행으로 여기나니 어찌 다시 궁궐에 오르겠나이까. 규범의 규례로 자면(自勉)하지 아니하면 반드시 정부열녀에 끼이지 못할 것이고 내각대신의 혐오를 받을 것이며, 게다가 신은 충효를 맹세하고 모친이 득병하여 불교에 귀의해서 종신토록 혼인하지 않으면서 부모의 명수를 빌고자 하나이다. 성천자는 효로 유명하시고 백성을 역시 효로 다스리시니, 신첩은 혼자 외로이 충성을 바칠 것을 간절히 바라며 용서를 비나이다.[158]

위의 내용은 목란이 태종의 부름을 받고 올리는 표의 내용이다. 위의 내용을 통해 볼 수 있듯이 목란은 어릴 때 입신양명의 높은 뜻을 분명 품고 있었으나 규중여자라는 이유로 뜻을 접을 수밖에 없었던 것이다. 그는 규중여자가 할 수 있는 일, 즉 베짜기와 여공으로 가족의 생계를 유지하였다. 그러면서도 어린 나이에 활쏘기와 말타기를 배웠는데, 마침 종군령이 떨어져서 부친 또한 병약하고 백부는 멀리 계시고, 형제도 없어서 어쩔 수 없이 여화위남하여 부친 대신 종군하게 된 사정도 함께 토로하고 있다. 그리고 종군하면서 입공한 것은 모두 종군법에 따른 것이므로 공이 없을 뿐더러 여자로 종군한 일이 오히려 나라에 먹칠을 할까봐 걱정한다.

그는 태종의 부름에 응하지 못한 이유를 두 가지로 말했다. 하나는 정부열녀의 들지 못할 것이고 내각군신의 혐오를 받을 것이라는 점이고, 다른 하나는 모친의 병과 불교에 귀의하여 평생 독신으로 수도하는 데만 전념하겠다는 것이다. 목란은 뛰어난 재능을 지니고 있으면서, 또한 남장 종군을 통하여 그 능력이 충분히 검증을 받았음에 불구하고 목란 자신조차 자신의 행위를 부끄럽게 생각하고 부정적으로 보고 있는 것이다.

목란은 봉건적인 규범에 철저하게 갇혀 있는 여성의 비참한 현실을 대변하는 인물이면서도 그 현실을 타파할 수 있는 가능성을 보여준 모

---

158) 〈목란기녀전〉 제30회: 臣妾木蘭, 髫年氣怯, 性僻多病. 祖父若虛, 教讀孔孟之書, 因明忠孝之理. 臣每對鏡睹形, 憂然浩嘆, 思功垂竹帛, 名載丹書, 幽閨弱質, 何能望焉? 祖死父立, 伯仲依依, 家運就衰, 災害互見. 臣妾日事女紅, 織機度日. …… 臣妾沖年, 心性靡定, 乃竊學弓馬. 及軍書甫至, 父病不起, 擧家驚惶. 妾思聖命嚴急, 伯父遠間, 兄弟鮮有, 遂效身如男, 代女北征. 幸天顏咫尺, 番國君臣, 拱手受命. 臣妾具從戎之數, 何功力之與有. 皇上恩榮並重, 錫臣侯爵, 委任兵部. 臣以幼女, 遠膺重命, 未見戮於狄人, 不遺羞於上國, 亦雲幸矣! 豈可重上闕廷, 不閨規自勵, 必為貞婦烈女所不齒, 內閣大臣所賤惡. 況臣矢誌忠孝, 目今親老母病, 第願皈依佛教, 以素終身, 以為父母壽. 聖天子裕已以孝, 馭民亦以孝. 臣妾拳拳孤忠, 諒逢恩宥.

순적인 존재이다. 윤리도덕의 족쇄에 갇혀있는 그녀의 소극성은 그 뒤의 사건에서 더욱 잘 드러난다. 목란의 진정표를 보고 태종황제는 오히려 기특하게 여겨 무소공주(武昭公主)의 봉함까지 내리고 부모, 동생에게도 작위를 각각 내렸다. 그럭저럭 세월을 지내다가 황제와 황후가 조서를 내려 목란을 다시 부르지만 목란은 부모가 돌아가신 고로 삼년상을 지키겠다는 표를 올리면서 역시 상경하지 않았다. 그가 집에서 '아들'의 도리를 행한다기보다 그것을 핑계로 규도를 지키고자 하는 것이 더 큰 이유인 듯하다.

여자로서 다시 공적인 영역에 나가 활동하는 것은 규범을 어기는 일이며 그녀의 도덕관념으로는 용납이 되지 않은 것으로 결론을 졌기 때문이다. 이때 무씨지화가 일어나면서, 그녀의 "고충(孤忠)"은 오히려 간신에게 이용되어 반역으로 몰리게 된다. 목란은 3차 표를 써서 무죄함을 밝히고 나서 가슴을 가르고 심장을 꺼내면서 결백을 증명한다. 결국 목란의 도덕성은 그를 죽음으로 몰리게 한 것이다. 한국 여성영웅소설에서 여성인물이 간신을 통쾌하게 징치하는 적극적인 모습에 비해 죽음을 통해 결백을 증명하는 목란의 행위는 지나치게 관념적이고 소극성을 지닌다고 할 수 있다. 전체적으로 볼 때 목란은 월등한 능력을 지니고 있으면서도 규범에 갇혀 있어서 그 능력의 발휘에 있어서는 소극적이고 수동적인 특징을 지닌다. 그의 남장영웅행위 역시 이런 차원에서 이해하는 것이 옳을 것이다.

사회진출에 있어서 <난화몽기전>의 주인공 송보주는 목란 못지않는 소극성을 지닌 여성영웅이다. 그녀의 소극성은 남장 동기에서 찾을 수 있을 뿐만 아니라 그의 성격에서 비롯되기도 한다. 그의 남장은 아주 어릴 때부터 행한 것이며 완전히 부친의 의지에 의해 강요당한 것이다. 송보주가 태어날 때 부친이 아들을 간절히 바라는 마음에 기이한 꿈까지 꾸니 아들인줄 철석같이 믿고 외부에 미리 아들임을 알리었는데 결국 딸로 태어난 것이다. 그의 부친은 자존심에 아예 아들을 얻었다고 알리고 보주를 아들로 키운 것이다. 후에 아들 둘이나 두었으면서도 부친은 보주를 여전히 아들로 교육을 시키고 과거까지 보게 한다. 보주의 인생은 태어날 때부터 철저하게 부친에 의해 설계되면서 조금이라도 자아의지를 발현할 기회가 없었다. 보주가 과거를 보고 벼슬을 하게 된 것은 모두 가부장적 권위에 의해 수동적으로 이루어진 것이다.

보주는 부친의 권위에 순응할 수밖에 없는 나약한 성격을 지니고 있다. 비록 수동적으로 사회적인 지위를 확보하고 '남자'로서의 우월성을 얻게 되지만, 여자로 돌아가고 싶은 마음을 항시 갖고 있는 것이다. 그녀는 재자와 정혼한 후 아직 '남자'인 상태에서 스스로 부끄러워하고 남자의 눈치를 보는 등[159] 여성성을 강하게 드러낸다. 텍스트에 나타난 보주의 형상은 관아에서 "첩이 남편을 죽이는 사건" "제부가 종법을 어지럽힌 사건" "친형이 친동생을 죽인 사건"을 판명하면서 청렴하고 공정한 관리의 역할을 훌륭하게 수행해낸다. 전장에서는 뛰어난 군사적 지도력을 발휘하고 연이어 탁월한 공적을 올린다. 그녀는 남자의 재능, 지략, 담략을 지니며 괄목한 공업도 이룩하지만, 늘 여성성을 욕망하는 유약한 존재로 나타난다.

요컨대, 남장의 경위에 따라서 여성영웅의 사회진출 양상이 다르게 나타난다. 남성지향성이 강하고 어릴 때부터 스스로 남복을 개착한 여성영웅은 자아실현의 의지가 강하고 사회진출에 있어서 적극적이다. 이 경우 한국의 몇몇 여성영웅소설에만 찾을 수 있고, 중국의 텍스트에서는 이와 같은 강한 남성지향적 특성을 찾을 수 없다. 한편 줄곧 여자

---

159) 정혼한 후 보주는 여전히 '남자' 행세를 하고 있지만, 공적인 장소에서 남자들과 어울리는 일을 되도록 피하고자 한다. 피치 못할 상황에서 약혼자(허문경)를 봤을 때 마치 "상사를 본 것처럼 얼굴을 붉히며 그를 무서워했다(〈난화몽기전〉 제20회: 寶珠羞慚滿面, 口都不敢多開, 就如見了上司一般, 不知不覺的心裏怕他).

의 모습으로 살다가 늑혼이나 난리를 피해 수동적으로 남복을 개착한 여성은 이러한 변신을 계기로 잠재적인 영웅성과 능력이 발현되어 영웅으로 거듭나게 되기도 한다. 이러한 양상은 양국의 테스트에서 모두 찾을 수 있으며 유사한 면모를 나타내고 있었다. 이들은 성별을 숨기면서 사회적 영역에서 복수, 가문의 부흥, 애정성취, 종군 등 여러 가지 과업을 실현한 다음 거의 미련 없이 규방으로 돌아가게 되는 것으로 나타난다. 이 외에 어릴 때부터 부모로부터 남복이 입혀지고 남자로 길러지는 여성영웅을 보면, 한국의 경우는 사회적인 영역에서 뛰어난 능력을 실현하고, 사회적 진출에 대해 강한 지향성을 드러낸다. 이와 달리 중국의 경우 비록 뛰어난 능력을 지니고 있으며 사회적으로도 능력이 실현되었지만 남장이 수동적으로 행한 만큼 사회진출에 대해서도 비교적 소극성을 띄게 됨을 알 수 있다.

2.2 여도 · 여복착용 · 혼인의 거부

가부장제 사회에서 남녀의 존재양상은 성차별로 해석할 수밖에 없다. 남녀 관계에 대한 논의160)에 따르면, 성차별은 여성을 억압하는 현실을 정당화하는 하나의 이데올로기로서, 남성다움과 여성다움의 규범을 제시하고, 각 성에게 적합하다고 인정되는 사회적 행동양식과 역할 기대, 사회적 지위 등을 규정하는 기능을 한다. 이러한 성차별은 남성지배적 사회를 생산하고 재생산해 나가는 장치로서 사회화과정을 통해 남성우월적 가치관을 사회구성원에게 내면화시키며, 세대에서 세대로 전승해나간다.

이러한 성차별의 여성 또는 개인의 차원에서 이루어지는 문제가 아

---

160) 한국여성학연구회, "성차별의 본질", 여성학의 이해, 경문사, 1995, pp.22-24.

니다. 성차별은 사회구조적 불평등을 야기하는 명백한 사회문제로서 '불합리하고, 비인간적이며, 정의롭지 못한 현상'이다. 여성들은 사회구조 속에 깊이 뿌리내리고 있는 성차별로 인해 정치, 경제, 사회, 문화 각 영역에서 체계적이고도 포괄적인 불이익을 경험하고 있음은 물론, 육체적 정서적 차원에서도 고통과 소외를 경험하고 있다.

일반적으로 사람들은 타인에 대한 관심을 나타낼 때 우선 그가 남자인지 여자인지에 초점을 맞춘다. 즉 상대방이 여자인지 남자인지에 따라 관심의 내용이 달라지고 대하는 태도와 평가기준이 달라진다. 성에 따라 남성다움, 여성다움이 강조되고, 남녀의 역할규정 및 기대간에 차이가 나타나는 것이다. 이처럼 남녀의 생물학적 성에 기초한 이분법적 사고는 여성에 대한 편견과 차별로 이어져 일상생활에서부터 정치, 경제, 사회, 문화 제도를 위시한 모든 영역에서 보편적인 성차별 현상으로 나타나고 있다.

전통적인 가부장제 사회에서 남녀가 태어나자마자 이들을 향한 태도가 다를 뿐만 아니라, 남녀가 성장하는 과정에서 그들에 대한 교육 또한 달랐다. 그로 인해 차별화되는 남성성과 여성성이 형성되기도 한다. 남아에게는 주로 문장교육, 무예훈련을 행하는 반면, 여아에게는 길쌈, 바느질과 같은 여도를 가르친다.

그러나 여성영웅 형상 중에서 선천적으로 남성지향적인 특질을 타고난 여성인물은 자발적으로 남복을 개착하고 여도를 거부하면서 여성성이 거세된 채 온전한 남성으로 살고자 욕망한다. 앞에서 언급한 이현경, 방관주가 이에 해당하는 인물이다. 텍스트에 나타난 이들의 모습은 자의적으로 남복을 착용하고, 남자로서 입신양명을 달성하면서 남자로의 삶을 완벽하게 연출해낸다.

하지만 그녀들은 언제까지나 '남자가 되고 싶어 하는' 여자일 뿐이지 온전한 남자가 될 수는 없는 것이다. 따라서 그들이 남자로 살면서 두 가지 중요한 문제에 직면하게 되는데, 성의 정체성과, 사회적인 관습인 혼인의 문제이다. 이 두 가지 문제는 실질적으로는 연관되는 문제이기도 하다. 그녀들의 부모들은 성의 은폐를 너그러이 허용한 것은 그녀들이 "어린 관계"이지 관습과 대항할 만큼 관대하지 않다. 따라서 계속 남자이고 싶어 하는 그녀들은 '여자가 크면 시집가야한다'는 사회적인 관습 때문에 정체성을 밝히게끔 요구되거나 정체성을 밝혀야 하는 상황에 처하게 된다. 그녀들은 순순히 관습에 따르는 것이 아니라 되도록 남자 행세를 유지하기 위해 무척 애를 쓴다.

이현경의 경우 혼인 전까지 남성성이 훨씬 우위에 발현되면서 남자 행세를 하면서 잘 살지만, 혼인의 나이가 되면서 가족들로부터 여러모로 압력을 받게 된다. 부모의 대행자인 유모의 여도 권유로부터, 유명을 달리한 부친의 현몽, 나아가 동생의 권유로 이어진다. 그녀가 어릴 때 재능을 아껴 여도를 폐하는 것과 남복 개착을 너그럽게 여겨 허락했던 부친도 장성한 딸이 여도를 닦지 않자 깊이 우려하여 유명을 달리힌 후에도 몇 차례에 걸친 현몽을 통해 여성적 삶을 살아가도록 촉구한다.

그러나 현경이는 자신의 고집을 꺾지 않고 남자 행세를 계속한다. 부친의 현몽은 그녀에게 내적인 번민을 유발하지만, 큰 변화는 가져오지 못한다. 그러면서도 그럭저럭 정체를 속이다가, 유모가 장연을 찾아가 그녀의 여화위남한 사실을 알리면서 현경은 미래의 배우자로부터 의심을 받게 되지만, 강경한 태도로 부인한다. 그러나 홀연 병을 얻으면서 어의의 진단으로 정체를 더 이상 감출 수 없는 상황에 처하게 된다. 동생 연경이도 더 이상 침묵을 지킬 수 없어 여자로 돌아올 것을 권유한다. 현경이는 더 이상 피치 못할 상황임을 알고 여도를 회복할 것을 결심하면서 표를 올려 여화위남한 사실을 밝히지만 독신을 주장한다.

"십년 공업이 부운이 되고, 사해에 가득한 이름과 황상의 은총을 뉘게 전하며, 헌헌한 장부의 뜻으로 여자의 태도를 어찌 차마 하리오. 옛날 국가의 원후이요 백관의 으뜸이더니, 이제 여복을 갖추고 거울을 들어 얼굴을 비추니, 당당한 장상의 골격이 이렇듯한가."<이학사전> 제7회

"내 몸이 비록 여자나 황상이 총애하시고 작록이 떨어지지 아니하였으니, 규중에 잔몰한 사람이 아니라. 이 몸으로 백세를 지내며, 삭망으로 천자께 조회하여 천안을 뵈옵고, 때때로 음풍영월하여 종신토록 즐기다가 사후에 묘에 새기기를 '대명 청주후 태학사 이현경지묘'라 하리니, 어찌 장연의 아내 되기를 원하리오."<이학사전> 제8회

첫 번째 인용문은 현경이가 여자의 정체를 밝히기 앞서 "헌헌 장부의 뜻"을 펼치지 못함을 한탄하면서 여자라는 현실을 못내 아쉬워하는 장면이다. 두 번째 인용문은 정체를 밝히고 나서도 작록을 유지함으로써 여자의 "몸으로 백세까지 지내"면서 오직 "이현경"의 이름으로 세상에 길이 남고 싶은 강한 욕망을 드러내고 있다. 현경이는 혼인한 후에도 남편에게 순종하는 도(從夫之道)며, 부위부강을 따르지 않은 것으로 나타난다. 그녀는 시가에서 고부와 처첩의 갈등을 겪으면서, 억울함을 입고 친정에 돌아온다. 그리고 몇차례나 사죄하러 온 장연에게 수모를 안기고 분을 풀고 나서, 또한 장연의 끈질긴 노력에 의해서 비로소 화합을 하게 된다.

방관주를 보면, 그녀는 죽음을 앞두고 여화위남한 사실을 밝히는, 남자로서의 삶을 가장 성공적으로 산 일례이다. 그는 현경이와 달리 여도를 철저하게 행하지 않았으며, 자기와 같은 뜻을 지닌 여성과 동성혼을 이룸으로써 정체 탄로의 위기도 무난하게 모면한다. 또한 양자를 들임으로써 남자의 삶을 지속하기도 한다. 그리고 죽은 후에도 남자의 예로 장례를 치르게 된다. 관주는 여성성을 철저하게 은폐한 채 오직 남성성

이 발현된 여성영웅이다.

현경, 관주와 달리 여도를 거부하면서 강한 남성지향성을 지니는 양성적 존재로 살다가 위기의 극복이나 피난을 통하여 남복을 개착하면서 남성성이 양성되는 경우가 있다. 이들은 남복이라는 외피를 통하여 강한 남성성을 구현하는 한편, 본연이 여성인 관계로 남복의 외피 하에 여성성 또한 내포하고 있다. 그녀들은 여성에게 가해지는 사회적 제약을 피하여 자신이 원하는 사회적 지위를 얻기 위한 방편으로 남장을 하고 남성 위주의 사회에 참여하고 나서 남성의 우월성을 획득하게 된다. 삼주자매가 이에 속하는 인물들이다. 혼인의 문제에 부딪치면서 정체가 탄로날 상황에 처하게 되며, 그녀들이 전혀 거부감 없이 순순히 여도를 회복한 것은 아니지만, 이현경과는 사뭇 다른 모습을 보였다.

"삼년을 임군을 좇았으니 더욱 쇠함을 알고 돌아가는 꿈이 깁창(주: 비단으로 바른 창)에 이르도다. 분면(粉面)이 족하고 능히 화경(華鏡)을 잡아 때로 사창(紗窓)을 의지하여 눈썹 그리기를 게을리하는도다"하였더라. 읊기를 마치고 서로 탄식하더니…<옥주호연>161)

"첩등이 비록 여자나 이미 공명을 이루었으매 부모께 영효(榮孝)하고 쾌히 행세하여 다시 규중에 수졸할 뜻이 없거늘 상공의 휼계(譎計)로 만인 소시(所視)에 본적을 탄로하여 금일이 거조 있으니 어이 한이 없으리로"하며 서로 담소할새…<옥주호연>162)

위의 내용을 통해 알 수 있듯이 삼주자매들은 여자로서 공명을 이루었으나 부모 곁으로 돌아가고 싶은 마음을 이미 갖고 있었으며, 비록 최씨 형제의 계략으로 정체가 밝혀짐으로써 탄식하기도 하지만 그다지

___
161) 앞의 책, p.128.
162) 앞의 책, pp.133-134.

큰 거부감을 내보이지 않은 것으로 보인다. 그녀들이 읊은 시를 보더라도 규중의 생활, 여도에 대한 내용이 그려져 있었으며, 그녀들이 여도를 완전히 거부하지 않은 사실과 그러한 생활로 돌아가고 싶은 뜻도 일부 내비치고 있는 것으로 본다.

위에서 본 선천적으로 남성지향성을 지닌 여성인물과 달리 여성영웅 중 후천적으로 남성성이 배양된 경우가 있다. 그녀들은 처음부터 자신에게 잠재되어 있는 비범성을 의식하는 것은 아니다. 평범하게 일상적 삶을 영위하다가 정혼자의 부재중에 발생하는 혼사장애를 계기로 중대한 전환을 경험하게 된다. 여성의 제한 영역인 가정을 이탈하여 남성들의 공적 영역인 사회로 진입하는 것은 성역할에 위배되며, 사회의 비난과 제재를 야기시키는 행위이므로 그들은 '남장'의 방법을 취하게 된다. 이를 계기로 그녀들은 몸에 잠재되어 있는 남성성이 발현되면서 등과 입상과 함께 남성성이 확대, 발전하게 된다. 장애황, 장수정 등을 대표로 하는 한국의 대부분 남장형 여성영웅 형상, 그리고 중국의 여성영웅 형상 장귀아가 이에 속한다. 그녀들은 혼사장애로 인하여 수동적으로 남복을 개착하여 남자로서 뛰어난 공업도 이룩하지만, 배우자 또는 약혼자와 시련을 극복하고 다시 만남으로써 별 저항없이 여복을 개착하게 된다.

남자로 길러지는 과정에서 남성성이 발현되고 뛰어난 영웅적 역량을 발휘하는 여성인물은 홍계월과 송보주를 들 수 있다. 송보주의 남장 경위는 홍계월의 것과 유사하지만, 남성성과 여성성을 형성하는 과정이 대조적이다. 계월의 남장은 5살 때 점보기를 통해 부모와 이별하게 되리라는 말을 듣고 앞날을 대비하여 부모에 의해 입힌 것이며, 성장하는 과정에서 남성의 기질이 점차 형성된 반면, 보주는 태어나자마자 여성성이 거세되고 남아로 길러지지만, 성장하는 과정에서 여성성이 발현되면서 내면적으로 갈등을 겪게 된다.

보주는 남자라는 멋있는 외피 하에 늘 여성성을 욕망하는 유약한 마음을 가진 여성으로 그려지고 있다. 그녀는 비록 갓난아기 때부터 부친에 의해 남아로 길러지지만, 철이 들기 시작하면서 늘 달빛 아래에서 자신의 신세를 한탄하며 눈물을 흘린다. 보주의 슬픔은 모든 것이 주체적으로 실현되지 못하는 것에서 오는 것이라 할 수 있다. 그녀는 자신의 장래를 걱정하여 몰래 전족(纏足)을 행한다. 남쪽의 변란을 평정할 때 피로가 쌓이면서 병(부녀병)에 걸린다. 그는 만군을 지휘하는 대장군이지만 가끔 여아의 투정을 부리기도 한다.163) 그녀는 여복으로 개착하여 여자의 세계로 돌아가고 싶지만, 그녀의 가족은 동의하지 않는다. 그녀는 재자에게 연정을 품는 시를 지음으로써 언니한테 가볍으로 혼나기도 한다. 보주는 '남자라는 현실'과 여자가 되고 싶어 하는 내면이 충돌하고 모순되면서 심각한 고통을 겪는다. 정체가 밝혀진 뒤 여복을 개착하라는 황제의 명을 받고 그녀는 한 시름이 놓이게 된다.164)

보주의 남장은 기징 이른 시기에 이루어졌음에도 불구하고 그의 남성지향성은 가장 약하다. 보주에게 남장은 사회참여의 방편이며, 남성성 발현의 계기일 뿐 이로 인해 여성성이 거세되지는 않는다. 여복을 개착하고 혼인한 후에 그는 온전한 여성으로 삼종지도를 엄수하면서 남편에게 억압을 당하면서도 그냥 참고 눈물을 흘릴 뿐이다. 보주는 공적인 영역에 있을 때는 월등한 사회적 지위를 획득하고 뛰어난 능력을 발휘하는 중심부의 인물로 나타나지만, 사적인 영역에서는 늘 자아의지가 억압당하고, 피지배자로, 주변부로 있게 된다. 보주는 가부장제에 순응하는 피동적인 존재인 동시에 가부장제에 의해 자신의 본능이나

---

163) 〈난화몽기전〉제35회: 보주 화내기를, "크고 작은 일을 모두 나 같은 어린 여자아이에게 묶어서는 안돼! 내가 상관 안하면 그만이지 누가 나를 어찌하겠어?"(寶珠發急道:"什麼大事小事, 也不能捆在我這個小女孩子身上！我要不管, 就不管了, 誰敢奈何我?")

164) 〈난화몽기전〉제50회: "…마치 큰 돌멩이가 가라앉는 것처럼…(…好似一塊大石頭往下一落,…)

감정을 억압하는 피해자이다.

보주와 달리 계월은 사회적으로나 가정에서나 여성이 주도적 위치를 차지한다. 그녀는 어릴 때부터 부친에 의해 아들로 길러지면서 여도를 폐하고 글을 가르쳤다. 그리고 5살 때 변란으로 부모와 헤어지고 여공에게 구출되면서 또한 남아로 길러지게 되며, 도사에게서 수학하여 뛰어난 무예와 재능을 갖추게 된다. 그 후 과거에 급제하고 한림학사가 되며, 또 대원수가 되어 외적의 침범을 맞는다. 그녀가 모친을 만나기 전까지 그녀에게서 여자의 모습을 찾아보기 힘들며, 남자로서의 삶을 훌륭히 연출해낸다. 가족과 상봉한 후, 그 전까지 활달하고 건강한 그녀였지만, 이유없이 득병하게 된다. 이로써 어의의 진단을 통해 정체가 밝혀지는데, 어쩔 수 없이 여복을 개착하게 된다. 그러나 황제에게 정체가 알려지면서도 계월은 작위가 그대로 유지된다.

그와 달리 보주는 작위를 환수하지는 않지만 대신 배우자와 동생에게 물려주게 되며 자신에게는 공주라는 봉호만 남게 되면서, 실질적인 권력을 갖지 않게 된다. 하루아침에 사회적인 중심부에서 주변부로 물러나야 한다는 현실에 보주 역시 내심의 아쉬움을 느끼게 된다.165)

혼인 전에 남성인물은 모두 여성인물의 우월성에 눌려 늘 차등의 위치에 처하였으므로, 혼인 후 남성인물은 기존의 가치관으로, 사회적 남녀 지위라는 명분을 내세워 여성인물의 우위에 서고자 한다. 이로써 혼인 후 두 여성인물은 모두 남자 주인공과 갈등을 겪지만, 그녀들의 태도와 행위양상은 큰 차이를 지닌다.

---

165) 〈난화몽기전〉 제50회: 거울에 비춘 얼굴을 보면서 탄식하기를, "일생의 공업이 지금은 어디에 있는가!" 저도 모르게 눈물을 흘렸다.……對鏡照見容顏, 嘆道 : "固一世之雄也, 而今安在哉!" 不覺流下淚來. "……너의 운은 그래도 좋은 거야, 남자로 있으면 공신이요, 여자로 있으면 공주요, 누가 너를 미치겠어? 기뻐해야 할 일이건만!" 보주는 여전히 우울하고 즐겁지 않았다.(妳的際遇也好極了, 做男人是功臣, 做女人是公主, 還有誰趕得上妳? 應該歡喜呢!" 寶珠總是悶悶不樂.)

계월은 자신을 못마땅해는 남편의 기를 죽이기 위해 남편의 애첩을 방자한 죄로 목을 베고, 남편 또한 군법으로 다스리면서 조롱하기도 하는데, 이로써 둘이 대립하게 된다. 이러한 남녀간의 대립은 전란의 재발과 함께 계월이 대원수로 출전하면서 해소하게 된다. 계월이 전란이라는 위기 상황에서 천자와 시부모 및 위기에 처한 남편을 구하게 되면서 남녀간의 위계질서라는 명분은 그 효력을 상실하고 만다.

그러나 보주는 혼인 후 남녀라는 위계질서에 온전히 종속되면서, 질투심으로 자신을 괴롭히고 남권을 포악할 정도로 휘두르는 남편에 대하여 갖은 수모와 고통을 일방적으로 당하기만 한다. 결국 혼인한지 반년 만에 그녀는 부권의 박해로 억울하게 비극적인 삶을 매듭짓게 된다.

중국의 여성영웅 중 여도를 행하지만 혼인을 거부한 인물로는 목란을 들 수 있다. 그녀는 전장 결연으로 동성혼을 행하였다. 나중에 여성의 신분으로 다시 돌아간 후에도 혼인문제가 다시 제기되지 않고 혼인한 여성과 같이 도를 닦으면서 살아간다. 한편 남복이라는 외피를 빌리지 않고 여성의 본색으로 영웅성을 보인 여성인물 중 혼인을 거부한 인물은 당새아와 요화가 있다. 당새아는 어릴 때부터 여도를 멀리하고 무예를 숭상하며 13세 때는 평생 부모 봉양과 함께 도를 닦으면서 독신을 지킬 것을 선언하기까지 한다. 그러나 운명에 의해 어쩔 수 없이 임삼공자와 혼인하여 반년 부부의 연을 맺고 남편이 음행으로 죽으면서 과부가 된다. 이로써 당새아는 바라던 독신의 신분으로 살게 된다. 요화는 어릴 때부터 전문적인 스승을 모시고 전문 교육장을 설치하여 거기서 같은 또래인 8명의 남녀 아이들과 함께 문무수련을 전문적으로 행할 뿐만 아니라 전족(纏足)과 같은 여도도 게으르지 않는다. 이점에서 당새아와 구별된다고 하겠다. 그녀 역시 도를 닦는다는 이유로 혼인을 원하지 않지만 황제의 사혼을 거부할 수 없어 황제가 점지한 남성과 혼인을 하게 된다. 이성과의 혼인은 근본적으로 수도와 공행을 방해하는 속박임으로 이를 벗어나기 위해 그녀는 자기와 꼭닮은 여자를 대리로 내세우면서 혼인을 유지한다. 그러면서 그녀는 자기가 원하는 수도를 행한다. 나중에는 대리자가 낳은 아들을 남편 가문을 잇게 함으로써, 자신은 수도의 목적으로 그 집을 완전히 벗어난다.

이상 살펴본 결과, 영웅담과 함께 남녀 혼사담을 서사의 중요한 축으로 삼은 여성영웅소설에서는 여성인물이 여도와 혼인에 대해 별다른 거부반응을 보이지 않는 것으로 나타나고 있음이 확인되었다. 그러나 다른 한편으로는 여도, 여복, 혼인에 대한 거부에 있어서 한·중 여성영웅은 각기 다른 양상으로 형상화되어 있다. 한국의 경우 남자처럼 되고 싶어 하는 강한 지향성을 지닌 여성은 여성다움을 강조하는 여도, 여복에 대해 강한 거부를 나타낸다. 선천 또는 후천적으로 남성성이 발현된 여성 모두 혼인을 사회적인 자아를 실현하는 걸림돌로 인식하면서 이에 대해 강한 거부를 표출하였지만, 이러한 의식은 황제로 대표되는 윤리적 가치관 앞에서 유례없이 좌절되고 만다. 이와 달리 중국의 작품에서는 일단 여성성을 부정하지 않는다는 점에서 의식의 차이를 드러내고 있다. 아무리 비범한 능력을 지닌 여성영웅일지라도 '전족'이라는 대표적인 여도를 행한 것으로 나타나면서 여성성을 드러내고 있다. 중국의 여성영웅은 여도의 거부에서 남성과의 강한 대결의식이 드러나 있으며, 사회적 자아실현의 방편으로 남장을 행하지 않고 여성의 본모습으로 사회에 참여한 것으로 나타난다. 남장으로 영웅성을 발휘한 여성들도 능동적으로 여도를 실시하거나 여복을 개착하며 비교적 강한 여성 회귀 의지를 드러낸다. 한국의 경우 혼인을 여성의 사회적 자아실현, 즉 입신양명의 방해하는 것으로 보는 반면, 중국의 경우는 개인의 자아실현 즉 도(道) 닦기를 방해하는 것으로 보는 차이가 있다.

2.3 여장을 통한 능력 실현

여성영웅 대부분은 남장을 행하는 전제하에서 영웅성이 발휘되는데, 그중 남복이라는 외피를 빌리지 않고 여성의 본 모습으로 영웅적 역량을 발휘한 인물도 있다. 박씨와 당새아, 요화, 이소환 등이 이에 해당한다. 박씨 외에 모두 중국 고소설에 나타난 여성영웅의 형상이다. 여기서는 박씨와 당새아의 형상을 중심으로 여성의 모습으로써 영웅적 활약을 펼친 대립양상을 살펴볼 것이다. 두 인물은 영웅성의 공간 실현 양상에서 차이를 지니지만, 많은 유사한 면을 지닌 인물들이다. 우선 공통점 또는 유사한 모습을 보면 다음과 같다.

첫째, 두 인물을 주인공으로 하는 작품 <박씨부인전>과 <여선외사>는 모두 역사영웅소설로 보는 텍스트이다. 즉 두 텍스트는 모두 역사적인 사실에 허구적인 이야기를 결부시켜 서사를 전개하는 특징이 있다. 둘째, 두 작품에서 모두 민족감정을 읽어낼 수 있다는 점이다. <박씨부인전>에서 호국의 침입이라는 국난을 여성의 주도적인 역량으로 극복하는 등 민족주의를 서사 속에서 드높였고, <여선외사>에서 주인공 당새아는 반역자에 항거하고 새로운 질서를 수립하고자 하는 영웅으로 묘사되면서, 민족정신을 고양시켰다. 셋째, 두 인물은 모두 기이한 도술을 부릴 줄 아는 인물로 나타난다는 점이 공통적이다. 박씨는 이인의 딸로 구체적인 도술 수련은 나타나지 않지만 변화무쌍한 도술을 부릴 줄 알며, 지인지감의 능력과 미래사를 예측하는 능력을 지니고 있다. 당새아는 지인지감의 능력을 지닐 뿐 아니라 구천현녀로부터 천서를 받음으로써 수련을 통해 도술을 익혀 신인의 능력을 갖추게 된다. 넷째, 두 인물의 능력이 모두 절대적 우위를 차지한다는 점이다. 다섯째, 박씨와 당새아는 모두 사회정치 참여의지가 강한 인물로 나타난다. 여섯째, 두 인물은 모두 여성의 모습으로 영웅성을 발휘한다.

이처럼 유사한 면모를 지니는 동시에 두 인물은 또한 차이점을 지닌다. 요컨대, 박씨는 허구적인 인물인 반면 당새아는 실존인물이며, 역사적으로 실제로 농민봉기를 이끌었던 인물이다. 그러나 텍스트에서 그녀를 중심으로 전개하는 사건은 허구적인 이야기이다. 두 인물은 모두 전쟁을 통해 영웅성을 발휘하지만, 박씨는 외란을 통해, 당새아는 내란을 통해 나타난다는 점에서 차이를 보인다. 그리고 박씨는 비록 능력의 발휘에서 주도적인 면모를 보이지만, 가정이라는 테두리 안에서 직접 나서지 않고 시비 또는 남편을 대리자로 내세워서 영웅적 역량을 발휘한다. 텍스트에서 박씨의 능력이 훨씬 월등한 것으로 나타나는 한편 상대역으로 등장한 남성인물 이시백 또한 영웅성을 지닌 인물로 설정되어 있다. 그러나 당새아의 경우, 그의 뛰어난 재능과 남성인물의 무능력이 대조되면서 불균형성을 이루며 상대역으로 등장한 남성인물은 호색형 인물이 아니면 대역 죄인으로 묘사되는 점에 특징이 있다. 특히 박씨는 남편을 통하여 자신의 능력이 발현되는 동시 남편의 적극적인 사회진출 및 역할 발휘를 돕는다는 점에서 내조 또는 음조의 여성영웅으로 묘사166)되는데 반면 이로 인하여 영웅성이 축소되고 개인적 차원에 머물게 되는 것167)으로 보기 쉽다. 당새아는 서사의 중심인물로서 적대자로 등장한 남성인물과 충간의 대결구도를 이루면서 사회를 주요 활동무대로 삼고, 직접적인 사회참여를 통하여 영웅적 역량을 발휘한다. 이점이 바로 여기서 논의할 핵심문제이다. 다음에서 구체적으로 살펴볼 것이다.

우선 박씨는 이인의 딸로 등장하는데, 기이한 추모와 미모를 전후하면서, 능력까지 기인한 인물로 형상화되고 있다. 그녀는 처음에 추한

---

166) 전용문, 앞의 논문.
167) 박명희, 앞의 논문.

용모 때문에 시댁식구의 멸시를 받지만, 하루밤 사이에 시아버지의 조복을 짓고, 삼백 냥으로 산 용마를 삼만 냥에 팔아 가산에 도움을 주기도 한다. 그리고 남편에게 벽옥연적을 주어 과거시험에 합격하게 도움으로써 자신의 비범한 능력을 발휘한다. 추모 상태에서 박씨는 현부의 역할을 훌륭하게 연출해낸다. 비록 외모로 인해 남편을 비롯한 시어머니 등의 구박을 받으면서도 박씨는 시집온 여성의 역할 즉 남편을 돕는 부인으로서, 시부모를 공양하는 며느리로서, 남편집 가사를 관리하는 여주인으로서의 역할을 완벽하게 실행한다. 추모 때 남편의 온갖 박대에도 그녀는 다만 참고 견디는 것으로 일관하였다. 또한 가부장적 가치관이 요구하는 불평등한 부부윤리에 더욱 충실한 모습을 보이기도 했다.[168]

미모 변신 후의 박씨는 가정의 화락을 이루는 한편, 위의 소극적인 영웅성 표출에서 한걸음 나오는 적극적인 모습을 보여준다. 그녀는 추모 때 자신을 박대한 남편에게 일방적인 부부관계를 거절하고 남편의 잘못을 꾸짖기도 하면서 전통적인 윤리관에 조금의 저항을 내보이기도 한다. 변신 후 박씨의 영웅성은 전란을 극복하는 과정에서 잘 드러난다. 박씨는 호국의 귀비가 보낸 자객을 물리치는가 하면, 호국의 침입을 미리 예견하여 이시백을 통해 조정에 알리기도 하고, 일가친척들을 모아 피화당에 피신시킨 후 시비 계화를 시켜 피화당에 침입한 호국 장수 용골대를 죽이고, 용울대에게 인질로 잡혀간 세자와 왕비를 구출했으며, 김자점과 대적하여 굴복시키기도 한다. 여기서 하나의 문제점은 이 모든 영웅적 행위가 피화당을 중심으로 한 가정 내에서의 실현이고, 박

---

168) 〈박씨부인전〉(앞의 책, pp.29-30): "소부의 용모 용렬하와 부부간 금슬지락(琴瑟之樂)을 모르오니 이는 다 소부의 죄라. 누구를 원망하리이까마는 다만 소부의 원하는 바는 가군이 과거하와 부모에게 영화를 뵈옵고 입신양명하와 나라를 충성을 도와 용방(龍逄) 비간(比干)의 유명천추하오믐 본받은 후 타문에 취처하와 유자유손하고 만수무강하오면 소부 죽어도 무한이로소이다"

씨가 직접 실행하는 것이 아니라 대개 시비 계화 또는 남편 이시백을 통하여 간접적으로 실현한다는 점이다.

박씨는 인간이면서 신인의 모습으로 형상화되고 있다. 앞서 말한 조복 짓기와 양마득금 외에도 장차 닥쳐올 호란을 예견하고 피화당을 짓고 그 주위에 각색 나무를 오색토로 심은 일, 추비한 탈을 벗고 미녀로 변신한 일, 그리고 각종 길흉화복과 천기를 볼 줄 아는 능력 등은 모두 그가 평범한 인간이 아니라는 점을 보여준 것이다. 이러한 특질은 박씨와 기타 여성영웅들이 변별되는 점이기도 하다. 물론 다른 여성영웅도 비범한 능력을 지니는 것으로 나타나기도 하지만, 그러한 능력은 주로 전장에서 적군과 대적하는 상황에서 발현되지만, 박씨처럼 선계의 치마와 용궁의 저고리를 갖추거나, 금봉채로 술잔을 갈라 마시기 등 일상생활에서까지 표현되지는 않고 있다. 기타 여성영웅의 형상과 변별되는 또 다른 점은 박씨는 여성다워지는 면이 더 강조된 인물로 나타난 점이다. 추에서 미로의 변신이 바로 이를 말해준다. 박씨는 '영웅과 군졸을 모아 군사를 일으켜' 적국을 치면 "무죄한 군사와 불쌍한 백성이 씨도 없을 것"169)이라는 신인의 능력을 지니고 있음에도 불구하고 그는 가정 내에 안주된 인물, 그리고 여성 본분에 충실한 인물로 나타난다. 이 점은 그녀가 내업과 외업을 엄수한 데서 확인할 수 있다. 그녀가 장군으로서 탁월한 군사적 능력(도술을 바탕으로 한 것이지만)을 지닌 것은 분명하지만 피화당 또는 장막 내에서 지휘만 내린다. 기홍대처럼 찾아오지 않는 이상 박씨는 자신의 영웅적 역량을 직접 표출하는 경우가 거의 없다.

당새아 역시 박씨처럼 신인으로 형상화된 인물이면서 그녀는 직접적으로 역사무대에 나서서 자신의 능력을 보여준 여성영웅이다. 당새아

---

169) 〈박씨부인전〉제육회, 앞의 책, p.51.

는 선인이 적강한 인물이며, 또한 선인에게 길러지고 선유(仙乳)를 먹으면서 자랐기에 선골(仙骨)을 갖추게 된다. 그녀는 어릴 때부터 비범함을 보이면서, 무예를 숭상하고 여도를 멀리하였다. 수학하는 과정에서 구천현녀로부터 천서(天書)를 전수받고, 태청도(太淸道)의 시조로부터 단약 세 알을 얻음으로써 대체로 신인의 모습을 갖추게 된다. 새아의 영웅성의 발휘는 연왕의 정난을 전후하여 나타난다. 그녀는 정난이 발생하기 전부터 여주(女主)되기 위해 수련으로 신이한 능력을 갖추게 된다. 마침 세상이 다사다난하여 자연재해가 끊이지 않아 백성들의 생활은 더없이 어렵고 고통스러웠다. 당새아는 돈과 식량을 백성들에게 나눠줌으로써 기근을 구제하고, 도술을 부려 비를 청하여 가뭄을 달래기도 하고, 탐관을 징치하기도 하면서 백성들의 고통을 덜어주었다. 또 나라를 위해 황해를 제거하여 이름이 널리 알려지기도 했다.

그녀는 남장변신(남복 개착이 아닌 도술로 남자로 변신)한 후 기사(奇士) 여률(呂律)을 탐방하여 천하대사를 논하면서 송유(宋儒)에 대한 강렬한 불만을 표출하기도 했다. 그 후 연왕이 정난을 일으키면서 새아 또한 거병하여 연왕과 대적하게 된다. 그녀는 왕위를 찬탈한 연왕을 대역죄인으로 간주하고 연왕에게 왕위를 빼앗긴 건문황제를 정통으로 옹립한다. 이 같은 대의명분하에 정의의 깃발을 꽂으면서 봉기를 일으킨 것이다. 각지의 영웅호걸과 건문제의 옛 신하(충신), 그리고 전일 남장하여 방문한 기사 여률도 합세하면서 제왕의 군대인 제왕군(帝師)을 건립하고 연왕과 본격적으로 대결하게 된다. 새아는 제왕군을 지휘하는 최고의 한 사람이고 지도자였다. 그녀가 제왕군을 거느리면서 연왕과 대적하는 동안, 또 왜구의 침입을 막는 것과 같은 영웅적 행적을 펼치기도 한다.

비록 비현실적인 신마적 요소가 다분히 곁들어 있긴 하지만, 당새아는 여성으로서 기존의 가치관을 타파하고 사회적인 무대에서 직접적으로 영웅적 역량을 실현한다는 점에서 주목된다. 똑같은 신인이지만 박씨는 여성의 본분을 지키면서 가정 내에서 제삼자를 통하여 영웅성을 간접적으로 실현하지만, 당새아는 남자의 외피를 빌리지 않고서도 사회에 진출하여 여성의 탁월한 능력을 실현한다는 점에서 두 인물은 대조된다.

이와 같은 차이를 빚어진 원인은 앞에서도 언급한바와 같이 박씨는 허구적인 인물이고 이상적인 여성상에 민족적인 영웅성을 더한 인물이다. 박씨는 신인이지만 인간성이 더 돋보이게 그려지고 있는 것으로 이해된다. 반면 당새아는 실제로 농민봉기를 일으킨 '반역자'를 정의로운 영웅으로 허구화한 인물이고, 인간이 신선으로 거듭나는 신인으로서의 활약이 더 두드러지게 묘사되어 있다. 이러한 차이는 무엇보다도 창작자의 사상적인 변별성에 기인된 것으로 이해된다. 박씨는 가정에 충실하고 충효를 지닌 열부의 모습에다 도교적인 색채를 가미한 것으로 그려진 데 반해, 새아의 모습은 유, 불, 도 사상이 모두 표출되면서 도교적인 색채가 보다 강조된 점에서 양자의 차이가 드러난 것으로 본다.

3. 성역할의 해체 기능

윤리적 근거를 유교에 둔 가부장제는 주로 음양의 논리로써 남녀의 성역할을 규정하고 있다. 우주만물은 음과 양의 적절한 배합과 유전에 따라 형성되며 이는 남녀의 교합이 새생명을 태생시키는 것과 유전에 따라 형성되는 것과 동일한 원리이다. 여성과 남성은 각각 음과 양의 원리를 드러내는 존재이며 이 양자는 결코 뒤섞일 수 없다. 그러면서도 이 둘은 하나만으로는 성립될 수 없는 상호보완적 성격을 갖기 때문에 동등하게 중요한 한 것으로 인지된다. 주역의 남녀관에 따르면 남성은 우주 창조의 근원이며, 천상적인 것, 움직임, 강한 것을 나타내는 데 반해, 여성은 창조된 것을 유지하는 지상적인 것이며 고요하고, 부드러운 것으로 상징화된다. 이러한 단순한 남녀구별은 권력이 집중화되고 지배/피지배의 관계로 사회가 조직화됨에 따라서 위계질서적인 남존여비의 이념으로 굳어진다. 이 원리는 '생물학적 성은 운명적이다'라는 숙명론과 '여성은 남성의 보조적 역할 수행에 만족해야 한다'는 편파적인 규범으로 체계화되어 사회의 남녀관계를 지배하게 된다.170) 조선후기나 청대를 대표로 하는 여성영웅소설 속에서 한·중 양국의 성역할의 분배 모습은 바로 이러한 편파적이면서 보편화된 남녀관계의 원리의 작용 하에 이루어진 것이다. 봉건사회의 마지막 단계로 간주되는 조선후기와 청대는 남녀관계에 있어서 가장 불평등한 사회라 할 수 있다. 제도적으로 군권이 강화되면서 사회제반에 여성에게 정절관을 일방적으로 주입시키고 제창함으로써 가부장적 이데올로기가 사회의 '모범'적이고 보편화된 가치관으로 자리 잡게 된다. 여성에게 있어서 조선시대나 청대는 가장 암흑기인 셈이다. 그러나 여성이 영웅이 될 때 이러한 양분적이고 수직된 남녀관계가 절대적인 위력을 잃게 된다. 영웅은 성별적 조건을 넘어서는 개념이므로 여성영웅은 일반적인 여성의 이미지와 다른 이상적이고 모범적인 우월한 존재로 형상화된다. 따라서 그들의 행위기능도 전통적인 여성의 길쌈, 바느질과 다른 차원에서 이루어지는 것으로 나타난다.

---

170) 조혜정, 한국의 여성과 남성, 서울: 문학과지성사, 1988, pp.73-74.

3.1 가문의 유지와 부흥

가부장제 사회에서 가문의 유지와 부흥 및 가계계승 임무를 맡는 것은 아들(남성)이며, 그것도 적장자를 위주로 이루어진다. 여기서 딸(여성)은 배제되며, 출가한 후에는 타성(他姓)을 가진 후손을 생산함으로써 대개 외인으로 취급되면서 친정과의 연계성이 단절되는 경우가 대부분이다.

앞서 논의한 바와 같이 여성영웅은 대개 '아들'이길 바라는 부모의 지극한 치성으로 태어나게 된다. 봉건사회에서 '불효 중에서도 후사 없는 것이 가장 큰 죄목'으로 지부되어, 늦도록 자식이 없는 상황에서 '아들'이길 바라는 마음은 더없이 간절하다. 그러나 여성영웅의 출현은 이러한 부모의 기대를 저버리기 마련이다. 여자로 태어난 이상 가문의 후사를 이을 수 없을 뿐 아니라 혼인한 후에는 출가외인으로 친정가족으로부터 배제되며 친정집과의 연계성은 거의 단절하게 된다. 여성들이 시가에서도 타성(他姓)의 존재로, 시집 가족으로부터 소외당하다가 사회적인 인정을 받게 되는 것은 아들을 낳은 어머니로서 지위와 권위가 주어지는 때이다.

미혼 때에는 아버지가 바라는 딸로서, 결혼 후에는 남편이 요구하는 아내로서, 남편이 죽은 다음에는 아들이 원하는 어머니로서의 역할을 바꾸는 것이 여성이 감당해야 할 몫이다. 여성의 성역할은 남성에 비해 일관성이나 지속성을 유지하기 어렵다.[171] 그러나 여성은 딸, 아내, 어머니 등의 역할을 이어내려가면서 사회적으로 점점 인정되는 쪽으로 나아간 듯싶지만, 언제까지나 주변부에 머물러 있을 뿐, 그 중심부에는 늘 남성이 자리잡고 있는 것이다.

---

171) 조혜정, 앞의 책, pp.83-84.

한·중을 막론하고 여성영웅은 여자라서 친정가문의 가계계승, 즉 후사문제와 무관하거나 혼인으로 인해 가문과의 연계성을 끊지 않는다. 여성영웅이 대개 무남독녀이거나 가문을 계승할 아들이 아직 장성하지 않는 등 이유에서 당위성이 주어진다. 특히 한국 여성영웅소설의 경우 여성영웅과 가문의 연계성이 유난히 강조되는 특징이 있다.

여성영웅은 부모에게 아들이 아니라는 아쉬움을 안겨주지만 대개 남자에 못지않은 기상과 비범함을 지니면서 태어나게 된다. 그들은 성장하는 과정에서 남아 못지않은 비범한 능력을 표출함으로써 부모님께 아들이 없음을 한탄하지 않게 하거나 아들이 없는 시름을 덜어드리기도 한다. 여기에 선천적으로 남성지향성을 지닌 여성영웅은 어릴 때부터 부모님께 아들의 역할을 대행한다. 그리고 부친마저 돌아가시면서 가장의 역할까지 대행하게 된다. 이것이 혼인 후 죽을 때까지 이어지면서 양아들을 들이는 것으로 가문의 맥을 잇게 된다. 남성성이 후천적으로 배양된 경우, 부친이 정적의 박해를 받아 유배를 가거나 죽게 되고 무남독녀로서의 자신마저 그 정적의 늑혼으로 집을 떠나면 그녀의 가문은 몰락하게 된다. 그러면서 고난을 계기로 남성성이 발현되고 등과·입상하여 부친을 박해한 정적을 제거하고 부친의 명예를 다시 회복함으로써 가문을 다시 부흥시키게 된다.

> 챵즈 문벽은 왕셰즈을 봉ᄒ여 우승상 중문의 여을 취ᄒ여 여빙을 삼고 ᄎ즈 문원은 살환의 여을 취ᄒ여 셜씨 봉사을 하니라 즈손이 이럿탓 만당ᄒ니 깃부여쳐난 예일을 상심ᄒ니 부인이 보지 못ᄒᄆᆯ 각골슬허ᄒ더라 (중략) 셜공풍후ᄒᆫ 위의을 듕시의 고로ᄒ니 ᄒ날이 특별이 일여을 닉ᄆᆡ 이럿탓 부귀영화을 누니거ᄒ시니 가하 천고의 드믈거시요 만딕의 엇지 못할 효졀이라 졔영과 소아을 일ᄆ지 못ᄒ더라(띄어쓰기는 필자가 행함) <설저전>

천자 사(使)를 보내사 조현함을 재촉하시매 삼 인이 마지 못하여 경사에
이르러 직임을 다스리며 영화부귀를 누리는지라. 유공 부부 연하여 세상
을 버리매 유씨 삼 인이 벽용(擗踊) 과례하여 상례를 갖추어 선산에 장사
하고 위국부인의 차자 희명으로 유공 부부의 향화를 받들게 하니라. <옥
주호연>

초왕의 덕과 장후의 덕화 사해의 덮였으니 천하가 태평하고 성자성손은
계계승승하여 만세유전할새 장후는 삼남이녀를 낳으니 모두 풍채 영웅
이 그 부모를 닮았는지라. 차자 형제를 황제께 주달하고 장씨로 사성하
여 장씨 향화를 받들게 하고 황성에 여환(旅宦)하여 공후작록으로 만종
록을 먹고 대대로 작록이 떠나지 아니하더라. <이대봉전>

위의 인용문에서 공통적으로 외손봉사라는 내용이 등장하고 있다.
이들 세 작품에 나타난 여성영웅은 혼인한 후에도 자신이 낳은 자식
중에서 차자로 하여금 친정가문의 후사를 잇게 함으로써 친정가문과의
연계성을 유지한다. 그녀들은 출가외인의 존재를 부정하고, 무남독녀는
후사를 이을 수 없다는 가부장적 편견을 극복하며 가계계승의 의무와
권리를 충실히 수행한 것이다.

차후로부터 박씨부인이 충성으로 나라에 무슨 일이 있으면 극진히 하고
비복을 의리로 다스리고 친척을 화목하여 덕행이 일국에 흰자하고 이름
이 후세에 유전하더라 이승상 부부 이후로 자손이 만당하고 태평재상이
되어 팔십여 세 향수하고 부귀영화 극진하니 만조와 일국이 추앙하는 바라.
이후 자손이 대대로 관록이 그치지 아니하고 문희연(聞喜宴)하여 혁혁
하더라. <박씨부인전>제십이회

이후로 제자들이 모두 공후에 달하여 물망이 조야에 진동하여, 이연경도
또한 자손이 만당하여 부귀일세에 으뜸이더니, 홀연 득병하여 기세하매,
선산에 안장하고 애통함을 마지 아니하더라. <이학사전>

한국 여성영웅소설의 결말 부분을 보면 대개 자손이 만당하다는 이야기, 대대로 관록이 그치지 않는다는 이야기, 부부 화락하고 부귀영화를 누리는 이야기로 구성되어 있다. 이러한 구성은 이야기의 앞부분에 나타난 단출한 가문의 무남독녀, 가문의 몰락, 부부의 갈등 등과 조응되면서, 결핍(단출한 가족)이 충족(자손만당)으로, 가문의 몰락이 회복과 창달로, 갈등이 화락함으로 전환되면서 모든 문제가 조화로운 해결점에 도달한다. 결말부분에서 가족 및 가문의 발전에 대한 지대한 관심과 강조는 내면에 혈연적 유대로 하는 가족주의 가치관이 깊이 자리하고 있음을 설명한다. 이러한 구성은 개인의 영화보다도 개인이 속해 있는 가문의 영화가 보다 중요하다는 점을 보여준 것이라 하겠다. 가문의 대대손손이 번성한다는 것을 관습적인 구성으로 하고 있다는 점에서도 가문 본위의 사상을 드러낸다.

중국 여성영웅형상의 경우 아들이라는 기대 속에서 태어나는 것은 마찬가지이다. 그녀들이 아들 역할을 행한 이유는 가문의 대를 이어가는 것과 가문을 유지하는 두 가지 양상으로 나타난다. 첫 번째 경우에 해당하는 인물은 당새아와 요화를 들 수 있다. 여아로 태어나면서 그녀들은 본의 아니게 아들이 아니라는 결핍을 안게 되지만, 그녀들은 자신이 여자라는 사실을 일단 부정하지 않으며 자식의 도리를 당당하게 행사한다. 당새아는 부모의 기자치성으로 만득녀에 무남독녀로 태어나지만, 영웅적 기상을 타고난다. 어릴 때부터 남아를 능가하는 비범성을 보이면서 부친에게 큰 위로가 되어 드린다. 그러나 부친이 천명을 다하게 되자 가문의 종사문제에 직면하게 되는데, 그녀는 같은 혈통을 가진 사촌동생을 부친의 양자로 들일 것을 제의하고 또 적극적으로 추진함으로써 부모의 후사문제를 해결해드린다. 새아는 자신이 여자로서 부친의 후사를 이을 수 없다는 사실을 분명하게 인식하고 있음을 그녀의 처사에서 잘 드러난다. 부친이 기세한 후 그녀는 전통적인 윤리법칙에 어긋남이 없이 상을 치름으로써, 아들 못지않은 면모를 보여준다.

요화는 복왕의 무남독녀로서, 모친이 돌아가실 때 온전히 아들의 도리로써 모친의 장례를 치른다.172) 그리고 검선이 된 다음에도 부친이 변란에 돌아간 것을 알고 수련하는 아미산에서 내려와 부친의 복수를 행하고, 부친의 장례를 극진히 치르고 나서 또 천자께 표를 올려 가문의 유지 및 부친의 종사문제를 해결하는 주도면밀한 모습을 보여준다.

또 청이 있나이다. 첩의 부친은 나라를 위해 목숨을 바쳤으니 마땅한 몫을 분배 받아야 하오며, 이승에 후사가 없으니 참으로 불쌍하나이다. <u>신첩은 비록 직계 혈통이지만 유감스럽게도 딸은 외생(外生)이라 극진한 효를 행한다 할지라도 종사를 계승할 수 없나니</u>, 엎드려 생각하기를 성주는 효로 천하를 다스리며 돈독하고 정이 있사오며, 만번 죽는다 해도 처자식에 견줄지 못하오니, 하물며 한 핏줄인 데 어찌 후사가 없는 것을 그냥 보시겠나이까? 감히 종신 가운데서 옥첩(玉牒)에 따라 적당한 자를 종사로 삼아 가문을 계승하게 하시기를 바라나이다.173)

위의 내용은 요화가 천자께 올리는 표 중에서 변란으로 목숨 바친 부친의 보상문제, 그리고 가문의 종사문제를 해결해 줄 것을 요청한 부분이다. 위의 글에서 나타난 바와 같이 그녀 역시 당새아와 마찬가지로 '직계 혈통'이지만 '딸'로서 종사를 이을 수 없음을 분명히 인식하고 있는 것으로 나타난다. 그리고 강구책으로 종친 혈육가운데서 부친의 양자를 정해 가문의 종통을 이어가게끔 하였다. 다만 가문이 황족이라 후사의 문제를 같은 혈통인 천자께 맡긴 것이다. 이처럼 딸은 가문을

---

172) 〈요화전〉제6회: 瑤華身服重麻, 權代子職. 凡地方文武各官來叩吊者, 俱都一一回禮.

173) 〈요화전〉제42회: 更有請者, 妾父為國捐軀, 分所應得, 此生乏嗣, 情實堪憐. 臣妾雖其嫡血, 無如女向外生, 縱能竭盡孝思, 不克續延宗嗣. 伏念聖主, 以孝治天下, 敦篤親親, 雖萬死尚不及妻孥, 豈連枝而忍其絕後? 敢祈下宗臣, 按稽玉牒, 擇相當昭穆繼續宗支.

계승할 수 없다는 유가적 종법사상이 요화와 새아의 행위 양상을 결정한 것으로 보인다. 그녀들은 스스로 자신을 가문의 계승에서 배제시키고 있지만, 종법제도의 실천자로 행동하면서, 부친의 딸이라는 역할을 훌륭하게 수행한다. 그러나 가문의 종사문제가 일단 해결되면 그들은 가족과 단절하게 되고 개인의 이상 실현에 몰두하게 된다.

두 번째 경우의 대표적인 인물은 송보주와 목란을 들 수 있다. 송보주 역시 부친에게 아들이 아니라는 큰 실망을 안기고 태어나지만, 아들 못지않은 능력을 발휘하여 가문의 영광이 되어준다. 부친이 세상을 떠나고 나서는 가장의 역할을 대행하면서 가문유지의 임무를 맡게 되는데 또한 훌륭하게 수행한다. 그녀의 등과입상, 출장입공으로 가문이 더욱 흥성해지고, 4대를 유지할 수 있는 봉작을 얻기도 한다. 여화위남한 사실이 밝혀진 뒤에도 그의 작위를 동생과 남편에게 물려줌으로써 양쪽 가문이 모두 그녀의 덕을 입게 한다.

또 다른 여성영웅 목란은 12년 동안 종군생활을 통하여 혁혁한 진공을 이루고, 그 공으로 장·후(將·侯)의 작위를 얻고 그녀로 인하여 부모, 동생까지도 각각 봉작을 하사받게 된다. 그녀들은 여성으로서 높은 지위에 오름으로써 부모님께 영화를 안겨드리고 또 가문을 계승할 동생에게까지 영화를 미침으로써 가문의 흥성과 발전의 제일 공신이 된다. 보주와 목란은 비록 무남독녀는 아니지만 장녀로서 가문의 유지라는 임무를 받들고 아들 못지않은 역할을 훌륭하게 수행하였다고 할 수 있다.

한편 중국의 텍스트에서도 가문의 발전과 가문계승에 대한 언급을 찾을 수 있다.

부부 화락하고 자손이 효도하다. <난화몽기전>[174)

금, 옥 자매는 각기 아들 한 명을 낳았고, 안공 부부는 백세까지 살았으며, 자손이 부귀하고, 지금까지 학자가 끊이지 않고 있다. <아녀영웅전>175)

나중에 장부인은 아들 한 명을 낳았고, 이부인은 아들 두 명을 낳았으며, 사부인은 아들 세명을 낳았는데, 모두 높은 자리에 올라 관직이 정경(正卿)에 이르며 동안(東安)의 거족이 되었다. 봉옥은 일자를 이강의 뒤를 잇게 하였고, 일자를 사인의 뒤를 잇게 하였다. <영남일사>176)

이상은 각기 <난화몽기전>, <아녀영웅전>, <영남일사> 등 세 작품에서 자손에 대해서 언급한 내용이다. '자손이 효도하다'거나 '자손이 부귀하고 학자가 끊이지 않고 있다'거나 하는 위의 내용을 보면 이들은 한 두 마디로 자손에 관하여 언급되어 있을 뿐 한국 여성영웅소설에서처럼 자손에 대한 구체적인 부연과 많은 차이를 보인다.

한국의 경우와 가장 비슷한 양상을 보여준 것은 애정성취를 혼재한 텍스트 <영남일사>이다. 이 텍스트에서는 한국 작품에 나타나는 외손봉사를 통한 여자집 가문의 계승에 관한 내용을 찾을 수 있다. 이 같은 유사한 양상은 똑같은 유교 문화권에 속해 있는 양국의 문화적 상동성을 읽게 한다.

요컨대 한국의 여성영웅소설에는 여성영웅이 무남독녀일 경우 거의 공통적으로 외손봉사, 자손만당, 대대로 부귀영화를 누린다고 하는 서사로 이어진다는 점을 발견할 수 있다. 이 같은 양상은 작품이 유통하는 과정에서 하나의 장르관습으로 자리한 것으로 볼 수도 있고, 가문의 발

---

174) 〈난화몽기전〉 제68회: 夫婦齊眉, 兒孫繞膝.
175) 〈아녀영웅전〉 제40회: 金, 玉姉妹各生一子, 安老夫妻壽登期頤, 子貴孫榮, 至今書香不斷.
176) 〈영남일사〉 제28회: 後來張夫人生一子, 李夫人生二子, 謝夫人生三子, 皆登高科, 官至正卿,為東安巨族. 逢玉以一子繼李剛之後, 以一子繼謝仁之後.

전과 유지, 부흥에 대해 보다 깊은 관심을 드러내는 한국의 가족주의 사상의 특징으로 볼 수도 있을 것이다.

중국의 여성영웅소설에서는 자손에 대해 비교적 간단하게 소개되어 있으면서 각기 다른 양상으로 그려져 있다는 특징을 지닌다. 특히 도교, 불교적 지향성을 지닌 여성영웅인 경우 행복한 혼인을 이루지 못하고 자식이 없는 것으로 그려진다. 그들은 선도를 근본적인 목적으로 삼고 있기 때문에 가문의 대 잇기는 가정 문제에 대해서는 비교적 소홀한 것으로 나타난다. 한국의 여성영웅소설은 혈연에 따른 유교적 가족주의 관념이 하나의 통념으로 자리하고 있다면, 중국의 여성영웅소설에서는 유교, 불교, 도교적 관념이 혼재되어 있으면서 개인에 따라 의식 차이가 존재한 것으로 나타난다.

3.2 사회 참여와 입신양명

가부장제 사회에서 남녀 성역할은 내업과 외업으로 엄격하게 양분되어 있다. 여성들은 일반적으로 사적인 영역에서 유교적인 법도에 따라 효부와 현모양처가 우선적으로 기대되었다. 여성들은 아내 역할보다 아들을 생산하여 대를 잇는 것과 접빈객, 봉제사의 며느리 역할을 잘하는 가내 일꾼의 위치에 머물러 있었다. 남성이 장자의 경우 입신양명하여 가문을 빛내는 임무가 주어지며, 또한 부친의 뒤를 이어 가문의 유지와 가계를 계승하는 임무를 맡게 된다.

가부장제 사회에서 남녀로 태어나면서부터 그들에 대한 기대와 임무가 다르다. 더불어 그들에게 시행하는 교육도 다르다. 여자에게는 내업을 잘 할 수 있도록 교육시키고, 남자에게는 외업(공업)을 이룰 수 있도록 문장공부와 무예를 가르친다. 남자는 문·무과 시험, 특히 문과 시험을 거쳐 관직에 나아갈 수 있을 뿐만 아니라, 종군을 통하여 무용을 떨치고 이름을 날릴 수 있다. 그러나 여성은 과거시험에 응시할 자격이 없으며, 군입대에서도 배제된다. 여성이 공적인 영역에 진출할 수 있는 기회는 거의 없다고 보아야 한다.

그러나 한·중을 막론하고 여성영웅소설에 등장한 여성영웅은 당대 사회를 지배하던 음양론에 기반한 남녀 역할론과 여성 윤리관을 인정하지 않고 가정의 울타리를 벗어나 등과, 입상하여 공직에 진출하거나, 국난을 평정한 공으로 장후의 자리에 오르는 것으로 형상화되어 있다는 점이 주목된다.

서사 속의 그녀들은 영웅으로 나서게 되는 동기와 영웅성을 발휘하는 방식이 각각 다르지만, 모두 탁월한 능력을 보여주고 있다는 점이 공통적이다. 그녀들은 국난 발생 시 수동적인 존재로 있다기보다 탁월한 지략을 발휘하거나 직접 출전하여 무용을 보여주기도 한다. 여성영웅소설이라는 서사적 현실에서 여성의 능력과 힘이 극대화한다.

여성이 사회 구성원으로서 사회적 성취를 통한 자아실현의 목적을 이루기 위해서는 무엇보다 여성의 우월성이 입증되지 않으면 설득력은 약화되고 흥미성 또한 반감될 수밖에 없다. 그녀들은 가정에서 길쌈, 바느질로 잠재웠던 여성의 능력을 극한의 상황을 계기로 이끌어내면서 인내와 순응이 아닌 힘과 투쟁으로 표출하게 된다.

그녀들은 남성으로 가장하여 사회에 참여하기도 하고, 여성의 모습으로 직접 사회에 참여하기도 한다. 또 다른 경우는 사적인 영역에 머물면서 대리자를 통하여 사회적인 능력을 간접적으로 실현하기도 한다.

남성으로 가장한 여성영웅들 중에는 어릴 때부터 입신양명의 뜻을 품고 자아능력의 실현을 목적으로 사회에 참여하기도 한다. 또한 위기를 계기로 남성성이 발현되고 남성적 능력을 갖춤으로써 입신양명하여 가해자를 제거하는 목적으로 과거의 길을 택하기도 한다. 그들이 여성에 대한 사회적 제약을 극복하고 남성의 세계에 진출하였다는 점은 중요한 의미를 지닌다.

사회의 참여로 입신양명하여 여성영웅들은 사회적 존재로 거듭나면서 주변으로부터 그 능력이 긍정되고 사회적 존재 가치가 인정된다. 탁월한 능력을 보여준 여성영웅에 대하여 작품에서는 일반적으로 서술자가 직접 또는 작중인물을 통하여 그 능력에 대해 평가를 내리고 있다.

"만고에 드물도다. 새 중의 봉황새요 여중의 호걸이로다. 여자 몸이 되어 남복을 환착하고 입신양명(立身揚名)하여 주석으로 짐을 섬기다가 남쪽 변란을 소멸하고 대공을 이루고 돌아오매 그 공으로 봉작을 아끼지 아니하였더니, 금일 상소를 보니 충효를 겸전하였도다."<이대봉전>

남녀노쇠 다 칭창ᄒ여 셜소져의 여화위남ᄒ미 용안을 요동ᄒ여 ᄾ희의 진동ᄒ고 영광이 쳔졍의 즐이니 삼쳑동자라도 일큿지 아니리 업더라. <설저전>

"경의 아름답고 기특한 바는 일개 규중 약질로 십여년을 남복으로 지내되, 궐하 사람이 일찍 아지 못하니 고금에 경 같은 이가 또 다시 어디 있으리오. 졈술은 염파 마원에 지나고 문장은 소동파 이적선의 위라. 군병을 거느려 항오를 차리매 치국안민함이 고금에 으뜸이라. 짐을 도운 지 팔구년에 출장입장하여 공덕이 사해에 진동하니, 짐이 아낌을 수족같이 하고 사랑함을 골육같이 알아 일시를 떠남을 아끼더니, 이제 경의 표를 보니 수족을 잃음 같은지라, 그 뜻이 크고 자취가 기특함을 탄식하나니 어찌 죄라 하리오. 대사마 이부상서는 여자의 소임이 아니라, 시고로 인수를 거두려니와 옛날 문장과 공후는 등한치 아니하니, 청주후와 태학사 인수는 도로 주나니, 부귀를 누리고 관면을 띠어 짐의 사모하는 뜻을 저버리지 말고 사직을 안녕케 하라." <이학사전>

"평국의 행동을 누가 여자로 보았으리오. 고금에 없는 일이로다. 비록 천하 광대하나 문문겸전하고 갈충보국하여 충효 상장지재는 남자라도 미치지 못하리로다. 비록 여자나 벼슬을 어찌 거두리오." <홍계월전>

서사에서 여성의 정체가 밝혀진 후에도 남녀노소를 비롯한 주변으로부터 칭찬이 자자할 뿐 아니라 특히 국가의 최고 통치자로부터 칭찬을 받으면서 여자로서의 능력이 인정받게 된다.

대부분 남장형 여성영웅은 여화위남한 사실이 밝혀짐과 함께 공적인 영역에서 다시 사적인 영역으로 돌아가는 것으로 되어 있지만, 일부 여성영웅은 관직을 유보하는 경우도 존재하는데, 홍계월이 대표적이라 할 수 있다.

"경의 상소를 보고 놀랍고 일변 장하나 충효를 겸전하여 반적(判敵)을 소멸하고 사직을 안보하기는 다 경의 산하(山河)같은 은덕이라. 짐이 어찌 여자를 혐의하리오. 유지와 인신을 도로 보내나니 추호도 괘념치 말고 경은 갈충보국하여 짐을 도우라" <홍계월전>

위의 인용문은 계월이 표를 올려 여화위남한 경위를 주달하고 죄를 청한 것에 대해 천자가 한 말이다. 천자는 계월의 여화위남한 사실을 알고 나서, 오히려 "반적을 소멸하고 사직을 안보"한 공을 "산하같은 은덕"이라 높이 칭찬한다. 또한 여자라고 해서 아쉬워하는 모습은 추호도 찾을 수 없으며, 인수를 돌려주면서 오히려 계월더러 "괘념치" 말고 "갈충보국"할 것을 당부한다. 천자는 여성으로서의 계월의 능력을 인정해주고, 공적인 영역에서의 활약을 허용한 것이다.

그 후 변란이 재차 일어나는데, 계월은 다시 비범한 능력을 발휘하여 국난을 평정하고, 위기에서 천자를 구하고, 부친, 시아버지, 남편을 각각 구한다. 천자를 비롯한 가장들은 위기 상황에서 계월의 능력에 의존하는 유약한 존재로 나타나며, 이들에 비해 계월의 우월성이 극대화된다. 계월의 형상에서 전통적인 지배/종속, 우/열, 강/약의 남녀관계가 도치되어 있음을 발견할 수 있다. 또한 내업과 외업의 양분적 수직적 직분 구분도 효력을 잃은 것으로 확인된다. 단지 이 작품 뿐 아니라 대개 남장형 여성영웅소설에서 천자가 여성영웅의 여화위남한 사실을 알고 난 후의 반응은 긍정적으로 그려지고 있다는 것이 공통적이다.

> "조정에서 인재 등용함에 있어서 오직 나라에 충성으로 보답하기를 바라나니, 조정을 위해 힘을 쓸 수 있으면 곧 짐의 현신이요, <u>어찌 남녀를 구분하겠소</u>? 경이 평소에 관직에 머물면서 뛰어난 능력도 보였다, 평남의 공도 있나니 짐이 어찌 경의 죄를 묻겠소? 작위도 반납할 필요가 없네, 백작은 허한장에게 하사하고, 경차도위는 송균에게 하사하며, 그들 양쪽 집에서 모두 너의 영광을 입어 세습을 얻게 해라. 나는 너를 계녀(양딸)로 삼을 것이니 승평공주로 봉할 것이네."177) <난화몽기전>제50회

위의 인용문은 중국의 <난화몽기전>에서 발췌한 내용이다. 송보주의 여화위남(남장)한 사실을 알고 황제가 한 말이다. 여주인공은 음양을 바꾼 죄를 청하나 황제는 오히려 재능이 있으면 곧 자기의 '현명하고 어진 신하'로 인정하고, 남녀 성역할에 대한 편견을 깨면서, 그녀의 재능과 공을 인정하는 것으로 나타난다.

그러나 <홍계월전>에서처럼 관직을 유보한다는 적극적인 양상으로 나아가지는 못했다는 점이 양자의 의식적 차이를 드러낸 것이라 할 수 있다.178) <난화몽기전>에서 남녀관계는 여전히 상/하의 양분적 수직적

---

177) 朝廷用人, 不過要忠心報國, 既能爲朝廷出力, 就是朕的賢臣, <u>又何分什麼男女</u>? 念妳平昔居官, 也還能事, 又有平南的大功, 朕亦何忍罪妳? 就是官爵, 也不消納還, 伯爵賞給許翰章, 輕車都尉賞賜給松筠, 敎他兩家都沾妳的光, 得個世襲. 我說認妳做個繼女, 封妳爲升平公主."
178) <홍계월전>에서처럼 혼인을 거부하고, 공직에 나아간 후 여성의 우월성을 과시하는

가치관이 저변에 작용하고 있는 반면 <홍계월전>에서는 경직된 남녀의 성역할관념이 부정되고 여성이 남성과 같이 사회정치에 참여하고자 하는 강한 지향성을 실천적으로 보여주고 있다.[179]

이와 다른 여성의 모습으로 사회에 참여하는 경우가 있다. 그러한 여성영웅의 형상은 중국의 여성영웅소설에서 주로 찾아진다. 대표적인 인물은 당새아를 꼽을 수 있다. 그녀는 여성으로서 봉기를 일으키고 정치적 권력 쟁탈전쟁에 직접적으로 참여한 것으로 나타난다. 그녀는 승천하기 전까지 줄곧 사회의 중심부에 자리하면서 활동을 펼친다. 텍스트에 형상화된 당새아의 모습은 기존 가치관에 의해 분배되는 여성의 직분을 거부하고 남성의 세계에 적극적으로 참여함으로써 그것도 최고의 자리에 서서 여성의 우월성을 과시한다. 이 같은 과감한 설정은 당새아가 역사적으로 봉기를 일으킨 실존인물을 모델로 삼았기에 가능한 것이라 볼 수 있겠으나, 작품에서는 역사서에서 '요부'로 간주되는 당새아를 월궁항아로, 그녀가 거느린 '반란군'을 근왕하는 제왕군으로 탈바꿈시키게 된 것이다. '요괴'에서 '신선'으로, '반적'에서 '충신'으로의 전환은 유가적 역사관을 뒤집는 글쓰기이다. 정통적인 유가 윤리관에 따른 여성의 역할은 현모, 효녀 아님 열부이며, 반대로 탈 윤리적 행위를 감행한 부녀자는 즉 '요괴'로 간주된다. 그러나 당새아는 충성이라

구성은 중국의 탄사 〈재생연〉과 일맥상통한다. 이 작품은 진단생(陳端生)이라는 여성 작가에 의해 창작된 것이다. 여주인공 맹려군(孟麗君)은 남장한 후 관직에 나아가 공명을 이루고 친정아버지와 약혼자에게 자신의 우월성을 과시하며, 여화위남한 사실이 밝혀진 뒤에도 공직에서 계속 머물고자 하는 강한 의념을 표출한다. 심지어 가족을 비롯한 주변인의 혼인강요에 완고하게 저항하다가 끝내 피를 토하고 죽게 된다. 이들 작품에서 여성의 주체적인 의식, 즉 여성이 자아능력을 실현하여 사회적인 존재로 인정하고 싶은 강한 욕구가 드러낸 것으로 볼 수 있다. 최재호(2009)는 텍스트의 유통과 보급 형태에 근거하여 〈홍계월전〉, 〈이학사전(이현경전)〉, 〈방한림전〉 등 21편(모두 31편을 대상을 함)의 작품이 양반집 여성이 창작할 것으로 추론하였다.

179) 박경원은 홍계월의 이와 같은 성역할의 해체기능을 기존윤리에 대한 저항으로 설명하였다. 〈홍계월전 연구〉, 부산대 석사학위논문, 1991.

는 윤리적 명분을 대표하는 인물이면서도 예속적인 성역할에서 이탈하여 반윤리적 행위를 감행한 인물로 형상화된 것이다. 서사에서 제갈공명의 재주에 뺨치는 기사(奇士) 여률도 당새아 앞에서는 그녀에 대한 칭찬을 아끼지 않았고,[180] 훗날에는 힘을 다해 그녀를 보필하기도 한다.

이렇듯 여성영웅소설에서 구체적인 동기, 사회참여의 방식이 각양각색이지만, 그녀들은 여성에 대한 사회적 제약을 극복하여 공적인 영역에 진출하고 사회적 존재로서 인정을 받는 모습으로 형상화되고 있다. 이로써 남녀관계 설정 즉 성역할에 대한 전통적 가치관이 도전받게 되면서 기존 가치질서의 절대성이 효력을 잃게 되어졌다.

여성영웅소설이 출현한 당시 한·중 양국에서는 여성능력의 실현, 즉 사회 참여에 대하여 근본적인 인식의 차이가 있다. 한국의 경우 여성성을 숨긴 남장을 전제로 하거나 가정에 한정시키는 것은 여성능력의 실현에 대한 인식이 근본적으로 유교적인 윤리관에 바탕하고 있음을 알 수 있다. 이와 달리 중국의 경우 뛰어난 능력을 지닌 여성의 대 사회적인 참여에 대하여 부정적으로 보지 않고 있으며, 오히려 여성의 사회적인 능력의 실현에 대해 긍정적인 시선을 던지고 있는 것이다.

한국 여성영웅의 사회적 자아실현의 동기는 1차적으로 입신양명이고, 더 나아가 가문의 부흥, 발전과 연결되면서 사회적인 이상과 중첩되지만, 중국의 경우 여성영웅의 사회적 참여로 입신양명의 결과를 얻지만, 근본적인 지향은 자유주의에서 비롯된 신선 수련이다.

---

180) 〈여선외사〉제13회: "唯其女主, 所以為千古之獨奇 ; 唯其托身於女主, 而功名亦與日月爭光, 尤為千古之至奇"

제5장

현실인식 및 유가이념과
자유의지의 주제구현

소설 작품은 우리에게 어떤 재미를 선사할 뿐만 아니라, 우리에게
'무엇'을 말해주기도 한다. '무엇'은 바로 흔히들 말하는 주제이다.

달스트롬은 주제를 지배적인 관념(guiding idea), 도덕의식(moral), 과
제(lesson), 언명(pronouncement) 등으로 보았다. 그리고 주제를 인간에
기초하여 인간과 자연의 관계를 중시하는 물리적 측면, 인간을 몸, 성,
신념을 지닌 존재로 보는 유기체적 측면, 교육, 정치, 직업 등을 문제로
삼는 사회적 존재로서의 인간으로 강조하는 사회적 측면, 자아적인 것
이 사회적인 힘에 대하여 반응하는 개성적 존재로서의 인간에 관심을
가지는 에고의 측면, 영혼이나 신적인 문제에 초점을 맞춘 신적인 측면
등 5가지로 나누었다.

고소설에서 지배적인 관념으로 일관한 것은 다름 아닌 충·효·열의
유가이념이다. 도덕의식은 도덕 현상에 대해서 선악과 옳고 그름을 분
별하고, 옳음을 지향하여 사악함을 물리치려는 권선징악으로 일반화되
어 있다. 이 두 가지 내용은 고소설의 일반적인 주제로서, 여성영웅소설

역시 이 두 가지 주제로 일관하고 있다. 권선징악은 나라와 동서고금을 막론하고 도덕의식을 판단하는 기본적인 잣대라 할 수 있다. 시대에 따라 권선징악의 가치기준이 다르게 나타난다고 볼 수 있는데, 유교를 국본으로 삼는 조선시대나 청대에서는 가치기준의 역할을 행한 것이 유가이념이며, 실천적인 이념으로 작용한 것이 충·효·열이다. 따라서 유가사상을 지배이념으로 삼는 봉건사회에서 충·효·열은 절대적 선으로서, 이를 해치는 쪽은 악으로 간주된다. 충·효·열에 대한 선양과 강조는 곧 권선의 주제를 내포한 것으로, 이와 대립되는 쪽을 징계하는 것이 곧 징악의 주제로 파악될 수 있다.

여성영웅소설은 여성인물을 사회적 존재로서의 인간으로 강조하는 장르유형으로서, 여성의 교육, 정치 참여문제에서 주제적 의미를 찾아낼 수 있다. 일반적으로 작가는 현실인식에서 보다 우위에 서서 절대적 우월성을 갖고 현실을 관조하거나 창조한다. 작가가 기성질서에 대해 문제점을 제기하고, 기성질서와의 대결에서 문제가 해결되기를 바라지만 반드시 실현한다는 보장은 없다는 주제의 특성에 근거하여 여성영웅소설의 주제를 파악할 수 있다. 남존여비의 봉건사회를 배경으로 하고 있는 여성영웅소설에서 여성인물을 공적인 영역에 내세운다는 점, 심지어 나라의 운명도 좌지우지하는 영웅으로 부각된다는 점을 보더라도 이미 기성가치관을 깬 것으로 볼 수 있다. 그러면서도 한편으로는 작품에서의 여주인공들은 전통적 가치관 즉 유교이념을 대변하는 존재이기도 하였다. 이처럼 여성영웅소설은 두 가지 모순된 가치관을 동시에 다루고 있는 특징을 보인다. 이러한 모순점이 기존의 주제 연구에서도 고스란히 반영되고 있다.

본 장에서는 여성영웅소설에 내포된 주제를 고찰함에 있어서 여성의식에만 국한하지 않고 보다 포괄적인 시각으로 주제에 접근해 보고자 한다.

1. 현실인식과 운명의 문제

1.1 역사적 실제와 천명관

소설이 허구적 서사물이라는 통념 아래 현실과의 관계가 끊임없이 제기되기도 했다. 특히 영웅소설 또는 군담소설은 전쟁, 그리고 불안정한 사회배경과 불가분의 관계를 맺고 있어, 소설 속에 역사적 현실이 그려지는 경우가 일반적이다.

영웅의 출현도 일반적으로 정치적이고 사회적인 문제 상황에서 발단된다고 볼 수 있다. 간신들이 농단하는 왕권, 외적의 침입이나 도적의 발호 등으로 위험에 빠진 왕권과 민생 등 사회적 위기는 영웅의 출현과 활약이 기대되는 상황이다. 그들의 활동의 목표는 혼란스러운 현실을 바로잡고 질서화하는 일이다. 권력체계를 바로잡아 사회적 안정을 회복하고 민생들을 질곡한 생활고에서 구출하는 것이 그들의 중요한 임무이다.

한국의 영웅소설의 출현 동인이나 작자층의 의식을 논함에 있어서는 임병양란과 관련된 시대의식이 늘 문제되어 왔다. 그리하여 양란 중에 형성된 외적에 대한 적개심이 영웅소설이 출현하는 결정적 계기가 되었고, 난중에 일어난 여러 가지 사건들이 작품의 직접 또는 간접의 소재가 되었다는 점은 선행연구에 의해 이미 여러모로 논의된바 있다.

한국의 여성영웅소설 중 <박씨부인전>만 역사여웅소설로 논의된 작품이고, 이 작품을 제외한 나머지 작품은 모두 창작영웅소설로 볼 수 있을 것이다. 즉 <박씨부인전>은 북방 만주족이 조선을 침공한 역사적 산건-병자호란을 배경으로 다루고 있어 역사 현실과 밀접한 관련을 지닌 작품이라 할 수 있다. 비록 여주인공 박씨는 허구적 인물이지만, 남편으로 등장하는 이시백과 대장군 임경업 등 역사적 인물을 등장시키고 있어 다른 소설에 비해 보다 많은 현실감을 지닌다고 할 수 있다.

<박씨부인전>은 무엇보다도 시공간을 자국으로 하면서 서사 속의 전쟁양상이 실제의 역사적 사실과 크게 다르지 않게 다루어져 있어 다른 작품에 비해 역사적 측면을 잘 드러낸 작품이다. 또한 굴욕적인 항복으로 끝나는 전쟁의 결과, 왕가가 피난할 수밖에 없는 전쟁의 참상 및 대군과 비빈이 적진에게 잡힌 것, 간신과 충신의 대립 등이 비교적 사실대로 나타나 있다.

텍스트에서는 비범한 능력을 지닌 박씨부인을 중심인물로 내세워 그를 제갈 무후와 같은 탁월한 군사 지도력을 지닌 인물로 창조하면서, 비록 전쟁의 결과를 만회할 수는 없었지만, 서사 속에서 수적으로 열세한 상황이지만 손쉽게 적장 용골대의 머리를 베어내거나 승리를 손에 넣은 용울대를 도리어 굴복시켜 퇴군시키는 장면을 전개함으로써 장쾌한 복수를 만끽하기도 했다. <박씨부인전>은 박씨의 기이하고 비범한 능력이 강조되는 가운데, 대체로 병자호란의 패배로 인한 민족적 자존심의 상처를 소설적 상상력을 통해 극복하고자 하는 의도를 표출한 작품이라 할 수 있다.

이 텍스트 외에도 군담이 등장한 여성영웅소설에서 시공간적 배경이 대개 중국(송, 명 위주)의 것으로 설정되어 있지만, 여주인공이 옹호하는 정권은 늘 승리하고 적군은 필히 패배하는 것으로 묘사된다. 적세가 본국의 세를 압도하여 굴복 직전의 위기가 나타날 때 늘 영웅의 출현으로 황제가 구출되고 나라가 위기에서 모면되는 것으로 그려진다. '가공적인 영웅의 출현으로 초월적인 힘을 발휘하여 현실적으로 타개 불가능한 국난을 수습한다는 것은 병자국치의 사무친 민족감정이 허구의 세계인 소설을 통하여 표현되었다고 볼 수 있다. 이런 점에서 영웅소설은 정신적 복수와 정신적 승리의 문학이라고 하는 것이 옳다고 보아진다.'

그러나 <박씨부인전>을 비롯하여 전쟁으로 인한 좌절을 비범한 능력을 지닌 여성영웅의 출현으로 극복한다는 것은 어디까지나 정신적인 복수와 정신적인 승리로 그치는 것이라 할 수 있다. 무능한 임금을 성군으로 묘사한 것과, 전쟁도 역사적인 패배도 모두 "천의"로 돌림으로써 군담의 주인공은 왕을 중심으로 한 봉건윤리나 왕권을 부정하지 않고 있다. <박씨부인전>을 일례로 보겠다.

"너희 등을 씨도 없이 함몰하자 하였더니 내 인명을 살해함을 좋아 아니 하기로 십분 용서하나니 네 말대로 왕비는 뫼셔가지 말며 너희 등이 부득이 세자대군을 뫼셔 간다 하니 그도 또한 천의를 좇아 거역지 못하거니와 부디 조심하여 뫼셔가라. 나는 앉아서 아는 일이 있으니 불연즉 내 신장과 갑병을 모아 너희 등을 다 죽이고 나도 북경에 들어가 국왕을 사로잡아 설분(雪憤)하고 무죄한 백성을 남기지 않으리니 내 말을 거역지 말고 명심하라"……<박씨부인전>

박씨는 신이한 능력을 발휘하여 적군을 "씨도 없이 함몰"시키거나 적국에 쳐들어가서 국왕을 사로잡아 "설분"할 수 있지만, '인명을 살해하는 것을 좋아하지 않는 것'이 이유의 하나이고, 또 하나는 "천의"로 인하여 세자대군이 인질로 잡혀가는 것을 손 놓고 볼 수밖에 없었다. 아무리 타고난 능력을 지닌다고 해도 하늘의 뜻은 거역할 수 없기 때문이다.

한국의 여성영웅소설과 마찬가지로 중국의 여성영웅소설에서도 작가들이 천의 또는 천명(天命)으로 역사적인 문제를 해석하는 특징이 있다. 중국 여성영웅소설은 대부분 역사적으로 실존한 인물의 이야기 및 사서에 전해진 이야기를 부연하여 재창작하는 특징을 지닌다.

중국에 있어서 소설 창작의 초기는 소설이 사실적 내용을 기록해야 한다는 이론과 거의 동시에 생겨났다. 소설가들은 일반적으로 사회적 삶에 대한 자신의 느낌을 허구적으로 구성해서 작품을 지어 내는 일을 감히 하지 못했으며, 그렇기 때문에 전시대나 앞사람들이 기록한 이야기를 빌어 자기의 사상을 표현하는 경우가 더욱 많았다.

작가는 역사적 인물과 역사적인 사건을 허구의 세계로 새롭게 구성시키지만, 전쟁의 패배라는 역사적 현실, 원전 이야기의 결말을 그 누구의 '힘'으로 어쩔 수 없는 천명으로 처리하고 있다.

일례로 <여선외사>를 보겠다. 이 텍스트는 전반적으로 포충극반(충신을 드높이고, 반역자를 비판하는 것)이라는 주제를 내세우고 있다. 지배계급에 대한 반발로서의 당새아의 농민봉기와 건문제를 황제의 자리에서 밀어낸 연왕 주체의 '정난'은 모두 역사적으로 실제 일어났던 사건이다. 텍스트는 서로 다른 시기에 일어난 두 역사적 사건을 한데 묶으면서, 당새아가 일으킨 농민봉기에 건문황제를 옹립한다는 명분하에 충의를 표방하는 것으로 구성되면서 충/간, 선/악의 대결구도를 이루게 하였다. 서사에서 당새아와 연왕은 전생이 각기 천상의 항아와 천랑성이었으며, 둘이 천상에서 원수를 지은 탓으로 인간으로 환생한 후에도 적대하는 처지로 운명 짓게 된 것이다. 당새아는 정의라는 깃발 아래 봉기를 일으킨 후 석(釋), 도(道), 마(魔) 삼교의 여러 신선들의 도움 및 지상의 여러 영웅호걸의 협력으로 승승장구하다가 천명을 어길 수가 없는 관계로 영락제(연왕)을 죽이고 그의 아들 태자를 왕위에 오르게 한다. 그리고 당새아는 대낮에 승천하면서 월궁으로 회귀하게 된다. 그 뒤로 당새아가 이끄는 봉기군은 당연히 해체가 되고 신선들을 비롯한 인물들도 각각 원래의 자리로 회귀하게 된다. 역사적으로 당새아의 농민봉기는 패배로 끝나는 것으로 되어 있으며, '정난'은 연왕이 정권을 장악하고 건문제의 실패로 끝났다. 서사적 세계에서도 만찬가지로 당새아와 건문제의 실패로 귀결되는 것은 실록정신에 따른 작가의 창작에 기인된다고 하겠다. 정통적인 역사관에 바탕을 둔 천명관은 사람이 기정 사실(史實)을 바꿀 수 없는 것처럼 "천명 앞에서도 연약하고 무력하다"는 관념을 핵심으로 삼고 있다.

(천제)"천랑의 황제 복은 그가 스스로 쌓은 것이지, 짐이 준 것이 아니오; 하민의 액운도 중생이 스스로 초래한 것이지 짐이 벌한 것이 아니네. 짐은 다만 운수에 따라 상과 벌을 내리는 것이지, 상과 벌을 운수로 삼지는 아니하네. 천랑성이 즉위한 후, 또 하나의 큰 액운이 있으니, 니가 주도하면서 평생 미진한 일을 다하거라."

(천제)"수(數)가 있으니, 짐은 어길 수 없네"

천상에 있을 때 천랑성이 자신을 희롱하는 일로 항아는 분개한 마음에 천제 앞에서 천랑성의 죄상을 밝히면서 천랑성이 인간 세상에 내려가 황제가 되는 명을 거둘 것을 요청한다. 그러나 천제는 자기도 "운수"에 따른 것일 뿐 천수를 좌지우지 할 수 없음을 밝힌다. 운수 또는 수(數)는 모두 천명과 똑같은 의미를 지닌 말이다. 만능으로 유명한 천제마저 천명 또는 천수를 거역할 수 없음을 위의 인용을 통해서 알 수 있을 것이다.

<여선외사>에서 건문제는 별다른 활약을 보이지 않으며 다만 당새아의 의거가 정의를 획득할 수 있는 명분으로서의 역할을 행한다. 서사에서 송유(宋儒)를 정통으로 삼는 사회가 "마치 밝은 빛이 보이지 않는 칠흑 같다"라고 비탄하면서 뛰어난 능력을 지닌 여성 당새아를 내세워 새로운 질서를 건립하고자 하지만, 승리를 코앞에 두고 결국 패배로 매듭짓고 만다.

또 하나의 예로 <요화전>을 보기로 한다. 이 텍스트에서는 어두운 현실에 대한 백성들의 불만 정서를 반영하고, 금전으로 충만한 추악한 영혼의 세계를 파헤침으로써 진솔한 감정과 정신을 제창하는 것을 기본 주제로 삼고 있다. 서사에서 요화의 부친 복왕을 음란한 자로 그려지고 있으며, 왕부 또한 "더러운(汚穢)" 곳으로 묘사하면서 왕공귀족의 황음하고 부패한 생활모습을 보여주고 있다(2회). 황족의 부패함이 이

러한데 현명한 정치가 나올 리 만무하고 백성들의 불만을 자아내는 것도 당연한 일이다. 따라서 사숭명(奢崇明)의 난, 이자성의 농민봉기와 같은 백성들의 이익을 대표하는 사변이 잇따라 일어나게 된 것이다. 작품의 배경은 숭정시기를 대상으로 하고 있기에 이러한 묘사는 명말 사회의 어두운 면을 보여주는 것이라 할 수 있다. 그러나 이러한 사회적인 암흑에 대해 요화도 냉소적인 태도를 취하지만, 그는 민란을 평정하는 데 앞장서는 인물로 나타나며, 또 이와 같은 '국난'을 평정하는 영웅으로 그려진다.

한편 서사에서 요화는 선도 수행을 근본 목적으로 삼는 인물로 나타나지만, 수행하는 과정에 이형자(二形子)와 사음(邪淫)에 빠지는 것으로 그려지고 있으며, 묘사 또한 노골적이다. 그러나 <요화전>의 <자서>, <장운정 서>에 따르면 작가의 창작 의도는 사회를 바로 잡는 것(勸世)과 음란함을 경계하는 것(戒淫)이라 밝히고 있다. 하지만 음란함을 경계하는 데에 있다고 한 수설의 주지와 달리 음란한 묘사가 비교적 많으며, 이자성에 대한 서사도 많이 왜곡되어 있어 이들은 모두 취할 바가 되지 못한 것으로 평가받기도 한다. 소설 속의 현실은 다름 아닌 당시 사회적으로 유행하는 사치의 풍속, '남풍' 성행의 부분적인 반영이라 할 수 있다.

하지만 창작의도와 달리 주인공 자체가 그러한 사치 및 부패로 썩은 황권에 동조하는 인물로 형상화되고 있다는 점에서 작가의 사상적인 모순을 보여주는 것이라 할 수 있다. 그는 숭정을 보필하면서 외란을 평정하고 벼슬이 공후에 오르면서 명예와 지위, 부를 모두 획득하게 된다. 그러나 국가의 명운이 이제 다다랐음을 알았을 때에는 오히려 "천명"으로 간주하면서 미련 없이 모든 것을 포기하고 선도 수행의 길을 걷게 된다.

위에서 살펴본 바와 같이 한·중 여성영웅소설에서 역사적인 실록정신에 바탕한 천명관으로 전쟁의 패배라는 역사적 실제를 뛰어넘지 못하고 허구적인 세계에서도 여전히 패배로 그려지고 있음을 보았다. 똑같은 패배를 그리고 있으면서도 한국의 텍스트에서는 병자호란으로 인한 패배를 정신적인 승리로 그리고 있는 점을 발견할 수 있었다. 이는 당시 대중들의 강렬한 소망을 반영한 것으로 볼 수 있다.

1.2 여성에 대한 현실 인식

여성영웅소설은 여성의 우월한 역량을 내세워 구국의 영웅으로 다루었다는 점에서 볼 때 이미 현실 극복의 의미를 지닌다고 할 수 있다. 한·중을 포함하여 여성영웅소설이 형성되고 유통되는 당시 여성의 현실은 현대적 관점에서 보았을 때 암흑 그 자체였다. 여성의 사회적 참여는 물론 각종 윤리규범으로 인하여 행동조차 자유스럽지 못한 것이 당대 여성의 현실이다.

따라서 여성영웅소설에서 다루어지는 전쟁과 역사적 사건의 문제 해결보다는 여성이 처한 현실적인 제약이 가장 중요한 문제라 할 수 있다.

인간은 살면서 여러 가지 한계상황에 부딪치기 마련이다. 특히 봉건사회에 사는 여성은 더욱 그러하다. 여성영웅소설에서 여성이 영웅으로 거듭나기까지 여러 한계상황에 부딪치게 된다. 정절을 위협하는 상황, 유가적 윤리규범과의 대립, 고립무원의 상황, 그리고 남자의 삶에서 다시 여자의 삶으로 전환해야 하는 상황 등이 그것이다.

여성영웅소설에서 정절을 위협하는 상황은 일반적으로 권신으로부터 초래되는 혼사장애의 형식으로 나타나는데, 이는 여성인물이 영웅으로 거듭나는 하나의 계기로 작용하기도 한다.

혼사하자는 사연을 전하니 소저가 염용(斂容)하고 대답하기를, "숙모는 나를 위하여 감격한 말씀으로 개유(開諭)하옵시나, 부모님 생존시에 모란동 이시랑 아들과 정혼하였사오니 이 일을 행치 못하겠나이다."

……

"왕승상 집 노복들이 교마(轎馬)를 거느리고 외당에 와 주저하더이다." 소저가 대경질색하여 말하기를, "심야 삼경에 오기는 분명 혼사를 겁칙코자 함이라. 일이 급박하니 장차 어찌하리요?" 하며 수건으로 목을 매어 자결코자 하거늘 난향이 위로하기를, "소저는 잠깐 진정하옵소서. 소저가 만일 계양(繼養)하여 죽을진대 부모와 낭군의 원수를 뉘라서 갚사오리까? 소비 소저의 의복을 입고 앉았다가 소저의 환(患)을 감당하리니 급히 남복(男服)을 환착(換着)하시고 담장을 넘어 환을 피하소서." <이대봉전>

위의 인용은 <이대봉전>에서 발췌한 내용이다. 장애황은 일찍 부모를 여의었을 뿐만 아니라 정혼자의 부친이 권신의 농간으로 유배되자 정혼자마저 부친 따리 유배 가면서 홀로 남게 된다. 이때 권신이 장애황의 재색을 탐하여 혼사를 이루고자 했으나 애황으로부터 거절을 당하자 강제로 겁탈하여 혼사를 이루고자 하였다. 위기 상황에서 애황은 제일 먼저 "목을 매어 자결코자" 하였는데, 시비 난향의 제의로 남복을 개착하여 위기를 넘기게 된다.

여기서 조선후기 사회에서 여성이 처한 불리한 현실들을 일부 파악할 수 있다. 여성은 한 남자와 정혼한 이상 죽을 때까지 수절을 해야하는 것이 당시 여성에게 주입된 정절관이다. 여성에게 정절은 목숨보다도 소중한 것이기에, 극한의 상황에서 애황은 제일 먼저 정절을 보존코자 자살을 감행한 것이다. 영웅이 되기 전의 애황은 가정이란 공간에 있으면서 여도에 충실하면서 여성다운 모습으로 묘사된다. 그러나 이 겁탈사건을 계기로 그녀는 남복을 개착하여 집을 떠나게 되면서 조력자 마고선녀를 만나 수학을 하고 능력을 획득하게 된다. 그녀는 남자라는 새로운 신분으로 비범한 능력까지 얻었으니 그것으로 등과·입상·출장하여 외란을 평정하고 국난을 타개함으로써 영웅으로 다시 거듭나게 된다. 그러면서 그녀는 또 하나의 위기 상에 봉착하게 된다. 곧 따라른 혼인의 문제이다. 황제로부터 부마로 간택되면서 여자라는 사실을 더 이상 숨길 수 없게 될 상황에 봉착하게 된다.

> 한림 겸 예부상서 연국공 연왕은 근돈수백배(謹頓首百拜)하옵고 일장 글월로써 상언우폐하전하나이다. 신이 본디 원한이 깊사와 예화 위람하와 위로 황상을 속이고 아래로 백관을 속여 천은이 망극하와 한림에 처하옵더니 뜻밖에 외적이 강성하와 조정 물망으로 외람히 상장군 절월과 대원수 인신을 받자와 전장에 나아가 반적을 잡고 백성을 진무하와 돌아옵기는 황상의 넓으신 덕택을 입거니와, 신첩의 본정을 일찍 주달하와 벼슬을 갈고 고향에 돌아가 심규를 지켜 세상 마치는 날까지 향화를 받들고자 하되 우승상 왕회를 죽여 원수를 갚고자 함은 이시랑 부자 죽은 원수와 신첩의 부모 구몰함을 한탄하였삽더니, 금일로 볼진대 대명천이 도우시사 승상 부자 살았사오니 신첩의 평생 소원을 풀까 하오니, 복원 황상은 신첩의 사정을 살피사 초왕 대봉과 신첩으로 하여금 평생 소원을 풀고 무궁지락을 이루게 하심을 천만 복축하오이다. <이대봉전>

위는 주인공 장애황이 남장한 경위를 황제께 주달하는 상소내용이다. 남장 출사한 행위 자체가 탈제도적이고 윤리적 규범을 이탈한 것인데다가 기군의 죄까지 더해진다. 그리고 황제로부터 부마로 간택되면서 그 죄목이 더욱 가중하게 되어 더 이상 자신의 정체성을 밝히지 않으면 안될 상황에 직면하게 된 것이다. 남장한 그녀는 원래 원수 왕회를 죽여 부친 및 정혼자 부자의 원한을 풀어 복수하는 당위성이 있었다. 그러나 정혼자 대봉이 살아있는 것을 알고 이러한 당위성이 사라지고, 복수의 임무도 자연스레 대봉이의 몫으로 전이하게 된다. 그녀는 더 이상 남장을 할 이유가 없어지게 된 것이다. 또 부마간택의 일이 촉발되면서 남장한 사실을 밝히게 된 것이다. 그녀뿐만 아니라 남장형 여성영웅소설에서 여주인공이 황제의 사혼으로 정체를 밝힐 수밖에 없는 상황에 처하게 되면 위와 같이 표를 올려 자신이 남장한 사연을 주달하는 것으로 구성되어 있다. 그러나 여주인공의 표를 본 황제는 대개 죄를 내리지 않고 오히려 극찬을 하면서, 한계가 무리없이 극복이 된다. 남자에서 여자로 돌아감으로써 남주인공과의 행복한 혼인으로 이어지게 된다.

그녀를 죽음의 상황까지 가게 한 것은 정절을 지켜야 하는 당위성이다. 그녀가 영웅의 길을 나서게 한 것은 외부로부터 야기된 한계상황이다. 이 외에 여성의 자아실현의 욕구와 그것을 억압하는 가부장적 이데올로기로부터 초래되는 한계상황도 하나의 이유가 될 수 있을 것이다.

봉건적 남성중심사회에서 여성은 대체로 피지배적이고 주변석이고 유약한 존재이다. 조선후기 종법제도의 확립과 함께 지배층이 그들의 체제를 공고히 하기 위하여 여성에 대해 일방적으로 정절 이데올로기를 주입시켰다. 그러면서 유가적인 윤리규범으로 여성의 권한과 지위를 축소시키고 엄격한 부덕을 요구하며 가정 안으로 여성의 생활을 제한 시켰다. 그리고 혈연관계를 중심으로 가족주의적 사회적 분위기가 조성되면서 여성은 결핍된 존재로서 가문의 유지와 창달의 임무에서 배제된다.

여성은 여자답게 삼종지도와 사덕(四德) 등 윤리규범을 엄격히 수행할 것을 요구하며, '남녀의 조화로운' 미명하에 여성에게 억압적인 틀을 씌운다. 여성영웅소설에서 여성영웅들은 대개 여도에 충실하지 않는 여성들이다. 이 중에는 아예 여도를 거부하고 남도(男道)로 일컬어지는 문장공부, 무예수련을 행하는 여성들이 적지 않게 존재한다. 이러한 남성지향적 행위에 부모들도 크게 반대를 하지 않고 묵과하는 성향을 보인다. 하지만 <옥주호연>에서 여도의 거부로 인하여 삼주자매는 부친과 심각한 갈등을 빚게 된다. 그녀들의 부친은 딸들이 무예를 수련하는 것을 보고 크게 화내면서 "궁시와 병서를 다 불지르고" 부인까지 치죄할 것이라 엄포를 내린다.

> "여자는 그 어미 행사를 본받나니 여아의 행사를 잡쥠이 없음은 이 어쩐 일이뇨? 일후 다시 이런 일이 있으면 부부지간이라도 결단코 용서치 아니하리라."
> ……
> "내 팔자 기구하여 한낱 아들이 없고 다만 믿는바 너희뿐이러니 이제 너희 이렇게 패도를 행하매 누를 원하리오. 오늘로부터 부녀지의를 끊어 다시 대면치 아니하리라"
> ……
> "내 전일에 차사를 엄금하였더니 종시 듣지 아니함은 일정 부모를 죽이고 문호를 망할 자식이니 차라리 하나를 죽여 둘을 징계하리라"

위의 내용에서 나타난 바와 같이 삼주자매의 부친은 강압적인 가부장적 권위를 소유한 인물로서, 조선후기 경직된 가치관을 몸소 실천하는 대표적인 가부장이다. 그는 딸들은 물론 부인에게도 절대적 권위를 행사하고 있음을 위의 내용을 통해 확인할 수 있다. 그는 무예를 행하는 딸들에게 "부녀지의"를 끊을 것을 선언하고 셋 중에서 "하나를 죽여 둘을 징계"하기까지 이르면서 강압적인 권력을 행사한다. 그의 관념 속에서는 딸들이 여도를 행하지 않고 문장공부와 무예수련을 행하는 것은 "패도"에 가까운 것으로 보고 있다. 여성에 대한 이와 같은 가부장의 관념은 당대의 여성에 대한 일반적인 인식 대변할 수는 없지만, 당대 여성에 대한 불리한 현실을 어느 정도 감지할 수 있을 것이다. 물론 방관주와 이현경 등의 부친과 같이 상대적으로 개방된 인식을 가진 가부장이 존재할 것으로 보이지만, 근본적으로 여성의 뛰어난 능력을 마음껏 실현할 수 있는 사회적 현실이 아니라는 것은 사실이다. 금의환향 후 그들은 과거 그들 자매 중 한명을 죽일 결심까지 하면서 그들의 수학을 반대한 부친 앞에 당당하게 나서게 된다.

"석일 대인이 이업의 양자를 부러워하시더니 금일 소녀 등의 영화 이생만 못하니이까?"
하거늘 좌상의 유도경이 함소 왈,
"우숙이 너희 금일이 있을 줄 알았노라" <옥주호연>

여기서 여자도 남자 못지않은 성취를 이룩할 수 있다는 높은 자긍심을 읽어낼 수 있다. 부친이 아닌 숙부의 대답만 볼 수 있지만, 그들의 부친도 더 이상 반대할 이유가 없어졌고, 그들의 능력에 수긍할 수밖에 없음을 말해준다. 이는 낭대 사인들이 뛰어난 능력을 지닌 여성에 대한 인식의 변화를 나타내는 것으로 볼 수 있다.

삼주자매의 경우 강렬한 자의식을 지니고 있는 군계일학의 여성상을 대표한다면, 봉건사회에서의 전통적 여성상은 언제까지나 남성에게 의존하는 존재로 인식되어 왔다. 집에서는 부친에게 의존하고 출가 후에는 남편에게 의존하며, 남편의 부재 시에는 아들에게 의존하여야 했던 것이다. 누구에게도 의존할 수 없는 고립무원의 상황에서는 죽음 또는 비구니가 되는 길을 선택하게 된다. 한국의 고소설을 보면 시집가기 전의 여성이 고립무원의 위기 상황에 부딪히면 대개 전자를 택하는 것으로 나타난다. 또한 바깥세상에서 외부의 많은 위협적인 요소로부터 혼자 서기란 여간 힘든 일이 아닐 수 없다. 특히 정절이념을 여성의 절대적 가치관으로 강요하는 사회에서 아무런 보장이 없는 상황에서 여성으로 존재하기란 더욱 힘든 일이다. 따라서 대개 죽음이란 막다른 한계점에 도달하게 되는데, 이러한 겨우를 잘 그려낸 <김희경전>을 보면서 구체적인 내용을 확인해 보기로 한다.

"태학사 병부상서 연왕태부 청주후 장수정은 삼가 백배돈수하옵고 진정표를 아뢰옵나니, 신첩은 죄악이 중하와 본디 심규의 약질로 명도가 기박하여 십세 전에 자모를 여의옵고 아비의 잔명을 좇아 겨우 부지하옵더니, 여액이 미진하와 아비가 소인의 참소를 입어 북해에 적거하오매 신첩이 일신을 의지할 곳이 없는지라. …… 죽어 만사를 잊고자 하오나 부모의 혈육이 신첩일신뿐이라. 차마 아비의 바램을 끊지 모하와 잔명을 부지하오나 혈혈단신이 의탁무로하와 규중처신에 인심이 두렵사와 어미의 표제 정시라 정숙을 찾아가옵더니, …… 정시랑은 이미 죽삽고 자식이 없사와 숙모는 그 외질을 찾아 원방으로 가옵고 없사오니, 혈혈단신이 도도발섭하여 갔삽다가 바라던 바가 끊이오니 의지할 곳이 없사와 사세 망연하온지라. 사람이 위경을 당하오니 천지가 망극하온 중 아비를 보고 싶은 사정을 걷잡지 못하와 국법을 잊삽고 외람한 의사를 내어 북해로 가려 하오나 만리 장정에 여자의 척신으로 득달하기 어려운지라. 부득이 천지를 속여 음양을 바꾸어 시비로 더불어 남복으로 환착하고 발섭도도하여 겨우 도착하온즉, 천앙이 미진하와 아비는 신병이 침중하와 이미 세상을 버린 지 삼삭이라. …… 주관무의하와 의지할 곳이 없사오니, 강도에게 욕을 볼까 겁이 나와 묘하를 떠나 동서로 표박하올새 여도를 정하고자 하오나 의지 없는 몸이 처치가 어렵사온지라. 남복을 벗지 못하옵고 유리걸식하며 세월을 보내옵더니, 유모와 시비 등이 희경이 또한 이향하온지라. 종적이 묘연하고 지향이 무처하오니 도차지도에 백이사지하와도 세상에 머물러 조금도 유익함이 없삽기로 병진년 칠월 망일에 유모와 시비로 더불어 삼인이 벽해수에 몸을 던지오니, …… 이미 죽은 것을 약을 써 삼인을 살려내오니 …… <김희경전> pp.141-143.

여주인공 장수정이 일찍이 모친을 잃고 부친마저 유배지를 떠나 의지할 곳 없었다. 고난을 겪으며 외숙을 찾았으나 외숙도 죽고 외숙모는 친정으로 갔다는 사실을 알게 된다. 절망 끝에 차마 죽지 못하고 장거리 행로를 위해 남장하여 천신만고로 부친이 있는 곳을 찾았으나 부친도 세상을 떠났다는 놀라운 소식을 접하게 된다. 실신했다 깨어나 시신을 고향으로 모셔다 선영에 안장하고 삼년상을 마친 후 가는 희망을 안고 약혼자 김희경을 만나러 갔으나, 이미 멀리 이사한 뒤였다. 절망 끝에 강에 몸을 던져 자살 하지만 하늘의 도움으로 다시 회생한다. 다시 마음을 가다듬고 남장하여 수학하면서 무과에 급제하고, 병부상서 대원수가 되어 외란을 평정하고 무공을 세운다. 또 우여곡절 끝에 김희경과 혼인하여 행복한 삶을 이루게 된다. 그에 시련에 대한 대략의 과정이다.

장수정은 자살 전후로 의식의 변화를 겪게 된다. 자살하기 전에 그는 친지, 부친, 정혼자 등 어느 누구에게든 의존하면서 살아가려고 하였으며, 강한 타자 의식을 드러냈다. 그러나 죽음을 계기로 그는 새 인생으로 거듭나게 된다. 처음 구출될 때에는 구원자에 의존하면서 살았지만 수학-등과-입상을 통하여 점차 홀로 서기에 성공하게 된다.

다음 중국의 텍스트 <쌍봉기연>을 보겠다. 주인공 왕소군은 비록 지혜롭고 용감한 성격을 지니고 있지만, 가부장적 질서 속에서 존재한 무력한 여성이다. 그녀는 꿈속에서 한원제와 혼약을 맺게 되지만, 간신 모연수의 방해로 둘의 만남은 쉽게 이루어 지지 않았다. 그 후 황후의 도움으로 한원제와 끝내 만나지만, 당시 한나라를 위협하는 막대한 세력을 가진 외적 번왕의 화친 조건으로 왕소군이 요구되면서 만리타향 외국에 가게 된다. 강산과 미인에서 강산을 선택한 한왕은 소군을 보내면서 반드시 출병하여 그녀를 다시 데려오겠다는 약속을 하고는 끝내 실행하지 않았다. 그러나 번국에 간 소군은 이 약속을 철석같이 믿으면서 결국 기다림이 절망으로 다다르게 된다. 번왕이 아무리 호의적으로 대해준들, 소군은 신선으로부터 증여받은 선의(仙衣)를 이용하여 번왕이 가까이 하지 못하게 하고 끝내 정절을 지켜낸다. 강물에 투신함으써 남편(한왕)과의 약속, 두 남자를 섬기지 않는 뜻을 실천한다. 소군은 여성에게 주어지 현실적 한계를 끝내 극복하지 못하고 좌절한 경우이다. 소군이 처한 상황은 힘이 없고 유약한 여성의 현실을 파악할 수 있다. 그는 정혼자와 만나자마자 헤어져야 했고, 또 나라의 이익을 위해 화친하는 '도구'로 희생을 감행해야 했다. 소군은 어렵게 이룬 사랑을 다시 희생함으로써 충을 실현해야 하는 기박한 운명을 지녔다.

<난화몽기전>의 송보주는 부친의 강요로 남자 행세를 살지만, 늘 여자로 돌아가고 싶어 했다. 그의 모친은 그녀의 처지를 동정하지만 역시 여복을 개착하는 것을 동의하지 않는다. 그가 가진 연모의 씨앗도 일찌감치 언니한테 싹둑 잘라버린다. 허문경은 정체를 밝히지 않는다는 조건으로 그녀한테서 억지로 혼약을 받아내고, 황제는 열몇살밖에 안되는 어린 여아를 위험천만한 전장에 내보낸다. 또 어렵게 혼인을 이루지만 반년도 가지 못하고 결국 남편의 질투로 인한 구박에 비극적인 삶을 맞게 된다.

이렇듯 보주는 그저 평범한 여성으로 행복한 가정을 이루는 것을 꿈으로 품고 있었지만, 그는 출생부터 시작하여 삶이 온전히 타인에 의해 결정되어 버렸다. 그의 부친이 살아있을 때에는 부친의 강권에 눌려서 남자 행세를 해야 했고, 부친이 기세한 후에는 언니와 어머니의 압력으로 여복을 개착할 수 없었다. 허문경에게 비록 좋은 감정을 가지고 있었지만, 그와의 혼인 역시 수동적으로 이루어진 것이다. 혼인 후에 남편이 함부로 휘두르는 가부장적 권위에 반항도 못한 채 가정에 처한 여성의 비극을 온전히 드러낸다.

위의 작품에서 알 수 있듯이 여성영웅소설에서 반영된 또 하나의 현실은 여성의 혼인과 관련된 것이라 할 수 있다. 가부장적 봉건사회에서 여성은 혼인의 주도권을 가지고 있지 않았다. 부모의 명과 매파의 말을 따라야 하는 것이 당시의 혼인관례이다. 서사속의 여성 혼인의 현실도 대체로 이와 크게 동떨어져 있지 않다. 여성영웅은 혼인에 있어서 주로 타자로 그려져 있다.

한국의 경우 남녀의 결연 또는 혼인의 관계는 대부분이 하늘이 정해진 천정배필이라는 것으로 나타나며, 황제의 사혼으로 이루어지는 것도 흔히 찾을 수 있다. <박씨부인전>의 경우 부모에 의해 정해진 것으로 나타나고 있다. 중국의 경우 당새아는 원래 독신으로 살아가고 싶었지만, 임삼공자와 삼세(三世)의 연분이 있어서 혼인할 수밖에 없었다. 당새아의 전생 항아는 원래 임삼공자의 전생 후익과 반녀의 부부의 연분이 남아 있어, 그의 의지와 상관없이 혼인을 하게 된 것이다. 요화 역시 황제의 사혼으로 혼인을 하게 된 것이다. 이들에게 혼인은 사회적인 자아실현 및 자유의지의 실현을 방해하는 가장 큰 걸림돌이지만, 당시의 사회체제 속에서 여성의 필연적인 귀착점은 혼인인 것이다.

그러나 애정성취를 영웅서사와 함께 다루어진 텍스트에서는 재자가인소설에 기본 모티프로 등장하는 몰래 정혼(私定終身) 화소가 나타난다. <김희경전>의 경우에는 남녀가 유모를 사이에 두고 부모와 매파라는 절차를 생략한 채 거의 직접 정혼을 한 것으로 볼 수 있다. 남장으로 있을 때 그는 정혼자의 혼인을 적극적으로 돕고 성사시켜 주면서, 정작 자신의 혼인을 성취시키는 데에 있어서 비교적 소극적인 특징이 있다. <영남일사>에서 남녀는 천정배필이면서도 늘 남녀 주인공이 거의 직접 대면하다시피 정혼 또는 혼인을 하게 된 것으로 나타나고 있다. 특히 여성영웅이 혼인을 성취하는 과정에서 시종일관 주도적이고 적극적인 면모를 보였음을 알 수 있다.

2. 충·효·열의 구현

한·중을 막론하고 여성영웅소설은 충·효·열이라는 사상내용으로 일관되어 있다고 할 수 있다. 충(忠)은 군주에 대한 신하의 충성심을 말하는데, 원래 '군주와 관리가 백성을 헤아리는 마음'이란 보다 포괄적인 뜻을 가졌다. 그러나 조선시대나 청대, 그리고 훨씬 이전의 제왕시대에 '충'은 '신하가 군주를 섬기는 마음'이라는 유일한 개념으로 통하게 되었다. 효(孝)는 부모를 잘 섬기는 마음을 가리키는 말로서 인륜 중에서도 으뜸가는 덕목이다. 열(烈)을 윤리덕목의 하나로 볼 때 가부장 사회에서는 여성(부녀자)에게 강요되는 정절 이데올로기로서, 여성들이 근본적으로 지켜야 할 윤리덕목인 것이다.

이 세 가지 윤리덕목 중 충은 남성에게 강조되는 가치관이라면, 열은 여성에게 강조되는 가치관이라 할 수 있다. 효는 남녀 경계가 없는 가치관이라 하겠다. 다만 남녀의 효의 실천 양상에서 차이가 있다.『효경』에 "신체의 모든 것은 부모로부터 받은 것이기 때문에 손상시키지 않는 것은 효의 시작이요, 입신행도하여 이름을 후세에 빛내어 부모까지 세상에 이름이 나타나게 하는 것은 효를 마감하는 것이다"라 하였다. 이는 충효를 한 가지로 보면서 충을 실현하는 것이 곧 대효(大孝)를 이루는 것으로 본 것이다. 이처럼 효의 이상은 입신양명의 공명사상과 직결되며, 남성은 사회, 국가적 차원에서의 효의 실현이 가능한 것이다.

일반적으로 남성에게는 충과 효를 동시에 강조한다고 볼 수 있는데, '충효쌍전' 또는 이와 비슷한 말을 보더라도 충효는 늘 함께 붙어 다니는 형제처럼 밀접한 관계를 지니는 가치관임을 알 수 있다. 이러한 충과 효, 그리고 열의 윤리적 명분을 한 몸에 담아 조화롭게 형상화한 인물은 '여성영웅'이라 할 수 있다. 구체적인 실현 양상은 다음과 같다.

2.1 사회적 이념 추구

충(忠)은 신하가 군주에 대한 도리를 말하는데, 이를 실천으로 옮긴 것이 "제세안민, 충군보국"이다. 봉건사회에서 충은 남성에게 강조되어 나타났던 이념이자 실천덕목이었던 것이다. 충은 사회 및 국가적 차원에서 이루어지는 것으로 남성의 영역에서 자연스럽게 실천된 이념이라 할 수 있으니, 남성은 청렴한 관리가 되어 제세안민으로 나라에 대한 충을 실현할 수 있는가 하면 전쟁에서 용력을 떨침으로써 충성을 바칠 수도 있다.

'충군보국'과 '입신양명' 같은 가치관의 실천행위에서 여성은 모두 배제되는 것이 일반적인 현실이다. 유가적 윤리규범에서 여자에게는 열행을 근본적으로 요구했다. 한 여자는 한 남자만 바라보면서 그를 위하여 정조를 지켜야 하며, 가정 내에서는 부모(출가 전에는 친정부모, 출가 후에는 시부모)를 잘 공양하면서 오직 인내와 순종을 미덕으로 간주하였다. 이처럼 사회적 영역의 양분화로 인하여 가정 영역에 분배받은 여성은 공적 영역에서 실천할 것을 요구되는 충이념과의 직접적인 연계성은 당연히 미약하다 할 수밖에 없다. 여성영웅소설에서 뛰어난 능력을 지닌 여성인물이 남자로 가장하여 남성 영역에 진출함으로써 충이념을 실천하는 모습으로 그려지고 있는데, 바로 이러한 사회적인 제약을 역설한 것이다.

전란이 일어나자 박씨처럼 탁월한 지략으로 외적을 퇴치하여 충의 이념을 실천한 여성이 현실적으로 존재했을 가능성이 가장 크다고 할 수 있다. <박씨부인전>은 병자호란이라는 실제적인 역사사건을 배경으로 하고 있어서 신빙성이 한층 더해진다. 전쟁설화와의 상동구조는 현실과의 연계성은 완전 허구가 아닌 진실의 가능성을 내재한다. 전통적 여성으로서 활동의 영역은 비록 가정이라는 울타리에 한정되어 있지만,

전란으로 빚어진 여러 난관을 주도적으로 극복하는 모습을 보여준다. 전쟁은 남성적인 힘과 폭력이 극대화된 상황으로 여겨지므로 이때의 여성들은 무력하고 수동적인 존재로 인식하기 마련이다. 실제로 여성은 신체적으로나 사회적 위치로 보아 불리한 것은 사실이다.

박씨의 도움으로 피화당에 피난을 하게 되는 여성들은 유약한 여성들의 존재를 대표한다고 보겠다. 이에 반해 똑같은 여성이지만 박씨는 남편을 도와 전란에 능동적으로 대처하는 모습으로 그려지고 있다. 이러한 그녀의 행위는 곧 충군보국을 실천한 것으로 볼 수 있으며, 남성이 충을 실천한 것과 비교하여 열등하다거나 추호의 손색이 없다고 본다. 그녀는 지인지감의 능력과 탁월한 용력으로 호왕이 보낸 자객 기홍대를 굴복시킴으로써, 인조대왕으로부터 '충렬부인'으로 봉해진다. 박씨는 비록 추모로 남편 및 시어머니로부터 갖은 구박을 받아왔지만, 아내, 며느리로서의 도리를 수행하는 데에는 어김이 없다. 그녀가 시아버지의 조복을 지어드림으로써 효를 실현하고, 남편의 장원급제를 도운 일이며 남편으로 하여금 국난을 타개하고 입공을 도운 일 등은 모두 전통적인 여성의 위치를 지키면서도 열행으로 뛰어난 여성적 능력을 실현한 것이라 하겠다.

사회적으로 여성에게 강조되는 이념은 열(烈)이다. 그러나 남성들이 충군보국이란 행위를 충분히 수행할 수 없을 경우 그 기대를 여성에게 돌리기도 한다. <쌍봉기연>의 왕소군(王昭君)의 화친-열행은 바로 충의 실천으로 볼 수 있다. 이때 사회적 가치로서의 충은 여성의 열행으로 확대한 경우라 하겠다. 왕소군은 반강제반자원으로 이민족 국가인 번국과 화친을 감으로써 양국의 전쟁을 완화시키고 백성들을 전쟁의 도탄으로부터 구출하게 된다. 번국에 간 소군은 우선 번왕을 이용하여 전쟁을 일으킨 간신이자 자기 신세를 망친 원수 모연수를 죽이고 복수한다. 또 지략으로 번왕에게 19년이나 억류당하면서도 끝내 절개를 굽히지 않은 충신 소무를 구출하여 한나라에 돌아갈 수 있게 돕는다. 무엇보다도 소군은 미색에 빠진 번왕으로 하여금 인력과 재력을 소비하게 만들고 국력을 약화시킴으로써 다시 한나라를 넘보지 못하게 만든다. 소군의 충군보국은 문(文)도 아니고 무(武)도 아닌 자기를 희생하는 열행으로부터 실천한 점이 여느 여성영웅과 다르다.

한편 소군이 자원입궁(自願入宮)하여 부친의 목숨을 구하게 되는데, 그녀의 효행은 역시 열행으로 확대된 것으로 이해할 수 있을 것이다. 이처럼 왕소군의 충군담과 효행담은 모두 열행으로부터 출발하고 열행 위에서 실현하게 된 것이다. 이 같은 양상은 박씨와 유사하지만, 박씨의 열행은 능력의 실현을 바탕으로 하는 적극적인 의미를 지닌다고 한다면, 왕소군의 열행은 그야말로 희생을 바탕으로 하는 비장미가 더해진다고 하겠다.

구체적인 텍스트에 따라 충·효·열의 실현 양상이 서로 다르게 나타나지만, 충·효·열이란 유가적 이념을 논리의 기본적인 구성 원리로 삼는다는 점에서는 공통적이라 할 수 있다. 아래의 분석을 통하여 구체적으로 확인해 보겠다.

<설저전>은 충의 실현을 계기로 효를 강조하는 작품이다. 서사에서 주인공 설소저로 하여금 최대의 시련을 겪게 한 것은 국난, 변란, 도적난이 아니라 정치체제를 위협하는 자이다. 적대자로 등장한 최훈은 부친의 정적이자 간신이다. 최훈에 의해 부친이 무고하게 유배된 것으로부터 1차적 시련을 겪고, 또 자신을 강제 혼취하려는 것으로 2차 시련을 겪는다. 설소저에게 정혼의 상대도 존재하지 않는다. 그가 입신양명하여 출세를 한 목적은 다름 아닌 최훈을 향한 복수심 때문이었다. 설소저의 과업은 자신과 부친에게 시련을 가져다준 원수를 징치하는 것이다. 설소저는 등과입상한 후 바로 최훈의 죄를 상주하고 유배가게 만들며, 부친의 무죄가 밝혀져 돌아오게 된다. 그녀는 나라에 있어서 종양과

같은 존재인 최훈을 제거함으로써 충을 실현한 것이라 할 수 있다.

이 충을 통해서 부친의 무죄를 증명하고 몰락한 가문을 부흥시키고 부친에게 영화를 누리게 함으로써 근본적인 목적인 효를 실현하게 된다. <설저전>은 무엇보다도 효를 강조한 작품이다. 그의 과감한 행위는 단지 효라는 가치를 실현하는 데 그치고 있을 뿐이다. 그는 정말로 여자로서 사회정치에 참여하거나 개인의 능력을 실현하고자 하는 욕망에서 출발한 것이 아닌 것으로 이해된다. 이 점은 그에 대한 사람들의 칭찬에 오히려 '규중 여자로서 간섭할 일이 아니라'고 한 설소저의 말에서 잘 나타난다고 본다. 그는 규범을 어긴 자신의 행위에 대해 부정적인 태도를 보이면서 여자는 여자답게 행동해야 한다는 당대의 사회적인 기제에 동조하고 있는 것으로 이해된다.

당새아는 천하를 품은 영웅이지만, 황가(皇家)의 정통성을 인정하는 충신으로 그려진다. <여선외사>의 작가 여웅(呂熊)은 "충신의사와 효자열원"을 드높이기 위해 이 글을 쓴 것이다. 따라서 이 작품의 창작동기는 일차적으로 충·효·열의 이념을 제창하는 데서 찾아진다. 작가는 주인공 당새아를 충신으로 내세워 '찬위'한 주체(영락)를 간신으로 설정한 후 충간의 대립구도를 형상화한다. 건문제가 정통이라는 명분을 가지게 함으로써 연왕 주체의 '찬위' 사건은 당연히 비정한 행위로 전락하게 된다.

작품은 충신을 찬양하고 반적을 징벌하는 포충극반(襃忠殛叛)의 주제사상에 바탕을 두면서, 충간[선악]의 대립구도를 통하여 근본적으로 충의 이념을 선양하는 데 목적을 두고 있다. 이 점은 서사 전개 상 주인공 외에 많은 충렬지사(忠烈之士)의 이야기를 다루는 장면에서 드러난다. 서사에서 주체(朱棣)의 '간사함(奸)'과 대조적으로 건문제에게 끝까지 충을 지키면서 제남부(濟南府)를 굳게 지킨 철현의 형상, 영웅호걸들이 충[=선]을 대표로하는 당새아의 근왕 의군에 가담함으로써 정의지사가 점점 강대해지는 장면, 효유(孝孺)가 연왕에 대한 저항 장면(21회) 등에서 모두 충의 이념을 고양시키고 있다. 당새아로부터 확대 표출한 충의 이념에 비해 그녀에게서 실현한 효의 이념은 전통 그 자체이다. 부친이 기세하기 전에 부친에게 양아들을 들이게 한 것과 부친이 돌아가시고 유가적 윤리규범에 어긋남이 없이 장례를 치루는 면에서 효의 이념이 잘 드러난다. 그 뒤 봉기를 일으키고 근왕하는 동안 주로 충을 실현한다.

<난화몽기전>의 여주인공 송보주는 충·효·열을 겸비한 인물로 형상화되어 있다. 송보주에게 충의 이념을 실현하는 계기는 가문의 유지라는 효에서 출발한 것이다. 그녀는 비록 수동적으로 공적인 영역에 나아가게 된 것이지만, 공직에 있을 때 백성들의 청렴한 관리로서의 역할을 훌륭하게 수행한다. 전쟁에 나가서는 탁월한 군사적 지도력으로 용력을 발휘하여 국가의 변방을 안정시키고 변란을 평정한다. 보주의 충이념은 적이라는 신분을 가진 충신에게도 너그러움을 베푸는 장면에서 잘 드러난다(45회). 보주는 자신에게 잡혀 있지만, 굴복하지 않는 엄국구의 높은 절개를 사면서 놓아주는 반면, 간신에게는 가차 없이 극형의 처벌을 내린다. 충효의 적극적인 실천과 달리 보주의 열은 전통적인 인내와 복종에서 더 나아가지 못한 것으로 나타난다.

<목란기녀전>의 목란은 그야말로 충·효·열을 표방하는 전형적인 인물로 그려지고 있다. 이 작품의 또 다른 제목-<충효용렬기녀전(忠孝勇烈奇女傳)>에서도 이 점을 확인할 수 있다. 목란은 병약한 부친을 대신하여 남장 종군하여 출정하는 12년 동안 12개의 큰 군공을 이룩하고 나라의 일등 공신이 된다. 목란은 군공으로 벼슬이 무소장군에 이르지만 아무런 하사도 바라지 않고 의연히 고향에 계신 부모 곁으로 돌아간다.

목란은 충군보국의 윤리덕목을 훌륭하게 실천해내지만, 그 근본은

효에 두고 있다. 목란의 영웅성은 전적으로 효를 실현하는데서 나타난다. 출정 시 적군이 그의 효심을 이용하여 두 여우요괴(狐怪)를 그녀의 부모로 변신하게 한 다음에 성문에 적신(赤身)으로 매달리고 목란을 굴복시키고자 했다. 이 장면을 본 목란은 당장 기절해버리고 심지어 자결을 감행한다(24회). 효를 실현할 수 없다는 사실 앞에서 목란의 이성(理性)이며 지략, 용감함이 모두 효력을 잃게 된다. 전쟁 중이란 사실과 충군보국이란 이념도 상실하게 된다. 물론 조력자의 도움으로 위기를 극복하게 되지만, 목란에게는 효가 가장 근본적이고 우위라는 것을 보여준 사건이다.

돌궐(突厥)을 굴복시키고 충군보국의 임무를 완수한 목란은 고향에 돌아가 부모 곁을 지키면서 심성을 수양하는데 힘쓰며 살아간다. 나중에 황제(태종)가 목란의 여화위남한 사연을 알고 그에게 장·후(將·侯) 및 공주의 봉함을 내리고, 가족들에게도 각각 작위를 하사하는 등 무한의 영화를 누리게 할 뿐만 아니라 거듭 복직할 조서를 내리지만 목란은 모두 마다하고 부모에게 효도할 굳은 뜻을 꺾지 않는다. 부모가 돌아간 후에는 장례의 법도에 맞게 상을 치르고 황제의 재차 부름에도 거상하는 이유로 응하지 않았다. 그녀는 유가적 효의 이념을 철저하게 준수하고 시행하였다.

목란의 사상적 기저는 효제(孝悌)로 유명한 그녀의 조부로부터 영향 받은 것이다. 목란의 충은 앞에서 말한 부친 대신 종군하는 행위에서 나타날 뿐만 아니라 열행으로도 나타난다. 집에서 효도하고 도를 닦으면서 지내다가 간신의 박해로 무씨지화(武氏之禍)에 연루되지만, 목란은 표를 올리면서 뜻을 밝히고 죽음으로 정열(貞烈)을 증명한다. 그의 죽음으로 황제는 뒤늦게 깨닫고 목란에게 정열공주라는 시호(諡號)를 내리고 "충효용렬"문을 제하였다. 간신에게 좌지우지되면서 선악을 분별하지 못하는 임금이라는 사실을 알면서도 임금의 절대적 권력 앞에서는 충절을 증명하는 최선의 방법은 죽음[烈]이라 생각했던 것 같다. "고충(孤忠)"을 바칠 수밖에 없는 한계, 자신의 의지대로 살 수 없는 개인적 한계를 드러내는 그녀의 열행에 비장함이 곁들어 있다.

<아녀영웅전>은 작품 자체가 하나의 윤리도덕을 강조하는 설교적인 교재이다. 작품은 주인공 하옥봉은 부친이 권세가에 의해 무고하게 죽고 자기마저 강제 혼취하려 하자 화를 피하기 위해 집을 떠나 이름을 십삼매(十三妹)로 바꾼다. 그후 세상을 떠돌면서 협녀로 활동하며 복수할 기회를 노리다가 재자 안기와 혼인하여 행복한 가정을 꾸려나가는 것으로 구성되어 있다.

그녀의 충효사상은 부친을 위해 복수하는 것과 나라를 해치는 권신을 제거하고자 하는 뜻에서 드러난다. 그녀가 직접 복수하기 전에 적대자가 죽은 것을 알고, 그녀는 평생 종묘를 지키면서 도를 닦는 것과 함께 온전한 효도를 행하고자 결심한다. 그녀의 열은 강호에 떠돌면서도 수절을 한 모습(앵혈, 守宮沙)에 대한 강조, 혼인한 후 또 다른 부인과 사이좋게 지내면서 함께 남편의 공명을 돕는 데에서 잘 드러난다. 작품의 전반부에서는 효에서 출발했으나 영웅적 기개를 다룬 후반부에서는 모범적인 열행을 실행하는 현모양처로 그려지면서 "성격이 끝내 이상하고 억지로 끼워 맞춘 듯"한 모습으로 나타난 것은 바로 여주인공이 효열을 실현하는 동기 및 행위 양상의 차이에서 비롯된 것이라 하겠다. 부친에 대한 효를 실현하기 위해서는 부친을 돌아가게 한 원수를 징치해야 하는데, 여자라는 한계를 극복하기 위해서는 협녀라는 신분이 주어진 것이다. 그러나 이것이 해소되자 원래 신분으로 회복하면서 열을 실천한 것은 전통여성으로서는 당연한 것으로 여겨진 것 같다. 하옥봉은 다만 작가의 유가적 이념을 대변한 인물임을 말해준다. 그리고 이런 점은 하옥봉과 관계 맺는 다른 주요 인물들도 대체로 충·효·열을 표출하는 형상으로 그려진 데에서 잘 드러난다.

이처럼 한·중 여성영웅소설에서 여성인물은 동기 여하를 막론하고 사회적인 이념인 충·효·열을 실현하는 영웅으로 그려지고 있다. 여성 영웅소설의 출현 당시 양국에 모두 군권의 강화로 유교이념이 사회 전역에 보급되면서 근본적인 가치관으로 자리 잡게 되었다. 이러한 사상적 배경에서 창작된 소설 텍스트에 충·효·열이라는 사회적 이념이 반영된 것도 당연한 일이라 하겠다. 그러나 양국 여성영웅이 이념의 실현에서 구체적인 차이를 보인다. 한국의 경우 가문 중심으로 효의 실현을 근본 목적으로 하고 있다면, 중국의 경우 작품이 강조되는 이념의 형식이 각기 다르며, 전적으로 충을 내세우거나 효, 열을 충의 실현으로 확대하는 것 등이 있다.

2.2 개인적 이상 실현

개인적인 이상의 실현 양상은 여러 가지로 존재한다고 할 수 있다. 개인의 이상이 곧 사회적인 이념을 추구하는 것과 일치할 때, 앞서 논의한 충·효·열은 바로 개인의 이상을 실현하는 한 가지 양상이라 할 수 있다. 유가적인 가치관이 절대 우위인 사회적인 분위기 속에서 개인의 이상이 유가적인 가치관과 연결하는 것은 극히 자연스러운 일이라 하겠다. 개인이 사회, 국가적 차원에서 충, 효를 실현함으로써 사회적인 존재로 인정받고 개인의 가치도 빛을 발하게 된 것이라 하겠다.

개인의 가치는 반드시 사회적 공헌에 바탕하고 있다. 봉건사회에서 사회적인 개인으로 인정받고 사회에 공헌한다는 것은 곧 공명을 이루고 제세안민과 충군보국을 실천하는 것을 의미한다. 사회적인 존재로 인정받기 위해서 출세해야 하고 출세하기 위해서는 공명이 있어야 한다는 것은 봉건사회에서의 보편적인 이치이다. 이것은 곧 공명사상으로 표현할 수 있는 바, 즉 국가에 크게 공훈을 끼쳐 그 명성이 생존시에 는 물론 길이 후세에까지 남기는 것을 의미한다. 다시 말하면 국가가 외우나 내환으로 존망의 위기에 처해 있을 때 그것을 평정하여 임금으 로부터 그 능력을 크게 인정받아 위품이 백관의 으뜸이 되고 또 임금을 도와 태평성대를 성취하여 국민들로부터 절대적인 존경을 받게 되는 것을 말하는 것인데, 이것이 바로 유가의 현실주의에 입각한 최고의 이 상으로서 출장입상하여 이름이 죽백에 길이 남는다(名垂竹帛)는 것이 다. 이러한 이상을 실현하기 위해서는 과거라는 관문을 거치는 것이 거 의 유일무이한 방법이다. 한국의 여성영웅소설에서는 주인공이 거의 예외없이 <등과→입상→출장→입공>의 절차를 밟으면서 공명을 얻는 것으로 되어 있는데, 입신양명의 이상이 바탕하고 있음을 알 수 있다.

한국의 여성영웅소설에서는 주인공 자체가 공명에 대한 강렬한 지향 성을 지니면서 형상화되는 경우가 많다. 이현성, 방관주, 삼주자매 등이 대표적이다. 이들은 어려서부터 공명에 뜻을 두고 문장공부를 행하고 입신양명을 효의 근본적인 실현으로 보는 것으로 나타난다. 이들의 공 명사상은 효이념의 실현과 직결된다. 또 다른 경우는 주인공이 처음부 터 공명에 뜻을 두고 있는 것이 아니라 어떤 계기로 인해 입신양명의 당위성을 부여받게 되는데, 부친의 복수가 대표적인 양상이라 할 수 있 다. 이때에도 그 근본적인 출발점은 효이다. 한국 여성영웅소설에서 주 인공의 근본적인 성취목적 또는 이상은 효이념의 실현으로 볼 수 있을 것이다. 여기서 효이념의 실현은 부모를 대상으로 하는 것보다도 가문 을 대상으로 하기 때문에 전통적 여성의 효와 구별된다. 부모에 대한 효는 인내와 희생이라면 가문에 대한 효는 입신양명을 통한 가문의 유 지, 가문의 부흥, 가문의 창달 등으로 구체화된다. 여성영웅소설에서는 여성영웅이 가문에 대한 효를 실현하는 주체가 된 것이다.

주지하는 바와 같이 조선후기 사회는 가부장적 구조적 특성으로 혈연관계를 바탕으로 하는 사적 영역과 혈연을 초월하는 차원에서의 공적 영역으로 엄격히 구분되어 있다. 명분상으로는 공적인 영역이 우위를 차지하는 사회이나 실제로는 사적인 영역이 공적인 통치 영역을 상당히 압도한 혈연적 가족주의 사회라 할 수 있다. 특히 여성의 경우 가족과 가장 밀접한 관계를 지닌 존재이므로, 가족주의 이념을 공유하는 사회에서 그녀들이 가문에 대한 효의 실현을 이상으로 삼은 것은 당연지사라 할 수 있다.

조선후기 사회에서 여성은 한 개인으로 살아가기보다 타자의 삶을 사는 것이 보편적 현실이라 할 수 있다. 삼종지도의 윤리적 규범으로 인해 여성은 가정이라는 울타리 속에서 늘 타자로 인식될 뿐 자립적인 개인으로서의 독자적인 삶을 영위하기 어려웠던 것으로 여겨진다. 그러나 여성영웅들은 비범한 자질을 타고난 존재들로서, 탁월한 기상과 뛰어난 능력을 지닌다. 그럼에도 불구하고 이들이 여성으로 태어난 이상 그 능력을 펼칠 기회가 거의 없는 것이 일반적인 현실이다. 그러나 남성에게는 그러한 기회가 태생적으로 주어져 있다.

따라서 영웅성을 지닌 여성은 남성이 되기를 원하고 적극적인 방책으로 남장을 선택하게 된 것이다. 그녀들이 입신양명을 근본적인 이상으로 삼는 것은 남성의 우월성을 획득하기 위한 것이다. 이로써 사회적인 존재로 인정받고, 가문에 대한 효를 실현할 수 있기 때문이다.

여성영웅이 남장을 통해 효를 실현하는 데는 혈연관계에 의한 가족주의라는 세계관이 근저에 굳게 자리하고 있음을 알 수 있다. 조선후기 여성영웅소설에서 가정 또는 가문은 여성인물이 영웅성을 펼치게 되는 동기 부여와 함께 중심축으로서 작용을 한다.

예컨대 설저가 남장하여 입신양명한 기본적인 동기는 부친의 위치 회복과 가문의 부흥이다. 따라서 공업의 성취로 사회적인 지위와 힘을 획득함으로써 부친을 실각하게 만든 적신이자 그녀로 하여금 의지할 곳을 잃게 한 원수에게 복수의 칼날을 휘두를 수 있게 된 것이다. 홍계월은 전란으로 인해 부모와 헤어지면서 시련을 겪게 되는데, 그녀가 공업을 성취하게 되는 기본적인 동기는 헤어진 부모를 찾는 것이다. 무엇보다도 그녀의 입신양명으로 부친이 사회의 중심부에 다시 복귀될 수 있었고, 해체된 가문도 다시 부흥될 수 있었다.

이처럼 한국의 경우 여성영웅의 개인적 이상 실현은 가문이라는 공동체 이상 효이념의 실현과 직접적으로 연결된다. 구체적인 실현의 과정은 <등과→입상→출장→입공>인데, 여성영웅소설을 포함한 조선후기 영웅소설에서 주인공이 거의 빠짐없이 거쳐야 할 과정으로 나타난다. 이것이 소설의 유형적 관습이 되기에는 창작자와 수용자 모두가 <등과→입상→출장→입공>을 이상 실현의 최적한 방법으로 보는 것에 합의하고 있음을 말해준다.

이러한 설정은 창작자와 연결해서 이해할 수 있는데, 창작자를 가정에 머무른 여성을 상정할 때, 여성영웅소설에서 규각을 벗어나 사회적으로 능력을 발현하여 개인으로서 인정받고 싶은 여성의 이상을 구현한 것으로 볼 수 있다. 여성이 남장을 통해 능력을 발현하는 것은 근본적으로 여성이라는 자신의 현실 처지를 인식한 남성 선망의 표현으로 이해할 수 있다. 그녀들이 남성으로서 지향하는 것이 부모의 원수를 갚는 것이나 부모께 영화를 안겨 가문을 빛내는 것은 당대의 사회적 가치관의 추세로 자연스러운 발현으로 이해할 수 있을 것이다. 창작자를 남성으로 상정할 경우, 임병양란으로 영웅 대망의식 보다도 실추된 양반의 권력회복 의식이 이러한 작품 주제에 더 강렬하게 반영된 것으로 볼 수 있다.

반면에 중국 여성영웅소설에서는 여주인공이 직접 입신양명을 목표로 삼은 경우는 발견하지 못했다. 서사에서 여성영웅의 이상은 다양하게 형상화되어 있다. 당새아, 주요화, 주목란을 대표로 하는 여성영웅은 선도(仙道) 또는 불도(佛道)를 닦는 것을 개인의 근본적인 이상으로 삼고 있는 것으로 나타난다. 한편 송보주와 같이 그냥 평범한 여성으로 살아 갈 것을 소망한 것으로 그려지기도 하고, 이소환 등 가인들처럼 재자와 행복한 인연을 이룰 것을 추구하는 것으로 나타나기도 한다. 그녀들의 이상 또는 목표는 모두 사회적인 이상과는 별개의 것이다. 그녀들의 평범한 이상과 달리 사회적인 이념을 실현하는 평범하지 않는 영웅의 삶을 살게 된다. 그녀들의 원초적인 소망과 상관없이 타의에 의해 부귀공명을 성취하게 되는 것이 보통인데, 이러한 설정은 작가의 '자아'와 연결해서 생각할 필요가 있다.

중국 고소설의 작가가 대개 뜻을 펴지 못한 남성 지식인이라는 사실을 감안했을 때, 그들의 꿈은 여성영웅을 통하여 실현된 것으로 볼 수 있다. 아래의 글에서 그 이유를 일부 찾을 수 있을 것으로 본다.

이는 문인이 실세하는 시대이다. 이와 같은 시대에서야말로 문인들은 처음으로 여자의 어려움을 깨닫게 되고 여자가 규각을 나와 사회에 융합하는 것은 문인이 사회에 뛰어들어 제세하는 포부를 실현하는 것과 같이 힘든 일이다. (중략) 士人이 나약함을 의존하는 시대에서 문인 소설가는 비로소 시각을 여성세계에 돌리면서 여성영웅의 출현을 갈망한 것이다.181)

위에서 살펴본 바와 같이 뛰어난 자질과 능력을 지닌 여성이라 할지라도 사회에 나아가지 못하고 규각에 묻혀 살아야 하는 것이 여성의

---

181) "這是一個文人失誌的時代, 也只有在這樣的時代, 文人們才第一次體會到了女子的困境, 女子走出閨閣, 融入社會, 是和文人入世, 施展濟世抱負同樣的艱難. (略) 在這士人依附懦弱的時代, 文人小說家甚至將目光轉向了女性世界, 渴望女英雄的出現." 李明軍, ≪中國十八世紀文人小說研究≫, 北京: 昆侖出版社, 2002.

현실이며, 뛰어난 재능과 학문을 지닐지라도 사회에 참여하지 못하고 재학을 가슴에 묻고 살아가야 하는 것이 일부 문인의 현실이다. 문인과 여성의 현실은 똑같이 암울한 것이다. 여성영웅은 부정과 용감하게 싸우는 존재이기 때문에 문인은 암울한 현실을 벗어나고자 한 욕망을 여성영웅으로부터 찾고자한 것이다. 여성영웅이 현실의 제약을 타파하고 사회적인 무대에서 이상과 포부를 마음껏 실현하는 것은 곧 문인 작가 자신의 꿈인 것이다. 그들이 여성을 동정하는 것은 곧 자신 및 자신과 같은 처지의 문인을 동정하는 것으로 이해할 수 있다. 그들은 실제 현실에서 실현할 수 없는 꿈을 서사적 현실에서 여성영웅을 비롯한 인물과의 동일시를 통하여 대리경험을 하게 된다.

일례로 <여선외사>를 보겠다. 작가 여웅(呂熊)이 생활하는 명말청초는 마침 정권교체로 인해 사회적으로 불안정한 시기이며, 많은 문인들은 정부에서 실행한 고압적인 문화정책을 경험해야만 했다. 여웅은 명대 충신의 후예로서 출사하지 말라는 부친의 유지를 받들어 평생 관직에 나아가지 않았다. 그러나 세상을 구하고자 하는 높은 뜻만은 굽힐 수 없었다. 그는 "평생의 학문과 뜻(平生學問心事)"을 <여선외사>에 기탁함으로써 새로운 정치적 질서를 세우기 위해 용감하게 싸우는 당새아를 영웅으로 그림으로써 제세안민과 충군보국의 이상을 실현하게 된다. 물론 그 이면에 "현실 정치에 대한 한족 지식인의 불만을 표출"하고 작가의 민족감정이 일부 작용한 것으로 여겨진다.

<요화전>, <영남일사>등의 작가들도 여웅과 마찬가지로 득세하지 못한 문인들이다. 그들은 모두 '뛰어난 재능은 있으나 일생에 공명을 얻지 못한다.'[182] 따라서 그들도 여웅과 마찬가지로 세상을 구하는 포부와 이상을 작중인물에 투사하여 그들을 통하여 현실에서 이루지 못

---

182) 张俊, 같은 책, p.264, pp.304-305.

한 공명을 서사적 현실에서는 마음껏 펼치고 있는 것으로 보인다.

이처럼 중국 여성영웅소설에서 작가(남성작가)는 윤리규범을 과감히 타파하고 영웅성을 실현하는 여성인물의 행위양상을 통하여 제세안민, 충군보국의 이념을 실천하는 간접적인 경험을 하게 된다. 그러나 작중 인물의 근본적인 지향성은 부귀공명에 두고 있지 않으며, 대체로 상반되는 쪽을 지향하는 이율배반적인 특징이 있다.

3. 자유의지의 구현

여성영웅소설에서 정도가 다르게 여성이 주체로 서고자 하는 자유의지가 서사에 표출되어 있다는 점이 주목된다. 한국의 경우, 입신양명에 대한 욕구, 공적인 영역에 대한 지향성은 곧 주체로 서고자 하는 자유의지의 표현으로 이해된다. 남성지향성이 강한 여성영웅들이 바로 주체지향적 인물의 대표이다. <방한림전>에 방관주와 등장한 또 다른 주체적인 여성인물 영혜빙의 말을 빌리자면, '여자는 모든 일을 뜻대로 행하지 못하여 남편의 절제까지 받아야 하니 남자로 되지 못한 이상 차라리 결혼하지 않는 것이 옳다'고 하였다. 전통적인 윤리 교육을 받고 자란 사람들에게 그의 생각은 너무도 당돌한 것이라 할 수 있다. 그의 말에서 당시 억압받는 여성의 가정생활의 단면을 엿볼 수 있을 것이다. 그리고 모든 행위가 규제를 받아야 하는 억압적인 현실에서 이탈하고자 하는 강렬한 욕망을 표출한 것도 포착할 수 있을 것이다. 그는 혼인하지 않으면 그러한 절제를 받지 않아도 된다고 생각했던 것 같다. 그녀와 비슷한 생각을 가진 인물은 <이학사전>의 이현경을 상기할 수 있다. 그녀가 혼인을 극력 거부한 이유도 바로 영혜빙이 말한 것과 그렇게 멀지 않을 것으로 본다. 무엇보다 영혜빙과 부부의 연분을 맺으면서 위의 생각을 몸소 실천한 인물이 방관주이다.

방관주는 어려서부터 스스로의 의지로 기존의 여도를 거부하고 남복을 한 채 공부와 무예에 힘을 쓰면서 가문을 빛내고 입신양명할 뜻을 실현하기 위해 부지런히 능력을 쌓아둔다. 그리고 그의 부모도 딸의 출중함을 보고 그의 생각을 존중하여 그 뜻을 따르게 된다. 이를 통해 기존 사회의 이데올로기에 따른 남녀의 역할 구분보다 개인의 의지와 능력을 더 중시하는 사고를 엿볼 수 있다. 대부분 텍스트에서는 이와 비슷한 양상을 발견할 수 있다. 서사 속 여성영웅들은 가정 내에서 수학, 특히 문장공부에 대하여 가장들은 대체로 관대하는 태도를 지니는데, 이는 서술자를 비롯한 일부 진보적인 사대부들이 여성들의 가정 내의 수학에 대하여 크게 반대하는 눈치가 아니었음을 알 수 있다.

방관주의 수학과정은 주로 독학에 의해 이루어졌으며, 성장하는 과정에서 '원근 산천과 지방, 바다를 두루' 유람하러 다니면서 견문을 넓히기도 했다. 그의 행위양상에서도 볼 수 있듯이, 극히 주체적이고 자아의식이 강한 인물임을 알 수 있다. 그의 남자 행세에 부모도 동조를 하였으니 그는 여자에게 주어진 각종 규제에서 벗어날 수 있었다. 당시 여자의 신분으로 여기저기 유람 다닐 수 있는 사람은 기생 아니면 비구니를 생각할 수 있다. 물론 성별을 숨김으로써 가능한 일이며, 자유를 갈구하는 그의 의지를 엿볼 수 있다.

여성의식에서 볼 때 방관주의 기본 동기는 '여성의 자율적이고 독립된 삶의 실현'이고, 자기가 살고 싶은 삶을 살겠다는 것이다. 현대에 있어서도 자기의 '고집'대로 살아가기에는 너무도 많은 현실적인 문제가 걸리기 마련인데, 사회적인 기제나 제도 등 여러 면에서 여성에게 불리한 사회에서 방관주의 행위는 그야말로 백일몽이라 할 수 있다.

<옥주호연>의 세 자매는 규방에서 그들의 의지대로 문무를 수학하

지만, 그들의 자유의지는 당대의 가치 질서를 대표하는 부권(父權)과 갈등할 수밖에 없다. 그들은 규방에 있으면서 천하를 걱정하고 난세를 빌어 혁혁한 사업을 이룩하고자 한다. 따라서 그들이 자유의지를 실현하고 입신양명의 뜻을 펼치기 위해서는 더 넓고 더 열린 세계로 나아가는 것이 유일한 길이다. 그들에게 있어서 규방은 그들을 타자화하는 닫힌 공간이고 세상은 주체의 길을 열어주는 열린 공간을 대표한다. 닫힌 공간을 벗어나서 열린 공간으로의 진출은 곧 주체가 되기 위한 하나의 과정이다.

남성적인 시각에서의 제한된 여성상을 거부하고 자아의 계발과 성취를 중시하는 여성영웅들의 모습에서 새로운 방식의 삶을 추구하는 적극적인 모습을 보여준 데서 긍정적인 의미를 지닌다 하겠다. 그러나 그들이 자아실현 또는 자유의지의 실현을 위한 목적은 거의 모두 가문을 빛내는 일, 국가의 번영을 실현하는 공동체 이상과 겹친 것으로 나타나고 있다.

물론 공적인 영역에서 목표를 성취하는 것만이 자아 실현적이고 자유의지에 따른 적극적 삶이라고 할 수는 없다. 중국의 경우, 공적인 영역에서 오히려 규방으로의 회귀를 지향한다. 목란은 혁혁한 전공을 이루지만 가정에서 부모께 효도하면서 도를 닦는 삶을 추구하였다. 송보주는 공적인 영역에서 잠재적인 능력을 발현하지만, 여성답게 살고 싶어 했다. 그들이 공적인 영역에 나아가게 되는 것은 그들의 자아실현에 의한 것이 아니라 군권 또는 부권이라는 힘에 의하여 수동적으로 이루어진 것이다. 그들이 진정으로 갈구한 것은 강압적인 권력에 좌지우지되는 삶이 아니라 자유의지에 따른 삶이다. 그들이 욕망한 자유가 가부장제에 길들여진 자리-또 다른 비극을 내포하는 자리-이기도 하다. 이러한 규방, 여성다움에 대한 지향성은 당대 여성의식의 한계를 드러내는 것도 사실이다. 살고 싶은 삶을 사는 그들의 꿈은 현실 앞에서 무자

비하게 무너진다. 결국 두 인물은 모두 비극적인 죽음으로 생을 마감하게 된다. 그들의 비극에서 여성의 자유로운 삶을 억압하는 군권, 부권에 대한 강렬한 비판의식을 읽어낼 수 있다. 이를 표면적인 주제로 간주한다면, 그들의 비극은 작가의 자아와 관련해서 심층적인 의미를 내포한다고 보아낼 수도 있다. 일반적으로 '소설의 비극은 작가와 환경과의 사이의 비극의 연장'이라 할 수 있다. 한편으로는 이상과 포부를 실현하고 싶지만, 어두운 정치적 현실은 자기의 의지대로 바꿀 수 없는 한계를 지녔다. 또 한편으로는 모든 것을 내려놓고 자유롭고 행복한 삶을 갈망하지만 그것마저 제대로 이루어진 것 같지 않다.

이보다 더 적극적인 자유의지의 실현 양상은 도를 닦는 것이라고 볼 수 있다. 당새아와 요화가 대표적인 인물이다. 당새아는 전생이 월궁항아로서 천랑성과의 악연으로 지상에 적강하게 되었지만, 포선고를 위시로 하는 현녀 등 선녀들의 도움으로 노를 닦으면서 결국 승천하게 된다. 그가 근본적으로 소망하는 것은 다시 신선이 되어 월궁에 돌아가는 일이다. 요화 역시 전생이나 현세에서나 도를 닦는 것을 근본적인 목적으로 삼고 있다. 따라서 그들에게 혼인은 도를 닦는 데에 있어서 가장 큰 장애이다. 가정의 예속에서 벗어나기 위해서는 우선 혼인의 문제를 해결해야 했다. 당새아는 천명으로 어쩔 수 없이 반년의 혼인을 이루게 되었지만, 남편이 죽으면서 곧 자유의 몸이 된다. 요화는 천자의 사혼으로 혼인을 이루지만, 대리혼을 시킴으로써 역시 가정의 예속에서 자유롭게 행위한다.

당새아와, 요화의 이 같은 행위양상은 철저히 개인의 이상실현에 두어져 있는 것이다. 이들은 또한 탈제도주의적 행보를 보이는 자유주의자이다. 국가의 운명은 그들의 힘으로 어쩔 수 없을 뿐 아니라, 그들에게 나라의 번영과 발전은 선도 수련에 비해 부차적인 것이다. 목란 역시 윤리적 가치관에 충실한 도학자로 그려지긴 했지만, 황제의 부름에도 응하지 않는 점, 오직 규방에서 불도 수련에 몰두하는 점은 역시 같은 차원에서 이해할 수 있을 것이다. 그들이 도를 닦는 것을 추구하는 것은 다름 아닌 자유의지에 따른 개인의 이상실현이라 할 수 있다.

이상 살펴본 결과, 한국의 경우 여성영웅은 개인의 자유의지 실현 속에서 공동체 중심적인 유교적 윤리의식이 자리 잡고 있다면, 중국 여성영웅이 표출한 자유의지에는 개인적 행복을 더 중시하는 개인주의적 의식이 자리 잡고 있음을 알 수 있다.

제**6**장

여성영웅소설의 소설사적 의의

여성영웅소설은 여성영웅의 활약을 최대의 지평으로 삼는 것을 특징으로 한다. 한·중 양국의 여성영웅소설은 모두 봉건왕조 시대에 출현한 소설 갈래인데, 소설의 주인공 여성영웅은 인내와 순종을 미덕으로 삼는 당대의 모범적인 여성상과 달리 주체적이고 탈규범적인 모습으로 형상화되어 있다. 소설과 현실의 역동적인 관계를 고려하면, 영웅의 성격을 지닌 여성인물이 소설의 중심에 서게 된 것은 여성에 대한 당대의 인식변화 및 여성에 대한 이해와 관심의 확대를 보여준 것이라 할 수 있다. 따라서 여성영웅소설의 출현은 양국 소설사에서 모두 중요한 의의를 가진다고 하겠다.

여성영웅소설은 하루아침에 불쑥 출현한 것이 아니라 문학의 전통 및 당대 문학 사조의 영향으로 형성된 것으로, 발전하는 과정에서도 여러 장르와 밀접한 관계를 가지면서 상호 교섭이 일어나기도 했다. 여성영웅소설의 출현할 당시 남성영웅소설, 애정소설, 가정 및 가문소설 등이 공존하고 있었는데, 이와 같은 여러 갈래의 소설들은 각기 역시 그들 나름의 유형적 특징을 지니고 있다. 그런데 뛰어난 능력을 지닌 여성인물의 이야기는 당시로서는 '기이한 것'으로 간주되었다. 이런 사실은 텍스트의 시작 부분(회두) 혹은 후기에서 확인할 수 있으며, 때로는 작품의 제목에서 직접 시사해 주기도 한다. 소설의 출현은 그 시대적인 상황과 관계된다. 따라서 여성영웅소설 속 여성의 형상과 당대 여성의 형상 사이에 거리가 있을 때, 소설에 나타난 여성의 현실이 꿈으로 간주되어야 하는지에 대한 파악은 여성영웅소설의 출현 의의를 규명하는 중요한 문제들이다.

우선, 여성영웅소설은 새로운 소설 갈래로서 전반적인 소설사에서 갈래의 확대를 가져왔다고 할 수 있다. 한국의 여성영웅소설은 소설사에서 남성영웅소설과의 변별성이 인정되어 독자적인 갈래로 자리매김을 하고 있다.[183] 지금까지 여성영웅소설로 논의되어 온 텍스트는 3, 40편이 된다. 이 텍스트들의 창작시기와 작가에 대해서 명확히 전해진 바가 없어 여성영웅소설에 대한 연구에 있어서 많은 어려움이 존재한다. 기존 많은 신행 연구자들이 여성영웅소설의 구조분석, 유형분류를 통하여 그 형성시기 및 발전 경로에 대해 추론을 해왔다. 현재 연구

---

183) 강화수(같은 논문, p.195)는 여성영웅소설의 자생설을 제기하면서 (남성)영웅소설과는 무관한 하나의 "개별 갈래"로 설정하였다. 지금까지의 연구에서 여성영웅소설의 군담은 주로 영웅소설과의 관련성에서 이야기되었다. (전용문, 류준경 등) 다시 말해 영웅소설의 군담 형식이 그대로 주인공의 성별만 변한 채 여성영웅소설 속에 들어왔다고 인식되어졌다. "그러나 아직 통속적 영웅소설이 등장하기 이전인 18세기 초의 작품인 〈이현경전〉에서 입신양명의 단계로 군담이 등장하고 있다면, 여성영웅소설 속에서 군담의 존재는 영웅소설이 아닌 다른 방향에서 탄생했을 가능성을 배제할 수 없다." 박양리, "조선초기 여성영웅소설로 본 〈이현경전〉의 성격과 의미", 한국문학논총 제54집, 2010. 전이정(같은 논문, p.154)은 한국 여성영웅소설의 장르 특성을 규명하면서 그 특성을 다음과 같이 세 가지로 제시하였다. 첫째로 여주인공의 행적이 결핍-충족의 서사 원리로 구성되어 있어야 한다. 둘째로 여성영웅소설에 필수적인 무남독녀 에피소드, 결핍 에피소드, 여화위남 에피소드, 출장입상 에피소드, 정체 밝히기 에피소드, 가문 부흥 에피소드가 반드시 나타나야 한다. 셋째로 '속이기'와 '겨루기'의 원리에 따라 경쟁하는 영웅의 형상이 구현되어 있어야 한다. 이처럼 선행연구자들은 여성영웅소설을 남성영웅소설과 변별되는 하나의 소설 갈래로 보면서 서로 다른 시각에서 문제점을 제기하거나 변별성을 제시하였다.

결과에 따르면 여성영웅소설은 18세기 초에 출현하여 19세기 말에 이미 자체의 유형적 특징을 획득한 독립적 소설 갈래라는 것이다. <설저전> 외에 초기의 작품으로 지목되는 작품은 <이현경전(이학사전)>이 있다. 18세기 초에 창작되었을 것으로 보고 있는 이 작품은 다른 작품과 활발한 영향관계를 맺으면서 여성영웅소설의 발전단계의 중심점에 위치한 텍스트로 평가받고 있다.[184] 이들 초기의 작품은 또한 같은 시대 여러 소설 갈래, 곧 남성영웅소설을 비롯한 가정 및 가문소설, 애정소설과의 교섭을 통하여 새 작품을 탄생시키고 하나의 독자적인 갈래로 확대 및 발전한 것이다.

한국 여성영웅소설 작품들은 주로 한글 필사본의 형식으로 유통된 것으로 확인되었다. 최재호는 "보급 형태로 본 '여성영웅소설'의 향유층 문제 시론"에서 31편의 작품을 대상으로 분석한 결과 방각본 및 세책본 등 상업세력의 개입이 직접적으로 이루어진 작품은 12편에 불과하다는 사실을 확인하였으며,[185] 31편의 소설 모두 18세기 전문 낭독자(전기수)에 의해 구연되었다는 기록은 찾을 수 없고, 20세기에 와서야 비전문 낭독자에 의해 <박씨부인전>과 <신유복전> 두 편이 낭독되었다는 사실을 확인할 수 있었다.[186] <이대봉전>, <옥주호연>, <박씨부인전>등은 상·하 계층에서 모두 향유되었던 것과, 남녀에게 모두 많은 인기를 끌었던 작품이다. 이런 소수의 작품을 제외하고, <홍계월전>, <김희경전> 등 대부분의 여성영웅소설은 여성들 사이에서 주로 향유되면서 비교적 널리 읽혀 진 것으로 볼 수 있으나, 사회 전반에서 선풍적인 인기를 누렸다고는 말할 수 없는 소설 갈래이다. <설저전>, <이학사

---

184) 전이정, 같은 논문, p.171.
185) 31편의 대상 작품에서 〈금방울전〉을 제외하고 본 논문의 연구대상이 모두 포함되어 있다. 최재호, 같은 논문, pp.291-292 도표 참조.
186) 최재호, 같은 논문, p.293.

전> 등 초기의 여성영웅소설은 이본 수가 단수(6종)에 머문 사실로 보아 그렇게 널리 읽혀지지 않았음을 알 수 있다. 그러나 이러한 초기 작품들은 여성영웅소설이라는 갈래(범주)의 기본적인 틀을 마련하였다는 점에서 중요한 의의를 지닌다. <설저전>은 처음에 한글로 창작되었다가 사대부 문인에 의해 한문소설로 번역된 것으로 알려진 작품이다. 이로써 여성영웅소설의 향유와 전승에 있어서 사대부 문인도 한 몫을 담당했었음을 말해주는 근거가 되는 작품으로, 이러한 사실은 여성영웅소설의 갈래 생산과 확장에 있어서 사대부 문인도 작가나 독자로서 활약했을 가능성을 짐작할 수 있다.

따라서 여성영웅소설의 구체적인 창작자에 대해서는 알 수 없으나, 창작자의 계층과 성별의 측면에서 볼 때 우선 남성 문인이 지목되었다. 전후, 농업생산력 및 화폐경제의 발달로 조선후기에 계층간의 신분이동, 양반신분의 남발, 벌열들의 권력독점과 당쟁 등은 신분제의 변화를 가져왔는바, 향빈, 잔반 등 양반의 수가 크게 증가되었다. 신분제의 변화는 특히 몰락 양반층의 확대를 가져왔는바, 이러한 현상은 바로 이들 양반층이 소설의 작가층으로 등장하는 계기가 되었으며, 또한 소설에서 신분제의 붕괴를 반영하여 몰락양반층의 생활상을 표현하는 소설들이 다수 등장하게 되는 직접적인 원인으로도 작용하였을 것으로 여겨진다. 정치 경제적으로 몰락한 잔반들은 생계수단이 없었다. 일부는 자영이나 소작으로 농사에 종사하기도 하였지만, 이것은 그동안 글공부만 하던 양반들에게 적합한 일은 아니었다. 이때 다수 독자층을 의식하여 이들을 위한 소설 창작 작업이 몰락양반이 할 수 있는 익숙한 작업이었을 것으로 생각한다. 물론 당시 소설 창작은 양반으로서는 부끄러운 작업이었지만, 작자가 익명으로 처리되는 것이 관례였기 때문에 별로 문제가 되지는 않았을 것으로 보인다. 방각본 출판을 업으로 하는 사람들은 이들 몰락양반에게 의뢰하여 독자들이 좋아하는 도식적 줄거리의 소설들을 다수 양산해 내었을 것으로 생각된다. 따라서 당시 소설들에는, 신분제의 붕괴 현상, 몰락양반층의 생활상 등이 그대로 드러나게 된다.[187] 한 쪽으로 몰락양반들은 생계를 위하여 소설을 쓰는 업으로 삼으면서, 재미있는 이야기를 생산하는 가운데, 독자들의 흥미를 자극하는 의도에서 여성영웅의 이야기를 더함으로써 여성영웅소설이 창작되었을 것으로 보고 있다. 남녀 영웅의 일생을 교차적으로 전개한 <이대봉전>, <옥주호연> 등은 남성영웅소설을 창작하는 전문 남성 작가에 의해 창작된 작품들이다.[188]

한편 향유층과 보급상황으로 볼 때 여성영웅소설의 작가가 여성 문인(양반집 여성 위주)이었을 가능성도 상존한다. <홍계월전>, <설저전>, <이학사전>, <방한림전> 등 상당수의 작품들이 양반집 여성에 의해 창작된 것으로 보고 있지만,[189] 확실한 기록이나 증거가 결여되어 있어서 여전히 추론에 머무르고 있다. 그러나 일부 텍스트의 후기가 여성이라는 사실[190]과 국문 장편소설의 작가가 여성인 점, 전문 여성작가의 존재 가능성이 크다는 점을 감안했을 때 이러한 추론이 전혀 근거 없는 것이라고는 할 수 없다. 조선 후기 여성들이 수동적이고 희생적인 삶을 산 것은 사실이다. 여성영웅소설은 여성의 개인적인 시련과 국가적인 시련이 중첩되면서 그것을 극복하는 과정을 전개하고 있다. 소설 속에서 여성영웅은 일반적으로 여성에게 주어진 윤리규범에서 이탈하여 남장으로 변신을 한 후 입신양명하고, 국난을 타개하는 등 뛰어난 능력을 발휘하면서 사회적인 존재로 우뚝 서게 된다. 대부분의 텍스트

---

187) 부길만, "조선시대 방각본 출판의 특성에 관한 연구", 한양대학교 박사학위논문, 2002, 제6장 참조.
188) 최재호, 같은 논문, pp.290-301.
189) 최재호, 같은 논문 참조 바람.
190) <방한림전>의 한 이본의 후기에서 '민한림 부인 방씨가 이야기를 기록하고 전해진 것'이라는 내용이 적혀 있어 여성의 소작일 가능성이 큰 것으로 보고 있다.

에서 여성영웅은 남성과 동일한 자격으로 사회에 진출하고 자아의지를 실현한 것으로 나타난다. 또한 소설 속의 여도, 여복개착, 혼인에 대한 거부 행위는 당대 여성들의 체험에서 오는 의식적인 저항으로 이해할 수 있을 것이다. 그러나 그들은 또 당대의 윤리적 규범을 완전히 벗어나거나 하지는 않는다. 그들은 자아실현의 욕망을 가문의 유지와 부흥과 같은 효의 실현, 나아가 충군보국과 중첩시킴으로써 당대의 가치이념을 몸소 실천한다. 또한 혼인으로 최종 귀결되는 작품 결말도 당대의 윤리 규범에 동조한 것으로 볼 수 있다. 양반집 여성들에게 혼인은 온전히 타자의 삶을 살아가면서 희생을 감당해야 하는 삶이었는데, 유교적 교육을 받고 자라 난 관계로 그러한 사회기제에 이미 길들여졌던 점은 소설 속에서 그들로 하여금 혼인 등에 대하여 양면적 태도를 취하게 만든 것으로 여겨진다. 따라서 여성에 의해 창작된 작품은 당대 여성의 현실과 문화를 인식하는데 중요한 의의를 지닌다.

중국의 경우 본격적인 여성영웅소설의 출현은 <여선외사>에서 비롯되었다고 볼 수 있다. 이 텍스트에서 여성을 영웅으로 등장시켜 그의 행위 양상을 서사전개의 중심축으로 삼고 있다. 이 작품은 모두 100회로 되어 있는 장편소설이며, 여웅이라는 문인이 여러 해를 거쳐 1704년에 완성하였다. <여선외사>의 출현은 전시대 집단적 소설 창작단계를 결합한 문인의 창작에서 본격적인 문인의 독립적 소설 창작단계로 접어들면서, 소설 작가들이 소재와 기법을 새롭게 추구하는 과제를 부여받는 가운데 출현한 것으로 볼 수 있다.[191] 이전 시기 여성을 중심으로

---

191) 명대 〈삼국연의〉, 〈수호전〉, 〈서유기〉와 〈금병매〉가 잇따라 출현하여 '4대기서(四大奇書)'라는 미명을 얻게 된다. 인간으로 비유하면 4인4색이라 할 수 있을 만큼, 이들은 서로 다른 갈래적 특색을 지니고 있어 역사연의, 영웅전기, 신마소설과 세정소설의 정전으로 자리하게 되면서 4대 회장체소설의 유파를 성숙의 단계로 이끌게 되었다. 삼국연의, 수호전, 서유기는 모두 민간에서 오랫동안 전승되어 내려온 설화 이야기들을 전문적인 이야기꾼의 가공을 거쳐, 다시 문인의 재창작으로 탄생된 작품들이다. 이들과 달리 명대 중엽 이후 문인에 의해 독립적으로 창작된 〈금병매〉의 출현은 소설

한 단편소설은 전기소설이나 삼언이박과 같은 화본소설에서 쉽게 찾을 수 있다. 그러나 <여선외사>가 출현할 당시 역사연의, 영웅전기, 신마소설, 세정소설이라고 하는 4대 회장체소설로 대표되는 소설 갈래가 대유행이었다. 주지하는 바와 같이 <삼국연의>나 <수호전>은 주로 남성들의 용기와 지략을 전하는 이야기로 구성되어 있다. 뭇 남성 영웅들의 세계에서 여성영웅의 활약은 아예 없거나 극히 미미하게 다루어져 있을 뿐이다. <서유기>에서 드러난 여성의식은 대체로 부정적이라 할 수 있다. 이 작품에 등장한 여성은 주로 당승을 잡아먹지 못해 안달하는 각종 요괴로 형상화되어 있다. <금병매>의 나타난 반금련을 비롯한 여성들도 결코 긍정적인 의미에서 다루어진 것으로 보이지 않는다. 이런 문학환경에서 <여선외사>는 긍정적인 여성상을 창조했다는 점에서 중요한 의미를 지닌다. 소설 속에서 여성에 대한 긍정적인 시각은 삼언이박 등에서도 찾을 수 있으나, 장편소설에서는 새로운 시도라고 할 수 있다. 이러한 시각이 후대에 전승되어 여성영웅소설의 전개에 영향을 미쳤을 것으로 보고 있다. 4대 명작의 하나로 창작된 <홍루몽>도 <여선외사>의 영향을 입었을 것으로 추론한 점에서 그 근거를 찾을 수 있다.[192]

남성중심의 서사, 특히 영웅의 서사 세계에서 여성이 중심에 서는 여성영웅소설의 출현은 하나의 기파(기이한 꽃)처럼 출현 당시 적잖은 '반향'을 일으켰던 것으로 보인다. <여선외사>의 평점자가 67명이나 되는 사실에서 이 점이 설명된다. 이렇게 방대한 평점자를 가진 작품은

창작이 독립적인 문인 창작의 시대에 접어들었음을 의미한다.
周先慎, 明淸小說, 北京大學出版社, 2003, p.20.

192) 端木蕻良이 〈홍루몽〉과 〈여선외사〉를 비교하면서 '조설근은 〈여선외사〉를 확실히 보았다'고 결론을 지었다. 이것은 단지 추론에 그치고 있지만, 〈홍루몽〉의 평점에서 〈여선외사〉에 대한 언급은 그의 추론을 뒷받침한 것으로 볼 수 있을 것이다. 양매, 2006, 같은 논문, p.44 참조.

중국의 고소설사에서 비교적 드문 일이다. 또한 이 텍스트는 작가가 교우하는 과정에서 쓰여진 것이며, 친우들의 평점이 텍스트의 사이사이에 들어 있다. 이 작품이 이렇게 많은 호응을 일으킬 수 있는 것은 작품의 창작주지가 충렬을 드높이고 반역을 비판하며, 봉건 정통을 수호하는 사상적 특징이 수많은 독자들, 특히 사대부들의 정통사상에 부합되는 동시에 청초 실학자들의 시대정신과도 맞아떨어졌던 점에서 찾을 수 있다. 청초의 사대부 문인들은 명대 멸망의 원인과 봉건사회의 진전을 종합하는 가운데 이미 학자들이 명대 멸망의 원인을 주체의 찬위에 기인시키고 있기에, 소설에서 이를 배경으로 하여 영락황제(주체)를 비판하고 건문황제 및 충신들의 억울함을 토로함으로써, 강한 반향을 일으킨 것은 당연한 일이다. 그리고 이 텍스트에는 청초 명나라 잔여정권이 농민봉기군과 연합하여 청나라를 항거하고 청나라가 명나라를 대체하는 역사적 실제가 반영되어 있어 사람들 특히 유민(遺民)들에게 많은 사색을 던져 주고 있다.193) 이로써 <여선외사>가 사대부 문인의 호응을 불러일으킨 이유를 찾을 수 있을 것이다.

<여선외사>의 평점자들을 포함하여 이 텍스트의 향유층과 작가는 사대부 문인들이라는 사실을 간과할 수 없다. <요화전>, <영남일사> 등의 작품도 마찬가지인 것으로 볼 수 있다. 한국의 경우와 달리 중국의 고소설은 창작시기와 작가가 많이 알려져 있다. 고소설 작가는 일반적으로 실명 대신 필명을 주로 사용한 것으로 되어 있으나, 작품의 서문, 발문과 평점자의 서(序) 등을 통하여 실명이나 전기(傳記)가 밝혀질 수 있는 경우가 대부분이다. 이들 작가들은 대체로 뜻을 이루지 못한 문인으로서, 평생 관직에 나아가지 않거나 여기저기 떠돌이 생활을 하면서 문객으로 지내는 사람들로서 대개 소외된 계층에 속하는 문인들이라

---

193) 양매(2006), pp.34-35.

할 수 있다. 중국의 여성영웅소설이 한국의 여성영웅소설처럼 하나의 독자적인 갈래를 이루지 못한 이유는 바로 실의한 문인의 소작으로 역사적인 실제와 어떤 상동관계를 가지면서 작가 개인의 체험과 감정을 토로하기 위해 창작된 것이지 독자들(향유층)의 독서 취향에 호응하기 위해 창작된 것이 결코 아니라는 점을 들 수 있다.

문인들이 여성의 문제를 즐겨 다루는 이유 중의 하나가 여성과 관련된 서사나 이야기는 일단 감성적이고 감동을 잘 주기 때문인 것으로 보인다. 중국 명대 삼언이박의 화본소설에서 자유연애를 추구하고 주체적인 여성인물 형상이 돋보이게 그려진 이유가 바로 당시의 숭정(崇情) 문학사조에서 비롯된 것으로 볼 수 있다. 중국 고대 음양 논리에 의하면 남성은 양(陽)에 속하고, 여성은 음(陰)에 속하며, 정서적으로도 남성은 이성적인 반면, 여성은 감성적이다. 그러므로 남녀의 애정·혼인을 다루는 애정소설이나 가정소설이 많은 것도 이런 이유에서 비롯된 것이라 하겠다.

봉건사회에서 소설은 감동을 주는 것 외에 교화의 효능을 지니고 있다. 통속적인 이야기는 백성들에게 쉽게 다가갈 수 있는 장점을 지니고 있어 백성들에게 소일거리가 될 있을 뿐 아니라 그들을 대상으로 한 교화의 목적도 달성할 수 있는 것이다. 조설근이 "가난한 자는 먹고사는 일로 바쁘고, 부유한 자는 뜻이 부족하며, 한가한 틈이 나더라도 색·음에 빠지거나 고민거리로 이치(理治)를 설교하는 책들을 볼 겨를이 없다. 내가 글을 쓴 것도 '기이하다'라는 말을 듣기 위함이 아니라 다만 사람들이 취흠하거나 배부른 뒤 혹은 걱정과 고민을 떨쳐버리고 싶을 때 이것으로 소일할 수 있었으면 하는 바램이다. 이로써 힘도 조금 절약할 수 있지 않겠는가?"194)라고 말한 것에서 알 수 있듯이 소설은

---

194) "貧者日為衣食所累, 富者又懷不足之心, 縱然一時稍閑, 又有貪淫戀色, 好貨尋愁之事, 那裏去有工夫看那理治之書? 所以我這一段故事, 也不願世人稱奇道妙, 也不定要

사람들에게 소일거리를 제공하는 것 외에 색이나 취음, 걱정거리에서 벗어날 수 있게 하는 효능도 함께 수행할 수 있는 것이다. 이처럼 소설의 중요한 효능 중의 하나가 사람들을 교화하는 것인데, 설교하는 책들은 사람들이 읽을 시간도 없을 뿐더러 재미도 없는 것이 일반적인 예이다. 사람들에게 중요한 것은 한가한 시간을 어떻게 보내느냐 하는 것이다. 현실에서 언제나 듣고 볼 수 있는 이야기나 읽을거리는 별다른 재미가 있을 리가 없으며 일상적인 재미를 뛰어넘는 새로운 재미가 있어야 사람들이 빠져들기 마련이다. 따라서 비범한 영웅의 이야기는 이러한 재미에 대한 욕구를 만족시킬 수 있다. 하지만 남성 위주의 사회에서 남성영웅에 관련된 이야기가 많은 것은 당연한 결과였고, 따라서 삼국연의, 수호전 등 남성영웅과 관련된 이야기는 계층을 불문하고 남녀노소를 포함하여 모두에게 잘 알려져 있다. 이런 가운데 작품에 여성영웅이 등장함으로써 소설에 대한 사람들의 호기심도 배가되었을 것이다.

소설 속 여성영웅의 등장은 일단 재미를 더하는 역할을 수행한 것으로 볼 수 있다. 따라서 고소설의 작가들은 소설의 재미를 배가시키는 수단으로 기이한 여성 이야기, 즉 뛰어난 능력을 지닌 여성영웅의 이야기를 전하게 되었던 것 같다.

> 대저 사람이 세상에 나매 무론 남녀하고 재덕이 겸비하기 어렵거든 박씨는 일개 여자로 비단 재덕뿐 아니라 신기묘산이 한(漢) 적 제갈무후를 모방하여 천고에 드문 일이라. 가히 아깝기는 여자로 이런 재주 가짐은 희한한 일이요, 이는 조선 국운에 천의가 여차하기로 특별히 드러나지 못하고 대강 전설로 인하여 기록함이 되니 가히 한홉지 않으리오. 이후 계화도 승상부부의 삼년상을 극진히 받들고 우연히 병들어 죽으매 나라에서 사연을 들으시고 장히 여기사 충비(忠婢)를 봉하시니라.

世人喜悅檢讀, 只願他們當那醉淫飽臥之時, 或避事去愁之際, 把此一玩, 豈不省了些壽命筋力?"〈紅樓夢〉第1回.

박씨부인의 충절덕행과 재모기개는 희한하고 세상에 민멸키 아깝기로
대강 기록하노라. <박씨부인전> 제십이회

초의 현명공 소기시에 위국공 부부 실성읍혈하다가 기몽을 얻으니 승상
과 부인이 오색 구름을 타고 내려와 아자의 손을 잡고 가로되,
"우리는 본디 문곡성과 상하성이러니 금슬이 너무 진중한 고로 수유불
이하니 임사를 폐하매 상제 밉게 여기사 태을이 속이고자 하여 상제께
주하고 문곡성을 방가에 내치고 상하성은 영가에 내치니 문곡성은 본디
남자매 남자의 사업을 하고 태을이 희롱하여 여자되게 함은 허명으로
부부되어 천상에서 너무 방자함을 벌함이라. 지난 바를 생각하면 가지록
우습고 한심한지라. 이에 모두 예와 같이 화락하나니 너희는 서러워 말
고 부디 가성을 빛내고 만수무강하라"
하고 표연히 하늘로 올라가니 위국공이 기이히 여기나 발설치 아니하나
사후의 부인과 이름이라. 주언은 문조하고 야언은 문서함이 되어 이에
기록하노라. <방한림전>

위의 인용은 각기 한국 여성영웅소설 <박씨부인전>과 <방한림전>의
마지막 부분이다. 우선 <박씨부인전>을 볼 때 작가는 박씨의 "신기묘
산"은 중국 삼국시대 뛰어난 지략을 지닌 촉한의 군사 제갈무후를 모델
로 삼은 것으로 밝히고 있다. 그리고 소설의 창작(기록) 동기를 박씨의
"충절덕행과 재모기개가 희한하고 세상에 민멸키 아깝기로" 라는 기이
한 이야기를 전하는 데 두고 있음을 말하고 있다. 작가는 박씨와 같은
뛰어난 능력을 지닌 여성(부인)의 이야기를 기이한 것으로 간주하고 있
는 것이다. <방한림전>의 마지막 부분을 보면 이 작품 역시 기이한 이
야기를 전하는 목적으로 쓰여진 사실을 밝히고 있다. 이 작품은 천관
문곡성(남성)이 성이 바뀐 채 태어나 남자행세를 하면서 동성인 여성과
혼인을 이루었다가 천상에 올라가서는 본래 성별을 회복하고 이성혼을
이룬다는 내용을 전하고 있다. 이러한 이야기는 현대에 있어서도 "희한

한" 일이라 할 수 있는데 보수주의 사상관념이 지배하였던 봉건사회에서 동성혼을 다룬 이야기가 창조되었다는 것은 상상을 초월한 신기한 일이라고 할 수 있다. 소설에서 적강인물의 천상회귀와 회귀 후 정상적인 혼인을 이루는 내용은 짙은 전기적 색채를 드러내어 소설의 사실성을 상쇄시킴으로써, 독자들에게 기이한 이야기라는 인상을 깊이 심어준다.

중국에서 영웅소설을 "영웅전기"라고 부르는 이유는 바로 영웅의 이야기를 전기적인 수법으로 전하고 있기 때문이다. 여성영웅소설은 영웅전기의 한 갈래로서 여성영웅의 형상이 확대된 것으로 볼 수 있다. 따라서 중국의 여성영웅소설은 기이함을 특별히 강조하는 특징을 지니고 있다. <쌍봉기연>, <목란기녀전>, <난화몽기전기전> 등의 제목에서 기이하다는 "기"자를 사용한 데서 전기적 특성은 잘 드러나고 있다. 여성영웅이 탈규범적이고 탈제도적인 성격을 지닌 인물로 공공연하게 다루어지고 있는 것은 바로 이 기이함에서 원인을 찾을 수 있다. "기"는 곧 일반 현실에서 이탈되는 신기한 것을 의미하기 때문에 독자들은 그것을 재미로 쉽게 수용할 수 있었던 것으로 생각된다.

> "<(영남)일사>는 기이하고 괴상한 일이 참으로 변화무쌍한지라, 즉 여자이며, 영웅이고, 충효이며, 협의이고, 듣는 이로 하여금 놀라게 하고, 지략이 뛰어나며, 변화무궁하여 곧 새로운 것을 전하는 것이 아닌가?"[195]

> 화설 고금에 이르러 기남자와 기여자는 모두 천지의 뛰어난 기운을 모으고 있다 하나 기이한 것이 각기 다르다. 기남자는 충, 효 두 글자를 중히 여기고, 천지를 뒤흔드는 사업을 이룩하여 이름이 고금에 날리는 것이다. 기여자는 절, 의 두 글자를 중히 여겨 한 몸의 순결과 정절을 지키는 것으로 이름이 길이 남는 것이다.<쌍봉기연>제1회[196]

---

195) 〈嶺南逸史 · 西園老人序〉: "〈逸史〉者, 離奇怪變, 蓋不知其幾千萬狀也, 即女子也, 而英雄, 而忠孝, 而俠義, 而雄談驚座, 智計絶人, 奇變不窮, 抑亦新至焉者乎?"

중국 작품 <영남일사>와 <쌍봉기연>에서 인용한 내용이다. 첫 번째 글은 서원노인(西園老人)이라는 사람이 <영남일사>에 남긴 <서>인데, 그가 작품의 특징을 한 마디로 '기이하고 새롭다'는 것으로 꼽고 있음을 알 수 있다. 서원노인은 '여성의 영웅성, 충효, 협의, 그리고 '변화무쌍하고 뛰어난 지략' 등을 모두 '기이하고 괴상한 일', '새로운 것'으로 보면서, 작품의 인물 및 인물의 사상적 특징을 '신기한 것'으로 평가하고 있는 것이다. <영남일사>에서 여성(여자)이 영웅이면서, 충효를 겸하였고, 협의를 갖춘 데다, 뛰어난 지략을 지닌 것으로 형상화되어 있으니 그 기이함은 더 말할 수 없을 것이다. 서원노인이 당대의 독자를 대표하는 한 사람이라고 볼 때 당대 독자들이 여성영웅 및 여성영웅의 이야기를 신기한 것으로 수용하고 있었다는 사실과 여성영웅에 대해 긍정적 인식을 가지고 있었다는 사실을 알 수 있다. 두 번째 글은 <쌍봉기연>의 회두(시작부분)에서 인용한 내용인데, 여기서 작가는 '기남자'와 '기여자'를 대비시키면서, 남자의 기이함을 충·효와 입신양명을 하는 것에 두는 반면, 여자의 기이함을 절·의, 곧 정절[열]을 지키는 것에 두었다. 여성인물의 기이함을 사상적인 특징에 두고 있음은 <영남일사>와 마찬가지이지만, 전통적인 윤리관에 입각하여 기이함을 내세운 것은 <쌍봉기연>이 <영남일사>와 구별되는 점이라고 할 수 있다.

위의 내용을 통해 알 수 있듯이 중국의 여성영웅소설에서 말하는 '기'는 여성인물 및 인물의 영웅성, 사건, 충효 및 절의를 비롯한 사상적 특징 등에 바탕을 두고 있음을 알 수 있다.197) 여성영웅소설에서 내세

---

196) 〈쌍봉기연〉제1회: 話說自古及今, 奇男子與奇女子, 雖皆天地英靈之氣所鐘, 奇處各有不同. 奇男子重忠·孝二字, 做一番掀天揭地的事業, 名貫古今; 奇女子重節·義二字, 完一身冰淸玉潔的堅貞, 名垂史冊.

197) 기(奇)의 개념 속에는 허구에 대립되는 진(眞)의 개념보다는 '교묘한 예술적 진실'이라는 해석이 더 적절한 경우가 많다. 즉 소설의 짜임새를 '眞(예술의 대상이 되는 현상계) — 假(예술가의 창조적 허구) — 眞(허구적 세계의 진실성)'의 예술적 현상화 과정을

우고 있는 '기', 즉 기이함은 장면이 특이하고 인물의 행적이 예상과 다름을 나타내는 것인데, 주로 소재 면에서의 새로움을 강조하는 의미를 지닌다 하겠다. 따라서 여기서 말하는 기이함은 전기소설에서 말하는 '귀신, 요괴, 환생' 등의 의미와 많은 차이를 지닌다고 할 수 있다. 한국과 중국을 막론하고 소설 속 여성영웅의 출현 자체가 기이함을 획득한 것으로 볼 수 있을 것이다. 그러므로 여성영웅소설은 여성영웅을 소설의 주체로 내세워 그 삶을 표현했다는 획기적인 내용상의 특징을 지닌다고 하겠다.

앞에서 살펴본 바에 의하면 한국 여성영웅소설의 창작자와 향유의 주체가 여성이라는 사실을 알 수 있다. 여성영웅소설은 "당시 작자 및 독자들이 스스로 이룰 수 없는 것들을 여성주인공으로 하여금 백일몽적인 세계로 처리하고 있다"는 점에서 여성상승적 백일몽의 성격을 갖는다.198) 즉 여성을 주체로 한 작가와 독자들이 자신들을 여성영웅과 동일시하여 사회진출의 이상을 실현함으로써 대리만족을 하게 되는 것이다. 그러나 이러한 이상의 실현은 가문의 유지 및 부흥이라는 효의 실현과 중첩되면서 근본적으로는 공동체의 이상을 대표하게 된 것으로 나타나고 있다. 작가가 사대부 문인인 경우도 여성영웅을 통한 동일시의 효과는 마찬가지이다. 여성영웅이 탁월한 능력과 기상을 완비하고서도 남장을 통해서만이 공적인 영역에 들어설 수 있다는 것은 여성의 신분으로선 사회적 진출이 전혀 불가능하다는 당대의 확고한 성이데올로기를 재확인 시켜 준 것이다.199) 여성영웅이 숨김을 통하여 남자의 모습으로 능력을 실현하는 것과, 여성의 본 모습이지만 가정 내에서의

통해 나타난 창조물로 볼 때 '기'는 세 단계 가운데 세 번째 '진'에 더 가까운 개념이라 할 수 있는 것이다. 방정요, 같은 책, p.70.
198) 전용문, 같은 논문, p.43.
199) 박상란, 같은 논문, p.245.

능력의 실현은 모두 당대 남녀의 성역할의 차이를 반영한 것으로 볼 수 있다. 따라서 소설 속 여성의 남장을 통한 영웅성의 발현은 당대의 사회기제를 부정하지 않는 전제에서 당대의 여성의 실제를 이탈한 여성의 꿈의 실현으로 볼 수 있다. 한편으로는 여성영웅소설에 나타난 여성능력에 대한 긍정과 남녀 능력이 동일하다는 평등의식의 표출은 독자들의 잠재적 여성중심 의식을 일깨우는데 일정한 역할을 행하였을 것으로 본다. 따라서 한국 여성영웅소설의 출현은 여성의식의 확대와 변화를 초래하는데도 일조했을 것으로 본다.

이와 달리 중국 여성영웅소설에서 나타나는 여성상은 여성의 경험적 현실 및 감정, 성적인 욕구 등을 고려한 것으로 보기 힘들고, 전적으로 남성중심적인 사고의 소산이라고 할 수 있다. 소설 속에 나타난 여성능력에 대한 긍정, 여성해방의식, 남녀평등사상은 진보적 문인의 여성관을 반영한 것으로 볼 수 있다. 결론적으로 중국 여성영웅소설의 출현은 사대부 문인의 개인적 이상을 여성영웅이라는 인물에 기탁하여 대리 실현한 것으로 볼 수 있으며, 같은 진보적인 여성관을 지닌 문인에게 공명을 일으켰을 것으로 본다.

제 **7** 장
....

결 론

　본 논문은 여성영웅소설을 연구함에 있어서 한·중 양국에서 여성영웅소설이 형성한 경로, 유형적 구성 양상, 주제의식 등에 대해 구체적으로 비교하여 고찰하였다. 이로써 여성영웅소설이 지니는 보편성과 특수성을 살피고, 아울러 여성영웅소설이 한중 소설사에서 지니는 의의도 밝히고자 노력했다.

　양국 여성영웅소설에 대한 기존 논의를 검토한 결과 한국에서는 비록 상당한 연구 성과를 축적하였지만 대부분의 작품들이 작가와 창작 시기가 알려지고 있지 않아 작품의 형성경로, 주제의식을 파악하는 데 한계를 지니고 있으며, 또 갈래의 범주화에 있어서도 논란의 여지가 존재하는 등 문제점을 안고 있었다. 중국에서는 여성영웅소설이라는 장르 자체에 대해 총체적인 인식이 부족하며, 개념 정리에서부터 형성 원인, 구성적 특징, 주제의식에 대한 파악이 모두 해결해야 할 과제인 것이다.

　이런 시점에서 유사한 갈래로 간주되는 한국과 중국의 작품들을 비교하여 여성영웅소설의 보편성과 양국에서의 독자적인 특징을 고찰함으로써 여성영웅소설의 장르적 성격을 소설사적 의미를 이해하는 데 도움이 될 것으로 보았다.

물론 소수 학자들이 이에 주목하여 개별적인 작품에 한하여 인물형상이나 구조에 대해 연구를 행하여 여성영웅소설에 대한 연구 시야를 넓히기도 했지만 단편적으로 이루어진 데다 아직 미비한 실정이다.

본 논문은 기존 논의를 바탕으로 총체적인 비교를 전제로 삼았다. 논의에 앞서 여성이라는 인물의 일대기와 영웅성에 주안점을 두고 여성영웅소설이라는 갈래를 정의하였다. 즉 비범한 기질을 지닌 여성이 주인공으로 등장하고 영웅적 역량을 발휘하여 국난을 타개하거나 국가적인 문제를 해결하면서 공동체의 이상을 실현하는 영웅의 일생 구조를 지닌 작품들을 하나의 갈래로 묶은 것이다.

2장에서는 한·중 여성영웅소설의 형성에 대해 사회, 역사, 문학 면에서의 환경과 문화적 토양에 대해 각각 살펴본 뒤 비교를 행하여 공통점과 차이점을 파악하였다.

3장에서는 여성영웅소설의 구성에 대해 살펴보았다. 구성 면에서는 서술자 중심의 서사적 구성과 전개, 영웅의 일생 구조, 다양한 모티프의 혼합 구성양상에 대해 살펴보았다. 서술자 중심의 구성과 전개로 회두의 활용과 제시형식을 통한 장면전환의 특징에 주목하여 논의를 하였다. 한·중 여성영웅소설의 대표적인 텍스트 구조를 분석해 본 결과 양국 작품들은 여성영웅의 삶을 다룸에 있어서 모두 일대기를 중심으로 전개했다는 점에서 공통적이라는 사실을 확인할 수 있었다. 하지만 다양한 모티프의 혼합 구성 양상을 보이면서 차이점도 찾을 수 있었다.

4장은 인물에 대한 연구인데, 여성영웅의 유형적 특징과 양성적 존재, 성역할의 해체 기능 등 세 가지 측면에서 구체적으로 논의하였다. 유형적 특징을 보면, 한국의 여성영웅은 뚜렷한 공통성이 있는바, 여성영웅 다수가 미녀영웅이고, 기이한 출생의 인물이며, 남장여성이면서 장원급제하고 학사이며, 문무 겸비의 장군으로 나타난다. 중국의 경우는 남장을 하지 않고 영웅성을 보이거나, 장원이 아니지만 장군이 되거나, 무예를 지녔지만 문재가 없거나 하는 등 인물에 따라 다양하게 형상화되어 있다. 한편으로는 여성영웅은 양성적 존재로서 성역할을 해체하는 기능을 수행한 것으로 파악되었다. 사회참여의 구체적인 동기와 방식을 보면 한국은 남장 위주로, 중국은 여장을 위주로, 여성에 대한 사회적 제약을 극복하여 공적인 영역에 진출하고 사회적 존재로서 인정을 받는 모습으로 형상화되고 있다. 한국 측 여성영웅의 사회적 자아실현의 동기는 1차적으로 입신양명이고, 더 나아가 가문의 부흥과 연결되면서 사회적인 이상과 중첩되지만, 중국의 경우 여성영웅이 운명적으로 또는 수동적으로 사회적 참여를 행하고 입신양명의 결과를 얻지만, 근본적인 지향은 도를 닦고 사회 참여에서 벗어나는 것이다.

5장은 주제 면에 대한 연구이다. 여기서는 주로 여성에 대한 현실인식과 충·효·열을 대표로 하는 유가이념의 표출, 자유의지에 대한 구현 양상을 살폈다. 여성영웅소설에서 역사적인 사실에 바탕한 천명관이 주된 세계관으로 작용하며, 서사에서 전쟁과 역사적 사건의 문제해결보다는 여성이 처한 현실적인 제약이 가장 중요한 문제로 떠올랐다. 또 봉건사회에서 영웅은 불가피하게 관념성을 지니게 되는데, 여성영웅은 유가적 충효열을 실현하는 인물로 등장한다. 한국 작품에서는 가문에 대한 효의 실현을 근본 목적으로 하고 있다면, 중국의 작품에서는 충을 절대적 가치로 보고 효와 열은 충이 실현됨으로써 확대되는 것으로 형상화하는 특징이 있다. 유가이념과 함께 서사에서 나타난 또 하나의 중요한 주제는 자유의지의 구현이다. 한국의 경우 여성영웅은 개인의 자유의지의 실현에 공동체 중심적인 유교적 윤리주의 의식이 자리 잡고 있다면, 중국 여성영웅이 표출한 자유의지에는 개인적 행복을 더 중시하는 도교적 개인주의 의식이 자리 잡고 있는 점에서 양국은 같은 유교문화권에 있으면서도 구체적인 실현과 특성을 달리하고 있었음을 알 수 있다.

이처럼 한국과 중국의 여성영웅소설은 그 형성, 구성, 의미에서 공통점을 가지고 있으면서도 많은 차이점을 보이고 있는 것이 사실이다. 이러한 현상은 근본적으로 양국의 풍습, 세계관, 가치관의 차이에서 비롯된 것으로 본다.

6장에서는 여성영웅소설의 출현이 한·중 소설사에서 모두 중요한 의의를 지닌 것으로 본 후 구체적인 의의를 살피는 데 주력했다. 우선 여성영웅소설의 출현은 양국 소설 갈래의 확대를 가져왔다고 볼 수 있다. 또한 소설에서 여성인물을 서사 주체로 내세우고 여성의 능력에 대해 긍정적인 시각을 나타난 점에서 당대 여성에 대한 인식 변화를 보여준 것으로 생각한다. 동시에 소설에서 표출된 남녀평등 관념이 당대 독자들의 잠재적 여성중심 의식의 확대와 변화를 초래하는데 일조했을 것으로 본다.

참고문헌

1. 기본자료

1) 한국

김희경전 외, 김기동 · 전규태 편저, 서문당, 1994.
설저전[국립중앙도서관 소장본]
이대봉전[완판84장본白淳在藏本], 한국방각본소설전집2편, 이텍스트코리아,
　　2002.
이학사전 외, 김기동 · 전규태 편저, 서문당, 1994.
박씨부인전, 정병헌 · 이유경, 한국의 여성영웅소설, 태학사, 2000.
금방울전, 정병헌 · 이유경, 한국의 여성영웅소설, 태학사, 2000.
옥주호연, 정병헌 · 이유경, 한국의 여성영웅소설, 태학사, 2000.
홍계월전, 정병헌 · 이유경, 한국의 여성영웅소설, 태학사, 2000.
방한림전, 정병헌 · 이유경, 한국의 여성영웅소설, 태학사, 2000.

2) 중국

淸 · 文康, 兒女英雄傳, 華夏出版社, 1994.
淸 · 不題撰人, 木蘭奇女傳, 華夏出版社, 1995.
淸 · 蘇庵主人, 歸蓮夢, 馬托 校點, 春風文藝出版社, 1987.
淸 · 雪樵主人, 雙鳳奇緣, 沈悅苓 校點, 春風文藝出版社, 1987.
淸 · 呂熊, 女仙外史[上 · 下], 百花文艺出版社, 1985.
淸 · 吟梅山人, 蘭花夢奇傳, 韓光玉 校點, 中州古籍出版社, 1989.
淸 · 丁秉仁, 瑤華傳, 袁建 校點, 遼沈書社 · 吉林文史出版社 · 巴蜀書社 ·
　　齊魯書社, 1992.
淸 · 花溪逸士, 岭南逸史, 春風文藝出版社, 1987.

2. 단행본

1) 한국

강동엽, 조선시대의 동아시아 문화와 문학, 북스힐, 2006.

고려대학교 민족문화연구원, 동아시아문학 속에서의 한국한문소설 연구, 월인, 2002.

곽정식, 한국 고소설 연구의 시각과 방법, 신성출판사, 2008.

김기동, 한국고전소설연구, 교학사, 1981.

김명희, 동아시아 여성문학의 지평, 보고사, 2008.

김 석, 프로이트 · 라캉 무의식으로의 초대, 김영사, 2010.

김창현, 한국적 장르론과 장르보편성, 지식산업사, 2005.

김현룡, 韓中小說說話比較研究: 太平廣記의 影響을 中心으로, 일지사, 1977.

김열규, 한국민속과 문학연구, 일조각, 1971.

동국대학교 한국문학연구소 편, 동아시아 비교문학의 전망, 2003.

문학개론 편찬위원회, 문학개론, 새문사, 1986.

민관동 · 김명신, 중국고전소설비평자료총고:국내자료(1960-), 학고방, 2003.

민관동, 중국고전소설의 전파와 수용:한국편(1960-), 아세아문화사, 2007.

민경환, 성격심리학, 법문사, 2004.

박성의, 한국문학배경연구(하), 선명문화사, 1973.

박상란, 여성과 고소설, 그리고 문학사, 한국학술정보, 2005.

설성경 · 박태상, 고소설의 구조와 의미, 새문사, 1986.

서대석, 군담소설의 구조와 배경, 이화여자대학교 출판부, 1985.

임성래, 영웅소설의 유형연구, 태학사, 1990.

_____, 조선후기 대중소설, 태학사, 1995.

이혜순, 비교문학1, 과학정보사, 1981.

이보경, 문과 노벨의 결혼: 근대 중국의 소설이론 재편, 문학과지성사, 2002.

이민희, 역사영웅서사문학의 세계(1970-),서울대학교 출판부, 2009.

이흥탁, 여성사회학-여성학이론정립을 위한 시도-, 범문사, 1986.

이상익, 韓中小說의 比較文學的研究, 三英社, 1983.

정창권, 한국 고전영성소설의 재발견, 지식산업사, 2002.

전성운, 한·중소설 대비의 지평, 보고사, 2005.

조혜정, 한국의 여성과 남성, 서울: 문학과지성사, 1988.

_____ 편, 성, 가족, 그리고 문화, 집문당, 1997.

조남현, 소설신론, 서울대학교출판부, 2005.

조동일, 한국문학사상사시론, 지식산업사, 1979.

진덕규 외, 19세기 한국 전통사회의 변모와 민중의식, 고려대학교 민족문화
      연구소, 1982.

차봉희 편저, 독자반응비평, 고려원, 1993.

한국고소설학회, 한국고소설론, 아세아문화사, 1991.

大谷森繁, 조선후기 소설독자연구, 고려대학교 민족문화연구소, 1985.

2) 중국

郭箴一, 中國小說史, 中國社會科學出版社, 2010.

魯　迅, 中國小說史略, 魯迅全集第九卷, 人民文學出版社, 2005.

譚正璧, 中國女性文學史, 百花文藝出版社, 1984.

方正耀, 中國小說批評史略, 홍상훈 역, 을유문화사, 1994.

易中天, 中國的男人和女人, 北京: 中國文聯出版公司, 1997.

_____, 중국남녀 엿보기, 홍광훈 옮김, 에버리치홀딩스, 2006.

劉達臨, 中國古代性文化, 銀釧: 寧夏人民出版社, 1993.

王曉平, 亞洲漢文學, 天津人民出版社, 2009.

李明軍, 中國十八世紀文人小說研究, 北京: 昆侖出版社, 2002.

韋旭昇, 韓國文學에 끼친 中國文學의 影響, 亞細亞文化社, 1994.

張　俊, 淸代小說史, 浙江古籍出版社, 1997.

程國賦, 明代書坊與小說研究, 中華書局, 2008.

鄭振澤, 中國文學史上·下, 當代世界出版社, 2009.

曹衛東, 中國文學史, 海潮出版社, 2007.

陳　穎, 中國英雄俠義小說通史, 江蘇敎育出版社, 1998.

陳平原, (揷圖珍藏本)千古文人俠客夢, 新世界出版社, 2002.

周勛初, 中國文學批評小史, 復旦大學出版社, 2007.

周先愼, 明淸小說, 北京大學出版社, 2003.

齊裕焜 中國古代小說演變史, 敦煌文藝出版社, 1990.

楚愛華, 明淸小說家婦女觀及其文化心理, 東嶽論叢, 2001.

胡曉眞, 才女徹夜未眠-近代中國女性敍事文學的興起, 北京大學出版社, 2008.

黃維梁·曹順慶 編, 中國比較文學學科理論的墾拓, 北京大學出版社, 1998.

3. 논문

1) 한국

강진옥, 이현경전(이학사전)>연구, 고소설연구2집, 한국고소설학회, 1996.

김명신, 호구전과 박씨전의 여성영웅 연구, 고전문학교육제17집, 한국고전문학교육학회, 2009.

김정녀, 고소설 '여성주의적 연구'의 동향과 전망, 여성문학연구, 한국여성문학학회, 2006.

김용기, 여성영웅의 서사적 전통과 고소설에서의 수용과 변모, 우리문학연구 32집, 우리문학회, 2011.

김용기, 인물출생담을 통한 서사문학의 변모양상, 2008.

김일렬, 비극적 결말본 숙영낭자전의 성격과 가치, 한국어문학회 어문학, 1999.

류창교, 한국의 중국고전여성문학 연구, 중국문학제43집, 2005.

류준경, 영웅소설의 장르관습과 여성영웅소설, 고소설연구제12집, 한국고소설학회, 2001.

장시광, 여성영웅소설에 타나난 여화위남의 의미, 한국고전여성문학연구2, 한국고전여성문학연구회, 2001.

민 찬, 여성영웅소설의 출현과 후대적 변모, 서울대 석사학위논문, 1986.

박상란, 영성영웅소설의 갈래와 구조적 특징, 한국어문학연구27집, 동악어문학회, 1992.

박재연, 조선시대 중국 통속소설 번역본의 연구, 한국외대 박사학위논문, 1993.

성현경, 女傑小說과 薛仁貴傳, 국어국문학62-63, 1973.

손연자, 여장군형 소설 연구, 이화여대 석사학위논문, 1982.

양혜란, 고소설에 나타난 조선조 후기사회의 성차별의식 고찰-방한림전을 중심으로, 한국고전연구4, 한국고전연구회, 1998.

여세주, 여장군등장의 고소설 연구, 영남대학교 석사학위논문, 1981.

윤분희, 여성영웅소설 연구, 한국문학논총32집, 한국문학회, 2002.

_____, 韓國 古小說의 敍事構造 연구-결말 처리방식을 중심으로-, 숙명여대 박사학위논문, 1997.

이지하, 주체와 타자의 시각에서 바라본 여성영웅소설, 국문학연구16집, 국문학회, 2007.

이유경, 여성영웅 형상의 신화적 원형과 서사문학사적 의미, 숙명여대 박사학위논문, 2006.

이혜순, 중국소설이 한국소설에 미친 영향-義氣문제를 중심으로, 국어국문학 68-69호, 1975.

이능우, 中國小說類의 韓來記事, 숙대논문집제7집(국어국문학총서 제1집에 전재됨), 1968.

임병희, 여성영웅소설의 유형과 변모양상, 고려대 석사학위논문, 1989.

전이정, 여성영웅소설연구-서사 단위와 구성원리를 중심으로, 서울시립대 박사학위논문, 2009.

정금철, 영웅의 자아실현과 여성 영웅주의에 대하여-영웅담의 분석심리학적 접근, 서가어문2집, 1982.

정명기, 여호걸계 소설의 형성과정과 연구, 연세대 석사학위논문, 1980.

전용문, 여성영웅소설의 계통적 연구, 충남대 박사학위논문, 1988.

전인초, 한당전기소설 연구, 연세대 석사학위논문, 1969.

조동일, 영웅의 일생: 그 문학사적 전개, 동아문화10, 서울대 동아문화연구소, 1971.

차옥덕, 방한림전의 구조와 의미-페미니즘적 시각을 중심으로, 고소설연구,

1998.

최호석, 셜졔젼 연구, 고소설연구, 한국고소설학회, 1998.

2) 중국

姜賢敬, 劉向烈女傳探微, 臺灣國立師大國文研究所 碩士學位論文, 1986.

慶振軒·車安寧, 中國古典小說中巾幗英雄形象的演變軌跡及其原因, 甘肅
    社會科學第2期, 2000.

龔浩群, 從中原女媧神話與信仰看女神精神的失落與復, 中南民族學院學報
    (人文社會科學版), 第20卷 第4期, 2010.

郭英德, 明清小说的文化意蘊, 高學理論戰線, 1993.

_____, 學而不厭: 明清成年女子的家庭文學教育, 社會科學研究, 2009.

羅尚榮, 一曲封建末世的挽歌—論 兒女英雄傳的喜劇結局, 語文學刊第5期,
    2008.

董 陽, 水滸女英雄的性別書寫, 福州大學學報第4期, 2009.

常雪鷹, 英雄至性與兒女真情說—兒女英雄傳主題思想辨, 內蒙古師範大學
    學報(哲學社會科學版), 第34卷 第4期, 2005.

孫昭振, 中國古典小說: 英雄無性--中國古典文化中的英雄觀念(二), 名作欣
    賞 第4期, 2010.

楊 梅, 淺論女仙外史變調的女性觀, 文教資料論文集, 2004.

_____, 呂熊與女仙外史研究, 南京師範大學碩士學位論文, 2006.

劉瑩瑩, 清代通俗小說女將形象研究, 遼寧師範大學碩士論文, 2007.

劉鵬飛, 女仙外史的天命觀及其成因, 賀州學院學報, 第25卷 第3期, 2009.

_____, 論女仙外史的女性觀, 陝西理工學院學報(社會科學版), 第29卷 第
    1期, 2011.

劉相雨, 走出大觀園的探春—論 蘭花夢奇傳中的松寶珠形象, 阜陽師範學院
    學報(社會科學版)第3期, 2001.

劉 宏, 英雄傳奇小說群初探, 阜阳陽師院學報(社科版)第2期, 1994.

李 雨, 蘭花夢奇傳研究, 山東大學碩士學位論文, 2007.

王立 · 呂堃, 兒女英雄傳十三妹形象的性別文化意蘊, 民族文學研究, 2006.1.

王永恩, 試論明末清初戱曲中的女傑形象, 中國戱曲學院學報第27卷 第4期, 2006.

王 穎, 對英雄兒女模式的翻案論蘭花夢奇傳的混類現象和文本對話, 海南師範學院學報(社會科學版), 第5期, 2006.

汪平秀, 嶺南逸史中女性群體芻議, 嘉應學院學報(哲學社會科學), 第26卷第1期, 2008.

韋旭昇, 玉樓夢和北宋志傳中的巾幗英雄形象比較, 동아인문학회, 모산학보제6집, 1994.

程國賦 · 楊劍兵, 呂熊及其女仙外史新論, 陝西師範大學學報(哲學社會科學版)第40卷第1期 2011.

鄒 越, 明清英雄俠義小說中的女性英雄形象分析, 南昌大學碩士論文, 2005.

崔榮華, 明清社會男風盛行的歷史透視, 河北學刊第24卷 第3期, 2004.

湯克勤, 論嶺南逸史的小說類屬和文史意義, 嘉應學院學報(哲學社會科學), 第25卷 第5期, 2007.

胡麗心, 論淸代女性彈詞小說之興衰, 內蒙古民族大學碩士學位論文, 2007.

4. 외국 논저

Bal. Mieke, 서사란 무엇인가, 한용환 옮김, 문예출판사, 1999.

Campbell. Joseph, 천의 얼굴을 가진 영웅[신장판], 이윤기 옮김, 민음사, 2009.

Donovan. Josephine, 페미니즘 이론, 김익두 · 이월영 옮김, 문예출판사, 1993.

Griesebach. Manon Maren, 문학연구의 방법론, 장영태 옮김, 홍성사, 1982.

Morris Pam, 문학과 페미니즘, 강희원, 문예출판사, 1997.

Propp. V. IA, 민담형태론, 지식을만드는지식, 2009.

Rimmon. Kenan, 소설의 현대 시학, 예림기획, 1999.